Ulrike Blatter

VOGELFRAU

Ulrike Blatter

VOGELFRAU

Kriminalroman

KRIMI IM GMEINER-VERLAG

Wir machen's spannend

Bibliografische Information
der Deutschen Bibliothek
Die Deutsche Bibliothek verzeichnet diese Publikation in der Deutschen Nationalbibliografie; detaillierte bibliografische Daten sind im Internet über http://dnb.ddb.de abrufbar.

Besuchen Sie uns im Internet:
www.gmeiner-verlag.de

Im Ehnried 5, 88605 Meßkirch
Telefon 07575/2095-0
info@gmeiner-verlag.de

1. Auflage 2008

Lektorat: Claudia Senghaas, Kirchardt
Umschlaggestaltung: U.O.R.G. Lutz Eberle, Stuttgart
unter Verwendung eines Fotos sxc.hu
Gesetzt aus der 9,9/13,8 Punkt GV Garamond
Druck: Fuldaer Verlagsanstalt, Fulda
Printed in Germany
ISBN 978-3-89977-761-1

Wir leben zu dicht
beieinander
Unsere Stacheln durchdringen
einander
Unsere Worte fusseln
durcheinander

Von den Gedanken

ganz
zu schweigen

Für Ursula und Oliver

1

Früher hatte es an den Kleidern kleiner Mädchen solche Zierbordüren gegeben. Bordüren mit fröhlichen, kindlichen Motiven. Kleine Marienkäfer. Schnäbelnde Gänschen. Glücksklee. Fliegenpilze. Damals trugen Kinder andere Kleidung als die Erwachsenen. Da gab es noch keine künstlich abgewetzten Lederblousons und Markenjeans für Wickelkinder. Erst kürzlich war ein deutsches Versandhaus nach einem Rechtsstreit dazu gezwungen worden, String-Tangas für Vierjährige aus dem Sortiment zu nehmen.

Schützte kindgemäße Kleidung die Kleinen? Wenn ja – wovor?

Kommissar Bloch betrachtete die hoch aufgeschossene, viel zu magere Gestalt seiner Tochter. Sie stand dicht bei der Tür, die Klinke in der Hand. Reinkommen oder abhauen? Ihre Augen waren unstet, wichen seinem Blick aus.

Hatte sie als Kind zu wenig Bordüren an ihren Kleidchen gehabt? Hätte er einen besseren Schutzzaun um sie errichten müssen? Mit Marienkäferchen und Glücksklee? Oder doch besser aus giftigen Fliegenpilzen?

Auch ihre Stimme hatte etwas Unbestimmtes. Sie klang verwaschen, ausgeleiert und rau.

Sie wollte Geld.

Wie schon so oft.

»Eva, du weißt doch, von mir bekommst du nichts. Frag deine Mutter.«

Die hat dir sowieso schon zu viel gegeben, dachte er. Viel zu viel und viel zu lange.

»Meinst du nicht, es wird allmählich Zeit für dich, erwachsen zu werden? Wie alt bist du eigentlich?«

»Das dachte ich mir, dass du noch nicht mal mein Alter weißt. Typisch für dich.«

Das war eine rhetorische Frage, dachte der Kommissar. Nur eine rhetorische Frage. Es war erst halb neun, die Sonne schien endlich einmal wieder. Es war erst halb neun, aber er fühlte sich ausgelaugt und müde.

Tagelang hatte Konstanz unter einer dichten Nebelschicht gebrütet. Die Altstadt und das Seeufer schienen wie eingehüllt in dicke, feuchte Tücher. Ein diffuses, halbblindes Licht hatte seine Tage überschattet und rief eine unbestimmte Mattigkeit, eine Art seniler Melancholie hervor. Jetzt kam die Sonne heraus – aber die resignierte Erschlaffung blieb.

Ermüdete ihn seine Tochter? Sein einziges Kind. Das schwarze Schaf.

War es die Arbeit? Über 30 Jahre Polizeiarbeit. Manchmal dachte er über Altersteilzeit nach.

»Du bist 25 – und du weißt genau, dass ich es weiß.« Der Versuch eines Lächelns.

Ihr Gesicht. Ausdruckslos. »Ich meine nur, weißt du was es bedeutet, 25 Jahre alt zu sein? Ich habe in deinem Alter meine zukünftige Frau kennengelernt.«

Müßig diese ganze Diskussion. Überflüssig die Erwähnung ihrer Mutter. Er kannte die Antwort bereits.

Und die Antwort kam. Trocken und überaus präzise. »Ja, und kaum war ich geboren, wurde dir alles zu viel und du bist abgehauen!« Jetzt traf ihn ihr Blick. Dunkle Augen. Schwarze Kohlen. Glut.

Dabei war alles ganz anders gewesen.

Aber es war belanglos – genau wie all die anderen Sätze, die sie zueinander sagten. Die sie sich immer wieder sagten, schon seit Jahrzehnten. Stereotyp. Wie nach dem Skript eines überaus widerwillig auswendig gelernten Drehbuches.

Es war Oktober. Montagmorgen.

Das Telefon schrillte nicht. Es waren stille Stunden. Der Kommissar hatte Berge von Routinearbeit vor sich.

Er hatte keine Zeit für seine Tochter.

Vor allem dann nicht, wenn sie Geld wollte.

Immer wollte sie Geld von ihm.

Nur Geld.

Das bekam sie aber nicht. Nicht mehr. Nicht von ihm.

»Besser, du gehst jetzt.«

Sie blieb. Trotzig.

»Diesmal ist es anders. Diesmal will ich eine Therapie machen.«

Der Kommissar blickte auf. »Das ist ja wirklich mal was Neues.« Konnte man ihr trauen?

»Wieso brauchst du dann Geld? Bei deinem Zustand zahlt das jede Krankenkasse. Du musst nur zum Arzt gehen. Was du brauchst, ist ein Attest oder – noch besser eine Einweisung – aber sicher kein Geld.«

Es waren zu viele Worte. Sie verschloss sich augenblicklich.

»Es ist anders, Papa.«

Ungewohnt dieses Wort. Normalerweise nannte sie ihn beim Vornamen. Erich. Machte manchmal, wenn sie gut gelaunt war, ein Wortspiel daraus. Dann nannte sie ihn Ehrlich.

Und dachte: Lügner.

»Es ist privat.«

»Was heißt das? Privat? Auch für Privatkliniken kann man Zuschüsse von der Kasse bekommen. Hier am Bodensee gibts so viele Fachkliniken für ...« Er vermied das Wort Sucht. Vermied das Wort Essstörung, suchte nach einer unverfänglichen Vokabel. Stockte. Zögerte zu lange. Ihr Blick begann schon wieder zu zucken. Hin und her. Hin und her. »Kliniken für Psychosomatik oder so.« Er brachte es kaum heraus. Hin und her. Hin und her.

»Die können mir auch nicht helfen – das weißt du genauso gut wie ich. Das ist doch alles nur Schulmedizin. Die pumpen mich nur voll mit dreckiger Chemie. Papa.«

Da war es wieder, das Wort. Verdiente er es? Erich. Ehrlich.

Das Telefon klingelte.

Als er abhob, im gleichen Moment, verschwand sie. Verschwand wie ein Schatten, ihre ganze schmale Gestalt mit dem kurzsträhnigen, schwarz gefärbten Haar und den brennenden Augen, Augen wie Kohle, die Gestalt mit den hochgezogenen Schultern in der mächtigen, schwarzen Lederjacke, die eine künstliche Körperfülle vortäuschte, sie verschwand wie ein Schatten. Sie machte beim Weggehen keine Geräusche, obwohl sie schwere Boots trug. Fade away, dachte der Kommissar. Fade away.

2

Es war ein Leichenfund im Archäologischen Landesmuseum, also sozusagen in allernächster Nachbarschaft. Der Kommissar musste lediglich den fast quadratischen Platz vor dem Polizeipräsidium, das sich in einer umgebauten Klosteranlage befand, überqueren und stand schon nach zwei Minuten vor dem gläsernen Windfang des Museums.

Ein weitläufiges, helles Gebäude. Sehr still. Kasse und Informationsschalter unbesetzt. Montags blieben alle Museen geschlossen. Der Kommissar musste hinauf in den ersten Stock. Er ging vorbei an einem Raum, den er gut kannte; er nannte ihn insgeheim die Totenkammer. Die Wände waren gebildet aus Vitrinen, die, gleich gläsernen Särgen, die Ergebnisse der unterschiedlichsten Ausgrabungen bargen. Bloch kannte sie alle: die winzigkleinen Kinderknöchelchen wie auch die mürben Knochen der Erwachsenen. In der Nähe der Eingangstür lagen auf Augenhöhe mit dem Betrachter diverse Schädel mit Hieb-, Schnitt- oder Schlagverletzungen. Schädel mit Kampfverletzungen, die mehr oder weniger lange überlebt worden waren, Schädel, die durch ein Richtschwert mit glattem Schnitt abgetrennt worden waren, oder Schädel nach kunstvoll ausgeführten prähistorischen Hirnoperationen. Weiter hinten fanden sich Zahnprothesen aus Walrosszähnen und Röhrenknochen mit rheumatischen Veränderungen, zerfressen von Tumoren oder von Knochentuberkulose. Der Kommissar hatte schon manches Zwiegespräch mit diesen Knochen geführt – sie beantworteten nicht nur historische Fragen, sondern waren auch von medizinischem und kriminalistischem Interesse. Auf einer Glasscheibe war die Silhouette eines Mannes abgebildet. Der Kommissar stellte sich davor. Es sah aus wie ein Spiegelbild. Er tat das, was er immer hier tat, wenn er sich unbeobachtet fühlte. Er musste es schnell tun, denn oben wartete die Arbeit auf ihn. Aber Tote laufen nicht weg. Bloch drückte den roten Schalter. Hinter der Glasscheibe leuchtete ein grelles Licht auf und sein Spiegelbild wurde von einem grinsenden Skelett überdeckt. Erschrak er?

Nicht sonderlich.

Er kannte dieses Spiel.

Fundort war das Büro von Professor Hoffmann. Der Tote saß zusammengesunken am Schreibtisch und wandte ihnen den Rücken zu. Ein schmaler, hoch gewachsener Mann von athletischer Statur. Es war anzunehmen, dass es sich bei dem Toten um den Inhaber des Büros handelte. Sein Gesicht lag inmitten einer Blutlache auf der Tischplatte. Die Leichenstarre war bereits eingetreten. Deshalb waren jegliche Rettungsversuche unterblieben und die Fundsituation zeigte sich unverändert, als der leitende Kommissar wenig später das enge, mit Regalen und Asservaten voll gestopfte Büro betrat.

»Wer hat ihn gefunden?«

Eine junge Frau trat vor. Jungenhafter Haarschnitt. Betont burschikoses Auftreten. Mit einem weiten Pullover versuchte sie offensichtlich, ihre zu weiblich geratenen Formen zu kaschieren. Ihre fransig geschnittenen Haare waren dunkel gefärbt – die künstliche Haarfarbe passte jedoch nicht zu ihrem ungesund bleichen Teint. Sie vermied den Blick auf den Toten und stellte sich mit räuspernder Stimme vor: »Christina Löble. Ich bin – war seine Assistentin, ich meine von Professor ...« Sie brach ab.

»Schon gut. Vielleicht warten Sie lieber draußen?«

Sie nickte stumm. Nur die Haarfarbe der Löble war die gleiche wie die seiner Tochter. Ansonsten verboten sich jegliche Vergleiche. Der Kommissar wandte sich der Arbeit zu. Es war das Übliche.

Routine.

Mordsroutine.

Der Kontakt mit Opfern und Tätern kostete ihn schon lange keine Überwindung mehr. Manchmal stand er ihnen näher als den so genannten normalen Mitbürgern, die zu schützen doch sein Aufgabenbereich war. Mit den Jahren gelang es ihm immer besser, sich in die Gedanken von Tätern und in die Beziehungsnetze von Opfern hineinzufühlen. Er liebte das Zusammenfügen von Indizien, das Hin- und Herschieben von nur vermeintlich sicheren Beweisen, so lange und mit großer Geduld, bis sich alles zu einem lückenlosen Bild fügte.

Die Aufklärungsquote bei Mord lag bei über 90%. Das sollte eigentlich ausreichen, um mit der Arbeit zufrieden zu sein. Der Kommissar war ein Meister im Verdrängen.

Das schützte ihn vor den restlichen Prozentpunkten, die nie aufgeklärt wurden.

Das ließ ihn durchhalten.

Seine sozialen Kontakte beschränkten sich auf Täter, auf Opfer und Kollegen. Ansonsten pflegte er kaum Beziehungen. Die anderen wussten nicht, wie klein der Schritt war, der sie auf die andere Seite führte. Sie meinten, anders zu sprechen. Sie meinten, anders zu denken. Das alles war jedoch eine Täuschung. Manchmal konnte Bloch sehen, wer von ihnen ein Opfer war. Früher oder später würde es so kommen – auch wenn sie sich heute noch sicher wähnten. Solche Erkenntnisse machten ihn noch zurückhaltender. Er sei ein Meister des Zuhörens, sagten seine Kollegen.

Alles nur Erfahrung, sagte er. Über 30 Jahre. Und dann dachte er nicht mehr an Altersteilzeit.

Der Tote lag inzwischen flach ausgebreitet auf dem Rücken, die Arme wie in hilfloser Geste weit ausholend, obwohl es nichts festzuhalten gab. Sein blau angelaufenes, aufgedunsenes Gesicht war nach oben gekehrt. Viel war nicht mehr übrig von den markanten, scharf geschnittenen Gesichtszügen des Professors. Der Kommissar erinnerte sich, sein Foto in letzter Zeit öfters im ›Südkurier‹ gesehen zu haben. Jetzt war auch dieses Gesicht zur anonymen, stumpfäugigen Totenmaske geworden. Massenware. Tote sahen sich nach kurzer Zeit alle erschreckend ähnlich.

Der Gerichtsmediziner richtete sich auf und schaute sich suchend im Raum um. Sein Blick kreuzte den von Bloch.

Dann rapportierte er routiniert und präzise: »Nicht mehr wegdrückbare Totenflecken. Körpertemperatur an die Umgebungstemperatur angeglichen. Ich schätze mal, dass der Tod schon am Samstagnachmittag oder am frühen Abend eingetreten ist.«

»Können Sie auch schon etwas zur Todesursache sagen?«

»Stumpfe Gewalt gegen den Schädel – wir müssen ihn noch genauer untersuchen, aber es scheint mir in diesem Fall doch ziemlich sicher.« Der Mediziner spreizte mit einer langbeinigen Pinzette die blutverkrustete Kopfschwarte, die sich leise knisternd dehnte. Darunter wurde die zertrümmerte Schädelkalotte sichtbar.

Auch ein zertrümmerter Schädel war nichts Neues. Routine.

Flüchtig dachte der Kommissar darüber nach, wie sich des Professors Schädel in einer Glasvitrine des eigenen Museums machen würde. Der würde sicher fantastisch zu den Asservaten der Totenkammer im Erdgeschoss passen. Er verbot sich jedoch umgehend solche Gedanken als unpassend und zynisch. Konnte sich ihrer dann doch nicht mehr erwehren, als der Kollege von der Spurensicherung einen länglichen Gegenstand in die Höhe hielt. »Zumindest ist der Professor standesgemäß gestorben«, sagte er mit offenem Grinsen. Originelle Details kamen bei den Mitarbeitern immer gut an. Diesmal war es die Tatwaffe, die alle Aufmerksamkeit auf sich zog. Offensichtlich eine Feuersteinaxt.

»Steinzeit?«

»Keine Ahnung, Chef. Ich kenne mich in Geschichte nicht besonders gut aus. Aber die Axt ist sicher schwer genug, um einem Menschen den Schädel zu spalten.«

»Wo haben Sie sie gefunden, Meyer?«

»Direkt neben seinem Stuhl. Rechts. Hat die Nummer zwei.«

Alle Gegenstände im Raum wurden fotografiert und digital erfasst, sodass später, mit einer speziellen Software, eine dreidimensionale Rekonstruktion des Tatortes möglich sein würde. Der Fundort der Tatwaffe gab erste Hinweise auf den Tathergang. Auch hier nichts Besonderes. Wahrscheinlich war der Täter von hinten an den Professor herangetreten und hatte ihm mit der Axt den Schädel zertrümmert, die Tatwaffe dann fallengelassen und war geflüchtet. Es blieb abzuklären, ob die Axt aus den Beständen des Museums stammte. Fingerabdrücke mussten genommen werden. Routine.

»Die Nummer drei ist aber auch interessant, Chef.« Meyer zauberte eine zweite Plastiktüte hervor. Darin schimmerte ein rundlicher Metallgegenstand, besetzt mit Türkisen.

»Eine Brosche?«

»Eher eine Art Amulett. Sieht indianisch aus. Ist aber ziemlich sicher nichts Antikes. Mein Bruder hat mal so was von einer USA-Reise als Andenken mitgebracht. Vielleicht finden wir ja sogar noch einen Stempel ›Made in China‹, wenn wir es sauber gemacht haben. Die Chinesen fälschen doch heutzutage alles.«

»Wo lag das denn?« Die Frage war eigentlich überflüssig. Unübersehbar prangte das grellweiße Schild mit der Nummer drei auf dem Schreibtisch, mitten in der eingetrockneten Blutlache. Der Tote hatte mit dem Gesicht auf dem Amulett gelegen. Der Kommissar trat noch einmal zur Leiche. Bei genauer Betrachtung konnte man den Abdruck der Schmucksteine auf der Stirn des Toten erkennen. Man würde ihn noch sorgfältig untersuchen müssen. Er ordnete den Abtransport der Leiche an und ließ die Fenster öffnen. Ein Windstoß brachte einen Schwall frischer Luft ins Zimmer. Papier raschelte.

»Fenster zu«, brüllte Meyer. »Das fliegt uns doch alles weg!« Er war dabei, die losen Blätter auf dem Schreibtisch zu ordnen. Es waren viele blutverschmierte Blätter, handschriftliche Notizen, pergamentene Bögen und kopierte Artikel aus Fachzeitschriften. Der Kommissar nahm sich ein weniger verschmutztes Blatt und las angestrengt den Text. Es war Deutsch, aber es klang wie eine fremde Sprache. Meyer würde wohl noch eine ganze Weile beschäftigt sein. Es war besser, ihn nicht dabei zu stören. Er nickte Cenk zu. Cenk war sein neuer Assistent. Er war türkischer Abstammung, jedoch in Karlsruhe geboren und besaß einen deutschen Pass. Er sprach ein gepflegtes Hochdeutsch, kein Dialektausdruck trübte seine exakte Aussprache. Das machte ihn jedoch hier am Bodensee mehr zum Fremden als seine dunkle Hautfarbe und der kurz geschorene, dichte Haarpelz, der an ein Maulwurfsfell erinnerte.

»Mit wem müssen wir sprechen, Cenk?«

»Vorerst sind es nur zwei, Chef. Die Frau, die draußen wartet, und ein Kollege des Opfers.« Cenk war wirklich ein überaus brauchbarer Assistent. Selbstständig – aber nicht zu sehr. Geistig rege – aber nicht überheblich. Außerdem hatte er eine lesbare Handschrift. Der Kommissar, der seinen Kollegen und sich selbst ein fürchterliches Gekritzel zumutete, wusste besonders diese Eigenschaft sehr zu schätzen. In seiner systematischen Art hatte Cenk alle Informationen auf zwei Zetteln notiert, die er nun seinem Chef zuschob.

»Christina Löble, 25 Jahre alt, Studentin. Wissenschaftliche Hilfskraft – ein Hiwi, wie man so schön sagt. Arbeitet schon seit einem Jahr mit Professor Hoffmann. Sie war an den Ausgrabungen auf diesem neuen Gräberfeld beteiligt.«

»War das nicht dieser Mumienfund vor Kurzem? Da ist doch ein Riesenartikel im ›Südkurier‹ gewesen, oder?« Der Kommissar pfiff leise durch die Zähne. Vielleicht bot dieser Fall noch interessante Details jenseits der üblichen Ermittlungsroutine.

»Und die zweite Person?«

»Der Chef des Institutes, Professor Harald Gräber, 55 Jahre alt. Spezialgebiet Frühgeschichte und Antike. Nicht nur der Vorgesetzte, sondern – das kann man schon so sagen – auch der schärfste Konkurrent von Hoffmann. Er leitete die Ausgrabungen am Konstanzer Münster. Sie erinnern sich, Chef? Und er war auch vor einigen Jahren an der Hebung des 600 Jahre alten Schiffes beteiligt, das im Bodensee gesunken war.«

Der Kommissar erinnerte sich. Damals wurde eigens ein Anbau am Museum errichtet, um den gut erhaltenen Lastensegler in ganzer Länge ausstellen zu können. Das älteste Schiff Süddeutschlands. »Da hatte der Hoffmann ja gewaltig was aufzuholen, wenn der andere so erfolgreich war, was meinen Sie, Cenk?«

Cenk zuckte die Achseln. Er war kein Freund allzu schneller Kombinationen.

»Gut, Cenk, wir machen es folgendermaßen. Ich nehme mir den anderen Professor vor – und Sie sprechen mit der Assistentin. Und dann brauchen wir unbedingt noch zwei Personen, die eventuell auch als Zeugen in Frage kommen: die Putzfrau und den Mann vom Sicherheitsdienst. Vielleicht hat von denen noch jemand den Hoffmann lebend gesehen.«

3

Professor Gräber hatte sein Büro am anderen Ende des Ganges und erwartete ihn bereits. Im Gegensatz zum chaotisch voll gestopften Zimmer seines ermordeten Kollegen herrschte hier penible Ordnung. Den aufgeräumten Schreibtisch zierte eine Reihe römischer Miniaturen.

»Alles Repliken«, wie Gräber erläuterte, als er des Kommissars Blick auf den Figürchen ruhen sah. »Es gibt heutzutage perfekte Fälschungen. Solche Repliken verkaufen wir übrigens auch in unserem Museumsshop. Die gehen ganz gut, obwohl sie nicht gerade billig sind.«

Der Kommissar wendete ein kleines Bronzepferd hin und her. Es trug keinen Stempel ›Made in China‹. Vorsichtig stellte er es wieder zurück.

»Setzen wir uns!« Gräber deutete auf eine Sitzecke, wo sich zwei abgeschabte Sessel und zwei hochlehnige Holzstühle abwartend gegenüber standen. Auf einem niedrigen Tisch das Miniaturmodell eines römischen Kastells.

Gräber wedelte mit kleinen, fleischigen Händen durch die Luft. Er war rein äußerlich das genaue Gegenteil seines ermordeten Widerparts. Kleingewachsen und kugelrund, mit cholerischer Gesichtsrötung, die sich in apoplektischen Schattierungen bis in den schütteren Haaransatz hinaufzog.

»Sie entschuldigen meine Erregung«, meinte er kurzatmig, »aber das ist natürlich eine schreckliche Sache. So direkt in unserem Institut, mitten im Museum – wer weiß, vielleicht war es nur ein Zufall, dass der Mörder ihn erwischte. Ich komme auch manchmal am Wochenende hierher, um in Ruhe zu arbeiten. Wenn es der Zufall gewollt hätte, wäre vielleicht ich dran gewesen …«

Der Kommissar unterbrach den Redestrom, indem er ihm seine Visitenkarte zuschob.

»Bloch mein Name. Kriminalhauptkommissar Erich Bloch. Mordkommission. Falls Ihnen später noch etwas Wichtiges einfallen sollte, was Sie jetzt, beim ersten Gespräch, vergessen haben.«

Gräber musterte die Visitenkarte mit gerunzelter Stirn, griff in die Brusttasche seines gestärkten Hemdes und zog eine Lesebrille hervor. Er trug eine kleingemusterte rote Fliege und Hosenträger.

»Bloch, Bloch – haben Sie etwa Verwandte in der Schweiz?« Klang da Misstrauen aus seiner Stimme? Was sollte diese Frage?

»Nein.« Der Kommissar lächelte knapp. »Nicht, dass ich wüsste. Meine Familie kam tatsächlich ursprünglich aus der Schweiz. Aber das ist lange her.« Irgendein Onkel hatte Ahnenforschung betrieben, da war der Kommissar noch ein Kind gewesen. Die Blochs waren ursprünglich einmal eine reiche, katholische Kaufmannssippe gewesen. In den Wirren der Reformationszeit, als Zürich protestantisch-calvinistisch wurde, hatten sie sich ins Badische hinübergerettet. Vom geretteten Glauben war nicht allzu viel übrig geblieben. Von den Reichtümern auch nicht.

»Bloch«, sinnierte Gräber. »Da gibt es nicht viele hier im Hegau und am Bodensee. Blocher, ja die gibt es. Aber Bloch – dieser Name ist eher selten. Kommt wahrscheinlich vom polnischen Wloch – das bedeutet Fremder. Kann gut sein, dass Ihre Vorfahren polnische Juden waren, die vor einem Pogrom flüchteten, konvertierten und in die Schweiz kamen. Leider hatten sie dann wieder den falschen Glauben.«

»Richtig, und dann haben sie eben ›rübergemacht‹, rüber über die Grenze – alles schon mal da gewesen, die Geschichte wiederholt sich.« Der Kommissar hatte Respekt vor dem enzyklopädischen Wissen Gräbers, aber er wollte das Gespräch wieder zu den laufenden Ermittlungen zurückführen. Gräber hatte vollstes Verständnis.

»Sie entschuldigen bitte. Diese Aufregung. Wie rücksichtslos von mir, dass ich Ihnen hier eine Privatvorlesung halte. Sie wollen sicher mehr über meinen Kollegen erfahren. Womit kann ich Ihnen helfen?«

Er war ganz Liebenswürdigkeit. Vollkommene Zuvorkommenheit. Servilität. Ein harmloser, dicklicher, etwas wirrer, älterer Herr, der sicher unter zu hohem Blutdruck litt. Selten war der Kommissar jemandem begegnet, der so offensichtlich im wissenschaftlichen Elfenbeinturm saß wie Gräber. Der Mann lebte völlig in vergangenen Jahrhunderten.

Zeugen konnte man konfrontieren oder provozieren, je nachdem. Noch häufiger jedoch musste man sie ganz einfach dort abholen, wo sie sich gerade befanden – das bedeutete, ihre Sprache zu treffen und einen Zugang zu ihren Emotionen zu finden. Diese Methode erschien Bloch bei Gräber als die vielversprechendste. Er schob ihm das Papier zu, welches er auf Hoffmanns Schreibtisch gefunden hatte. Gräber nahm es mit spitzen Fingern. Das Papier war an den Rändern blutverkrustet, einzelne Spritzer hatten sich fett auf den Text gesetzt. »Man kann es noch einigermaßen entziffern. Was sagen Sie dazu? Er hat es offenbar kurz vor seinem Tod noch gelesen.«

Gräber las laut: »Ein Mägden von 19 Jahren von ziemlich müßiger Lebens-Art, bei welchem die Menses nicht expedite flossen, wenig Geblüt gaben und auch wol bis 14 Tage über die Zeit außen blieben, bekam seit einem halben Jahre den 3ten Paroxysmum von einem besonderem Spasmo pectoris convulsivo, welcher ihr die Brust auf solche Weise bewegete, dass sie hechztete und das Ansehen hatte, als ob sie in einem Actu venereo begriffen wäre; darbey ihr auch der Halsß aufgetrieben wurde, wie es denen, die an Spasmo hysterico leiden, zu begegnen pflegte. Ehe nun der Terminus Mensium wieder herbey kam, riet ich, öfters warme Fuß-Bade zu gebrauchen und einen Aderlasse am Fuß geschehen zu lassen. Nach einem halben Jahre verfiel sie jedoch trotz ununterbrochener Behandlung in eine schwere Schwindsucht, darob sie wenig später ad exitum kam.«

Er legte das Blatt auf das Tischchen, setzte die gespreizten Fingerspitzen sorgfältig aufeinander und schaute Bloch über den Rand seiner Brille an. »Und?«

»Genau das wollte ich Sie eigentlich fragen, Herr Professor. Sehen Sie einen Zusammenhang mit der Arbeit Ihres Kollegen? Sie müssen verzeihen, diese

Sprache – ausgesprochen altertümlich, finden Sie nicht auch?« Er fühlte sich wie ein Idiot. Er konnte schlecht zugeben, dass er kaum ein Wort verstand. »Sieht ganz so aus, als bräuchten wir hier die fachkundige Unterstützung eines Historikers.«

Gräber ließ sich nicht zweimal bitten. »Es dürfte sich hier um eine Textkopie handeln – Gott sei Dank nur eine Kopie. Nicht auszudenken, wenn das Blut ein Original besudelt hätte.«

Er sagte tatsächlich besudelt, ein Wort, das dem Kommissar genauso altertümlich erschien wie der eben gelesene Text.

»Eine Krankheitsbeschreibung, offensichtlich eine Kasuistik aus einem ärztlichen Fachbuch – der Sprache nach etwa Ende des 17. Jahrhunderts. Interessant ist der ziemlich moderne Denkansatz mit Verknüpfung von Ursache und Wirkung. Hier, hören Sie, ich übersetze es in leicht geraffter Form: Ein Mädchen von 19 Jahren, bei der die Menstruationsblutung nicht zur Genüge floss, sich auch um 14 Tage verspätete, bekam den dritten Anfall eines Brustkrampfes, dass sie ächzen musste und so aussah, als habe sie Geschlechtsverkehr.

Hier haben wir also die Beschreibung der Symptomatik – dem folgt dann treffenderweise sofort die Diagnose. Der Autor schließt aus dem Vorangegangenen, dass es sich hier um einen hysterischen Krampf handle. Interessant ist, wie von dieser modernen Sichtweise der direkte Brückenschlag in die Antike erfolgt. Hysteria wird auch mit ›wandernde Gebärmutter‹ übersetzt. Als Ursache wurde ein Ungleichgewicht der Körpersäfte angenommen, beziehungsweise deren Stauung.

In diesem Fall wurde eine Säftestauung in den Genitalorganen angenommen und deshalb logischerweise ein Aderlass am Fuß empfohlen – dort befanden sich nach damaliger Vorstellung die ableitenden Blutgefäße für die Unterleibsorgane.« Gräber holte Luft. »In diesem Text prallen das mechanistische, rationale Weltbild eines Descartes und das ganzheitliche Menschenbild eines Aristoteles aufeinander.«

Er geriet ganz eindeutig wieder ins Dozieren. Es wurde Zeit, ihn zu unterbrechen. »Ja, wenn es denn geholfen hätte«, brummte der Kommissar.

Gräber wurde noch eifriger. »Hat es aber nicht. Hier lesen Sie: ›... verfiel in Schwindsucht und starb wenig später‹. Da haben sie wohl mit den Aderlässen zu viel des Guten getan. Wahrscheinlich steckt etwas ganz anderes dahinter.«

»Und?« Der Kommissar galt allgemein als geduldiger Zuhörer.

»Meiner bescheidenen Meinung nach handelt es sich hier um die Beschreibung einer Pubertätskrise.

»Wie bitte?«

»Haben Sie Kinder, Herr Bloch? Vielleicht sogar eine halbwüchsige Tochter? Verzeihen Sie meine Indiskretion, aber als Vater, sozusagen als direkt Betroffener oder soll ich sagen als Profi, versteht man es vielleicht besser.«

Seine Tochter war nicht halbwüchsig. Die sollte endlich erwachsen werden. Aber das gehörte nicht hierher.

»Machen Sie weiter, Herr Gräber!« Der Kommissar wunderte sich selbst über seinen schroffen Tonfall.

»Damals kamen die Mädchen wesentlich später in die Pubertät. 17 bis 19 Jahre, das war bei der damaligen schlechten Ernährung keine Seltenheit. Und dass die Menstruationsblutung anfangs nur unregelmäßig kommt, das ist auch nichts Krankhaftes. – Offensichtlich erwachte bei dieser jungen Dame aber gleichzeitig eine gewisse Lust an der Liebe. Oder soll ich sagen, die Liebe zur Lust?« Er schaute auf und erwartete zumindest ein Lächeln bei Bloch. Da dessen Gesicht unbewegt blieb, nahm er den Faden seiner Vorlesung wieder auf: »Die Eltern machten Druck, die Tochter verfiel in Krämpfe – und der Arzt empfahl das, was damals als Allheilmittel galt, den Aderlass. Der Rest ist bekannt. Vielleicht kam auch noch eine Anorexie dazu, die ihr dann den Rest gab. Eine Essstörung, ist ja modern heutzutage, wer weiß, vielleicht gab es das auch schon damals. Kurz und gut, die junge Frau ›schwand dahin‹, sie litt an Schwindsucht und starb kurz darauf. Von Eltern und Arzt ausgeblutet, verweigerte sie wahrscheinlich in einem letzten, trotzigen Aufbäumen die Nahrungsaufnahme. Tragisch.

Gott sei Dank hat man heutzutage weniger brachiale Methoden, um die Krankheit Pubertät zu behandeln.«

Hat man?, dachte der Kommissar. Hat man das wirklich?

»Ein paar Jahre früher«, unterbrach Gräber seine Gedankengänge, »da wäre die Kleine bei solch einem müßigen Lebenswandel und mit ihren hysterischen Krämpfen sogar noch als Hexe verbrannt worden. Vergessen Sie nicht, ›Der Hexenhammer‹, dieses berüchtigte Handbuch der Inquisition, wurde in unserer Region geschrieben und der letzte Hexenprozess, sozusagen in unserer Nachbarschaft, in Ihrer alten Schweizer Heimat, Herr Kommissar, fand erst 1782 statt. Unglaublich, nicht wahr? – Und damit haben Sie auch die direkte Verbindung zur aktuellen Arbeit meines bedauernswerten Kollegen Andreas Hoffmann.«

Die Vorlesung war fürs Erste beendet. Und obwohl der Kommissar sehr viel erfahren hatte, stand kaum etwas in seinem handlichen Notizbuch. Das einzig Wichtige war, dass es eine Beziehung zwischen dem schwer verständlichen Text und dem Toten gab. Viel klüger fühlte er sich allerdings nicht. Offenbar musste er bei der Befragung strukturierter vorgehen.

Er nickte Gräber aufmunternd zu. »Es wäre mir doch sehr recht, wenn wir uns jetzt mehr auf die Person und die Arbeit des Ermordeten konzentrieren könnten. Soweit ich weiß, hatte er einige neuere Projekte, die waren – wie soll ich es sagen?«

»Sensationell«, unterbrach ihn Gräber. »Sensationell wollten Sie wohl sagen.« Seine Gesichtsfarbe wurde um noch eine Nuance intensiver. Er sah nun ganz entschieden ungesund aus.

»›Sensationelle Funde am Stadtrand von Konstanz‹, so stand es in der Zeitung. ›Bodensee-Ötzi gefunden‹. Sicher haben Sie es auch gelesen. ›Die Geschichte der Hexenverfolgung im Konstanzer Raum muss komplett umgeschrieben werden‹. So ein Unsinn! Das war doch alles vollkommen unseriös. Er wollte einfach ganz groß rauskommen. Möglichst schnell rein in die Talkshows, das wollte er. Nichts anderes.«

»War es nicht eher so, dass Sie, lieber Herr Professor Gräber, in letzter Zeit doch eher, na ja, im Schatten des erfolgreicheren Kollegen gestanden sind?«

»Was soll das jetzt heißen? Im Schatten gestanden ...« Gräber sprang auf, zwang sich aber offensichtlich zur Ruhe, verschränkte die Hände mit gekünstelter Gebärde hinter dem Rücken und schritt im Zimmer auf und ab. Der alte Parkettboden ächzte leise unter seinen Tritten.

Der Kommissar wartete.

Gräber drehte einige Runden. Danach hatte sein Gesicht wieder eine normale Färbung. Er blieb vor dem Kommissar stehen. Obwohl er immer noch von oben auf ihn herabredete, hatte sein Tonfall so gar nichts Dozierendes mehr an sich. Im Gegenteil, nun klang seine Stimme gepresst, fast kläglich.

»Sie haben ja recht, Herr Bloch. Aber so direkt – wissen Sie – das schmerzt dann schon. So direkt hat es mir noch niemand gesagt.«

Er öffnete sich.

Es war kein Fehler gewesen, ihm so lange zuzuhören. Allmählich entstand so etwas wie eine Beziehung. Der Kommissar lächelte Gräber aufmunternd zu. »Wollen Sie sich nicht setzen?«

Gräber seufzte. Ergeben. Er nahm Platz und seine rundliche, kleine Gestalt sank in sich zusammen. Er saß da wie ein an sich gehorsames Kind, das beim Naschen ertappt worden war. Fast erwartete der Kommissar, dass er mit den Beinen schlenkerte.

»Den Wettlauf um die Gunst des Publikums, den hat Hoffmann sicher gewonnen«, begann Gräber zögernd. »Da gibt es nichts zu deuteln. Allerdings – seriös war das doch alles nicht. Ich hatte schon seit Jahren den Eindruck, dass es bei Hoffmann auf, nun ja, sagen wir es offen, dass es auf eine Art Wissenschaftsbetrug hinausläuft. Nur Beweise – Beweise hatte ich nicht. Aber diese Sache mit den Hexen und mit dem ›Bodenseeötzi‹ – das war wirklich der absolute Höhepunkt. Alles viel zu schnell in den Medien, alles viel zu laut. Viel zu sensationell. Irgendwie erscheint es mir logisch, dass es ihm diesmal das Genick gebrochen hat. Im übertragenen Sinne meine ich. – Wie ist er eigentlich zu Tode gekommen?«

Der Kommissar schwieg.

»Verstehe, ermittlungstechnisches Geheimnis. Na ja. Ich habe Hoffmann seine unsolide Arbeitsweise mehrfach vorgeworfen. Das fällt doch immer aufs Institut zurück. Intern habe ich die Aussprache gesucht und als das nicht weiter führte, habe ich es sogar über einen offenen Brief in der Presse versucht. Auch nicht gerade die feine Art. Aber …« Er zuckte mit den Schultern. »Das war doch alles zu schön, um wahr zu sein.«

»Ich wiederhole meine Frage in anderer Form, Herr Professor Gräber: War es nicht eine schwierige Situation für Sie, so im Schatten eines jüngeren und erfolgreicheren Kollegen zu stehen?«

»Sie verdächtigen doch nicht etwa mich?« Dieser Einwurf klang nicht im Geringsten empört, sondern eher resigniert. Gräber schien müde.

Der Kommissar war sehr aufmerksam, registrierte jede Schwingung seines Gegenübers. Er fühlte sich wach, auf angenehme Weise erfrischt. Jagdfieber.

»Bis zum Beweis des Gegenteils gilt in unserem Rechtssystem die Unschuldsvermutung, Herr Professor. Ich sitze nicht hier mit den Handschellen im Gepäck. Ich versuche nur zu verstehen, was für ein Mensch der Ermordete gewesen ist. Als sein Kollege können Sie mir da unter Umständen entscheidende Hinweise geben.«

»Hinweise – ja. Hinweise auf seine mangelnde charakterliche Eignung – die kann ich Ihnen geben. Ich hatte schon im vergangenen Jahr den Verdacht, dass der Kollege Hoffmann Dinge publiziert, die, na sagen wir es mal vorsichtig, nicht ganz sauber sind. Aber in unserem Metier muss man publizieren, sonst zählt man nichts. Der Wert eines Wissenschaftlers bemisst sich nicht nur an der Qualität seiner Arbeit, sondern vor allem an der Anzahl seiner Veröffentlichungen. Ein perverses System! Ein ungeheurer Druck, der da auf einem lastet!«

»Wenn ich recht verstehe«, unterbrach ihn der Kommissar, »meinen Sie damit Publikationen in seriösen Fachzeitschriften – und nicht in der regionalen Tagespresse, oder?«

»Genau. Der Hoffmann produzierte Fachartikel wie ein Schnellfeuergewehr. Vieles unausgegoren oder munter abgeschrieben. Er war unglaublich publikumsverliebt, sah sein Gesicht gerne in der Zeitung und er schätzte es ungemein, wenn er beim Obsteinkauf auf dem Wochenmarkt oder beim abendlichen Kneipenbummel in der Altstadt erkannt und angesprochen wurde. Er war ziemlich eitel – ja, das war er wohl.«

»Er war ein ziemlich gut aussehender Mann, nicht wahr? War er eigentlich verheiratet?«

»Das nicht, Herr Bloch. Verheiratet war er nicht. Aber es wäre sowieso besser, wenn Sie mal bei seiner sauberen Assistentin genauer nachfragen würden. Die weiß am besten über seine Arbeit Bescheid – und ich denke, die steckten in mehr als nur einer Hinsicht unter einer Decke.«

»Ich danke. Für einen ersten Eindruck reicht es.« Der Kommissar schloss sein Notizbuch. »Bitte halten Sie sich zu unserer Verfügung. Wir werden sicher noch einige Gespräche miteinander führen.« Er vermied bewusst das Wort Vernehmung. »Und dann noch eins. Der Kollege Meyer vom Kriminaltechnischen Dienst wird später Ihre Fingerabdrücke nehmen. Reine Routine.«

»In Hoffmanns Büro werden Sie meine Abdrücke jedenfalls nicht finden. Ich habe es seit Monaten nicht mehr betreten. Aber machen Sie, was Sie wollen. Sie machen Ihre Arbeit und ich meine.«

»Genau Herr Professor, ganz genau. Und jetzt entschuldigen Sie mich.«

Die Assistentin war eine grobknochige Frau mit auffallend großen Händen. Man konnte sich gut vorstellen, wie sie auf einem Ausgrabungsgelände schwere Steine umherwuchtete und sich mit ihren Händen wie mit Schaufeln durch tiefgestapelte Erdschichten hindurchwühlte.

Ihre ausladenden Hüften und den großen Busen verbarg sie unter einem grob gestrickten, regenbogenfarbigen Pullover. Als Bettgespielin des smarten, attraktiven Hoffmann schien sie schwer vorstellbar. Der Kommissar schob jedoch diese Gedanken vorerst zur Seite und befasste sich mit den Aufzeichnungen, die ihm Cenk wortlos über den Tisch reichte. Sie befanden sich in einem engen Zimmer, das eher einem begehbaren Schrank als einem Büro glich. Der wuchtige, an die Längsseite der einen Wand gerückte Schreibtisch füllte den Raum beinahe ganz aus. Seine Schreibfläche war, abgesehen von ein paar dekorativ platzierten Fachzeitschriften, vollkommen leer und blank geputzt. Nicht ein Staubkorn war zu sehen. Ordentliche Verhältnisse, dachte der Kommissar. Zu ordentlich. Er erinnerte sich an seine Mutter, die sein hastig aufgeräumtes Bubenzimmer inspizierte, in dem ebenfalls – oberflächlich betrachtet – alles an seinem Platz war. Zu schön, um wahr zu sein, hatte sie immer gesagt und sich mit kriminalistischem Spürsinn auf die Suche gemacht. Sie hatte immer alle seine Verstecke gefunden, mochten sie noch so ausgetüftelt gewesen sein. Die zerknitterten Schulbücher im Kleiderschrank, die dreckigen Socken hinter dem Heizkörper und die vertrockneten Kuchenränder und schimmeligen Mandarinenschalen in der Legokiste unter dem Bett. Naserümpfend und mit spitzen Fingern hatte sie ihm das Zeug vorgehalten und ihn gefragt: ›Schämst du dich denn gar nicht?‹ Nein, geschämt hatte er sich nicht. Beide nahmen es eher sportlich. Das Aufräumen hatte er erst später gelernt, als er tatsächlich andere Hefte zu verbergen hatte als die ungeliebten Comics. Da hatte er allerdings schon in puncto Kombinationsgabe und

Spürsinn einiges von seiner Mutter gelernt, was ihm später noch oft zugute kommen sollte.

Der Laptop der Löble war zugeklappt und weit nach hinten an die kalte Wand geschoben. Einziger Wandschmuck war ein Kalender mit Jahresübersicht und einigen spärlichen Eintragungen mit Bleistift. Eine gestochen klare Handschrift. Einiges war wieder ausradiert oder unleserlich gemacht worden. Der Laptop war der einzige verstaubte Gegenstand auf dem blitzblank gewienerten Schreibtisch. Auf seinem Deckel mit dem Firmenlogo sah der Kommissar verwischte Fingerspuren; ganz so, als habe die Löble den Deckel hastig geschlossen und sei danach nicht mehr dazu gekommen, ihn auch noch abzuwischen.

An der anderen Längswand des Zimmers standen einfache Kiefernholzregale, die von der Sonne dunkelblond gefärbt waren. In diesen Regalen fanden sich nur wenige Bücher. Dort stapelten sich Kisten und Holzkästen, Schubladen und Pappschachteln, versehen mit handschriftlichen Etiketten oder mit kryptischen Inventarnummern. Zwischen den Regalen und dem Schreibtisch blieb nur ein schmaler Gang. Ein altmodisches Sprossenfenster war weit geöffnet. Der Blick ging über die Dachlandschaft des gegenüberliegenden Polizeipräsidiums. Draußen tschilpten Spatzen.

»Nehmen Sie meinen Stuhl, Chef!« Cenk sprang eilfertig auf. »Ich darf doch?« Schräger Blick zur Löble. Die nickte.

Cenk setzte sich auf die Tischplatte. Sein Notizblock, den er neben sich legte, war noch fast unbeschrieben. »Wir haben uns mehr über Frau Löbles

Arbeit unterhalten, Chef«, meinte Cenk wie entschuldigend. »Sie weiß unglaublich viel über meine zweite Heimat. Sie war schon bei mehreren Ausgrabungsprojekten in der Türkei dabei. Ich könnte ihr stundenlang zuhören!« Er zwinkerte seinem Chef zu. Der verstand. Cenk hatte es geschickt angefangen. Die spröde, unter Schock stehende Frau war vermutlich gar nicht in der Lage gewesen, einer strukturierten Vernehmung zu folgen. So hatte Cenk sie sozusagen auf einen Nebenkriegsschauplatz geführt, sie ein wenig lockerer gemacht, Vertrauen gebildet und sie für ein Gespräch angewärmt, wie man im Polizeijargon sagte. Auch Cenk vermied das Wort Vernehmung. Er lernte schnell. Seine nussbraunen Augen blickten treuherzig. Auch die Rollenverteilung für eventuell folgende Vernehmungen stand somit fest. Üblicherweise war einer der Beamten hart und unnachgiebig, konfrontierend, falls notwendig bis an die Grenze dessen, was ein Verdächtiger aushalten konnte. Der zweite Beamte vertrat die verständnisvolle, eher seelsorgerische Position, ganz nach dem Motto: ›Nun gestehen Sie doch endlich, Sie werden schon sehen, hinterher geht es Ihnen viel besser …‹

War Christina Löble verdächtig? Man würde sehen. Vorerst setzte sich der Kommissar erst einmal auf den angebotenen Stuhl.

Ein grollendes, kehliges Knurren ließ ihn zurückfahren.

»Was ist das?«

Unter dem Tisch schob sich ein monströses, froschähnliches Gesicht hervor. Es war an den Rändern hell bepelzt und trug eine dunkle Maske, aus der grotesk hervorquellende, blutunterlaufene Augen glotzten. Es war ein riesiger Mops.

Die Löble tätschelte ihn beruhigend.

Cenk wusste offensichtlich schon Bescheid.

»Der tut nichts, Chef. Der hat mich eben genauso begrüßt.« Er grinste entwaffnend bubenhaft und zeigte dabei Zähne, die zum Nüsseknacken geeignet waren. Bei diesem Lächeln wurden die Mädels reihenweise schwach. Hoffentlich wirkte sein Charme auch auf die Löble.

»Nett – freut mich, deine Bekanntschaft gemacht zu haben«, wandte sich der Kommissar direkt an den Hund. Der hob die Lefzen und zeigte auch so etwas wie ein Lächeln. Er schien deutlich mehr Zähne zu haben als ein normaler Hund.

»Wie heißt du denn?« Das Hinterteil des Tieres wackelte heftig hin und her. Das war seine Art zu wedeln. Der kümmerliche Rest seines kupierten Schwanzes wackelte synchron mit.

»Er heißt Churchill«, antwortete die Löble anstelle des Hundes und bewies durch diese Namensgebung nicht nur ein tief verwurzeltes Geschichtsverständnis, sondern auch, dass sie Humor hatte.

»Platz!« Murrend, aber gehorsam verzog sich Churchill wieder an seinen Platz.

Der Kommissar schwieg und widmete sich seinen Aufzeichnungen. Cenk schwieg ebenfalls und lauschte überaus konzentriert dem Tschilpen der Spatzen. Der Hund schnaufte sich asthmatisch in einen Vormittagsschlaf.

Schon nach zwei Minuten wirkte es.

Die Löble wurde unruhig und begann auf ihrem Stuhl hin und her zu rutschen. Ihre großen, schweren Hände schienen ein Eigenleben zu entwickeln, schlangen sich umeinander, fast schien es, als kämpften die Finger gegeneinander.

Der Kommissar warf einen Blick über den Rand des Papierbündels. »Einen kleinen Moment noch …«

»Kein Problem.« Die Stimme der Löble klang gepresst. »Sie erlauben – in der Zwischenzeit. Ich – mir ist gerade etwas eingefallen.«

Sie stand hastig auf und wandte sich zum Regal, griff hierhin und dorthin, anscheinend wahllos, zog einen Karton hervor, pustete eine Staubschicht vom Deckel, las stirnrunzelnd die Aufschrift, schob ihn wieder zurück. Das wiederholte sie ein paar Mal. Der Kommissar und Cenk betrachteten sie schweigend.

Endlich schien sie gefunden zu haben, was sie suchte. Es war eine Schachtel ohne Deckel, in der einige menschliche Schädel lagen. Der Kommissar konnte nicht genau erkennen, wie viele es waren. Die Schachtel war unbeschriftet. Die Löble nahm sie und schob sie in die unterste und dunkelste Ecke des Regals, dicht bei der Tür; schob sie ganz nach hinten, sodass sie nicht mehr zu sehen war.

Genauso, dachte der Kommissar. Genauso habe ich früher immer meine dreckigen Socken versteckt.

»Kennen Sie das, Herr Kommissar«, sagte die Löble. Sie wischte sich ihre Finger an dem bunten Pullover ab und setzte sich tief aufatmend wieder auf ihren Platz. »Kennen Sie das auch? Sie werden nachts wach und eine Sache, die Sie seit Langem gesucht haben, steht Ihnen plötzlich mit größter Klarheit vor Augen? Und am nächsten Morgen, sofern Sie es nicht in Morpheus Armen vergessen haben, finden Sie diesen Gegenstand auch ganz richtig am erträumten Ort. Ist das nicht Magie?« Der Kommissar hielt es eher für eine veränderte Fähigkeit des Gehirnes zur Fokussierung. Ihm fiel die gewählte, fast schon altmodisch gestelzte Wortwahl der jungen Frau auf. Entweder hatte sie etwas zu verbergen oder sie hatte ein massives Selbstwertproblem.

Cenk lächelte der Löble aufmunternd zu.

»Magie oder Hexerei – kann schon sein, wer weiß das so genau? Aber sind wir da nicht schon beim Thema? Bei Ihrer Arbeit ...«

»Hoffmanns Arbeit, meinen Sie«, gab die junge Frau schroff zurück. »Ich bin, wie Sie meiner Berufsbezeichnung entnehmen können, nur eine Hilfskraft ohne besondere Bedeutung.«

»Können Sie uns trotzdem eine kurze Einführung in das letzte große Projekt Ihres, hm, Vorgesetzten geben?« Der Kommissar zückte den Kugelschreiber.

»Das Ausgrabungsgelände befindet sich, wie Sie vielleicht schon wissen, außerhalb der Stadtgrenzen an der Ausfallstraße Richtung Schweiz beziehungsweise Reichenau.«

»Wieso außerhalb der Stadtgrenze?«, der Kommissar runzelte irritiert die Stirn. Trug der Stadtteil nicht den schönen Namen ›Paradies‹?

»Wir sprechen hier vom mittelalterlichen Stadtkern«, dozierte die Löble. »Das neuzeitliche Stadtkonstrukt der industriellen Revolution interessierte uns in diesem Zusammenhang nicht im Geringsten.«

Dieser Einwand erschien Bloch einigermaßen befremdlich. Auch die industrielle Revolution war doch längst Vergangenheit. Lebten sie denn nicht inzwischen in der sogenannten postindustriellen Welt? – Und trotzdem hatten die Konstanzer Archäologen offensichtlich mit ihren Forschungen noch nicht einmal das Mittelalter hinter sich gelassen. Aber vielleicht sollte man diese finstere Epoche nicht allzu gering schätzen. Unter Umständen führte der ganze moderne postindustrielle Schnickschnack lediglich auf direktem Wege wieder zurück ins tiefste Mittelalter. An diesem Punkt rief Bloch sich ganz entschieden zur Ordnung. Philosophische Gedanken brachten ihn in dieser Vernehmung nicht weiter.

»Jetzt erinnere ich mich wieder. Das war bei den Straßenbauarbeiten zur Erweiterung des Stadtzubringers der B 33. Ist Hoffmann nicht bei dieser Gelegenheit auf seinen interessanten Fund gestoßen?«

»Wie Sie vielleicht wissen, werden bei Aushubarbeiten in unserer Region ziemlich häufig Archäologen mit hinzugezogen. Nicht wenige alemannische Grabstellen oder sogar die Fundamente ganzer prähistorischer Siedlungen wurden von Baggerführern entdeckt.«

»Wie soll denn das funktionieren?« Der Kommissar wunderte sich. Für ihn waren Bauarbeiter eher grobe Gesellen, die im Akkord tonnenweise Schutt und Geröll bewegten, ohne sich über tiefere Zusammenhänge des Bodengrundes Gedanken zu machen.

»Oft ist es nur eine Verfärbung des Bodens«, belehrte ihn die Löble. »Oder die Konsistenz verändert sich. Dann merkt es der Baggerführer am verminderten Widerstand des Bodenmaterials oder er stößt auf deutlichen Widerstand. Teilweise haben wir die entsprechenden Leute in den Firmen geschult, auf solche Details zu achten. Oft sind sie sogar regelrecht daran interessiert, uns zu unterstützen. Vielleicht wünscht sich so mancher auch einmal, so einen tollen Fund zu machen wie die beiden Schatzsucher, die ganz zufällig über die berühmte Himmelsscheibe von Nebra gestolpert sind.«

Der Kommissar erinnerte sich an diesen Fall.

»War die Himmelsscheibe nicht ein höchst umstrittenes Objekt und sind nicht die zwei Subjekte, die sie gefunden hatten, inzwischen vor Gericht gelandet?«

»Ja, tatsächlich, es ist viel über Fälschung diskutiert worden; aber die beiden Schatzräuber – anders kann ich sie nicht nennen – wurden lediglich zu einer Bewährungsstrafe verurteilt. – Nun, wenn eine solche Sache bei Bauarbeiten passiert, ist natürlich nicht jeder damit glücklich. Es kommt zu Verzögerungen, Finanzierungsprobleme entstehen, Verträge müssen eingehalten werden – oft bleibt uns nichts anderes übrig, als in einer so genannten Notgrabung zu retten, was zu retten ist, damit die Bauarbeiten ungestört weiter gehen können.«

»Wie war es denn in diesem Fall? Waren die Bauarbeiter kooperativ?«

»Hier war es ein seltener Glücksfall. Eine Brücke sollte abgerissen werden. Dadurch kam es jedoch zu solchen Schwingungen, dass nahe stehende Häuser Einsturz gefährdet waren. Die Bauarbeiten wurden also für eine gewisse Zeit unterbrochen. Der gesamte Bodengrund war aufgebrochen und durchwühlt. Niemandem war etwas Besonderes aufgefallen. Es war Professor Hoffmann, der eines Tages einen Blick in die verlassene Baugrube warf und …«

»Was hat er denn dort gesehen?«

»Eigentlich nicht viel – lediglich eine Reihe gleichmäßig behauener Steine. Etwa pflastersteingroß. Sie gehörten ganz offensichtlich nicht in diese moderne Baugrube. Schon am nächsten Tag untersuchten wir die Sache genauer. Es zeigte sich, dass die Steine in einem regelmäßigen Muster ausgelegt waren; wenn Sie erlauben, zeichne ich es Ihnen auf.« Sie blickte in Cenks Richtung. Nachdem er ein leeres Blatt aufgeschlagen hatte, schob er ihr wortlos seinen Notizblock zu. Mit schnellen Strichen skizzierte die Löble einen fünfzackigen Stern.

»Ein Davidsstern«, stellte der Kommissar fest.

»Nein, kein Davidsstern. Der hat sechs Zacken und besteht aus zwei ineinander geschobenen Dreiecken.« Sie zeichnete den Davidsstern. Er sah tatsächlich anders aus als das erste Gebilde. Die Löble verfiel wieder ins Dozieren. »Hierbei handelt es sich um einen so genannten Drudenfuß. Zu zeichnen in einem Zug mit nur einem Strich. – Der Drudenfuß ist ein magisches Zeichen. Ein Hexenzeichen. Sie können sich vorstellen, wie elektrisiert Hoffmann von diesem Fund war. – Churchill, lass das.« Bei der Erwähnung von Hoffmanns Namen winselte der Hund. »Der Hund gehört mir eigentlich gar nicht.«

»Sondern?«

»Er gehörte Hoffmann. Jetzt werde ich ihn wohl am Hals haben. Mich kennt er, auf mich hört er – und wer nimmt schon freiwillig so ein Monster?«

Armer Hund.

Offenbar hatte die Löble doch keinen übertriebenen Sinn für Humor. Dafür erschien sie jedoch überaus pflichtbewusst.

Nach einem erneuten Seitenblick auf Cenk, dessen Mienenspiel glatt und nichtssagend blieb, blätterte sie die nächste Seite in seinem Notizblock auf, und begann einen Lageplan des Ausgrabungsgeländes zu skizzieren. »Kreisel, Schänzlebrücke, Zufahrt Paradies.« In knappen Worten kommentierte sie die Umgebung. Unterhalb der Brücke zeichnete sie den Drudenfuß. Auf die fünf Zacken setzte sie jeweils einen kleinen Kreis. In die Mitte malte sie ein M, versehen mit einem dicken Fragezeichen.

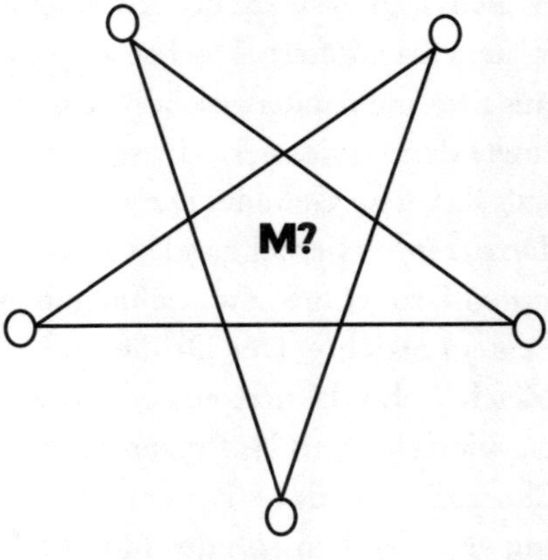

»So.« Sie lehnte sich zurück. »Exakt so war die Fundsituation.«

Cenk und der Kommissar beugten sich interessiert über das Blatt.

»Die Kreise entsprechen den fünf Schädeln. Die Altersbestimmung läuft noch, aber anhand der Steine können wir den Zeitraum ziemlich sicher auf das ausgehende 16. Jahrhundert eingrenzen.«

»Aber das ist doch kein normales Grab«, wandte der Kommissar ein.

»Genau. Wir haben nur die Schädel gefunden; mit ziemlicher Wahrscheinlichkeit handelt es sich um Frauenschädel. Sie weisen teilweise Verfärbungen auf. Wir werden noch untersuchen müssen, ob es sich hierbei um Rußantragungen handelt. Es ist noch einiges offen, aber Hoffmann hatte ziemlich schnell eine plausible Arbeitshypothese zur Hand.«

»Die Hexenhypothese«. Der Kommissar streckte vorsichtig seine Beine aus. Zu seinen Füßen schnaufte es asthmatisch-rhythmisch. Archäologie hatte Ähnlichkeiten mit Kriminalistik.

Cenk lächelte der Löble aufmunternd zu. Die fasste offensichtlich Vertrauen. Befragt zu ihrem eigenen Fachgebiet, gewann sie zusehends an Sicherheit. »Trotz einiger ungeklärter Einzelheiten besteht kaum ein Zweifel daran, dass es sich hier um eine kultisch genutzte Begräbnisstätte handelt. Soll ich Ihnen etwas zum historischen Hintergrund erzählen?« Sie legte den Kopf schief. Fast schien sie zu bitten. »Die ganze Sache erschließt sich dem Verständnis viel besser, wenn Sie substanzielle Hintergrundinformationen haben.«

Da war wieder dieser gestelzte Tonfall. Der Kommissar horchte auf. Vielleicht waren diese Informationen gar nicht so substanziell? Wollte die Löble ablenken? Besaß sie überhaupt so viel Raffinesse?

»Wie Sie sicher wissen, fiel die Hauptzeit der Hexenverfolgung am Bodensee in das 16. und 17. Jahrhundert.«

»Moment mal«, der Kommissar war irritiert. »Hexenverfolgung – spielte sich das denn nicht im finsteren Mittelalter ab? So im 12./13. Jahrhundert? Ich dachte immer, das war viel früher.«

»Das glauben viele Menschen.« Die Stimme der Löble klang sanft und geduldig. Als Museumspädagogin wäre sie bestimmt nicht schlecht. »In Wirklichkeit war die Hexenangst, die um sich griff, ein Zeichen der Verwirrung. Verwirrung von Menschen, deren altgewohntes, fest gefügtes Weltbild ins Wanken geriet. Althergebrachte Werte galten nichts mehr. Ist die Welt eine Scheibe oder eine Kugel? Kreisen wir um die Sonne, leben wir auf einem winzigen Stern unter Milliarden anderer Sterne oder dreht sich das gesamte Universum um die auserwählte Menschheit? Fragen über Fragen. Viele Menschen wären nur zu gerne wieder in die alten, bewährten Denkschemata zurückgeflüchtet. Aber es gab keinen Weg mehr zurück. Vor allem die italienischen Vordenker und Forscher hatten Türen aufgestoßen, die sich nicht mehr schließen ließen.«

»Was hat das eigentlich mit unserem Fall zu tun?«, wandte der Kommissar ein. Archäologen waren eine elend weitschweifige Berufsgruppe. Aber es machte Spaß, ihnen zuzuhören. Es gab keinen Grund, die Dinge überstürzt anzugehen. Sowohl die gerichtsmedizinische Untersuchung als auch die kriminaltechnische Spurenauswertung brauchten ihre Zeit. Vor dem späten Nachmittag war nichts Substanzielles zu erwarten. Was tat es, dass die beiden Hauptverdächtigen viel erzählten? Mit ein bisschen Glück erzählte einer der beiden vielleicht sogar etwas zu viel. Auch das Zuhören war eine Kunst. Allmählich fand Bloch Gefallen daran, nicht im Stundentakt zu planen, sondern in Jahrhunderten. Er entspannte sich.

Die Löble fuhr fort:

»Die Funde unserer Ausgrabungsstätte führen uns zurück in die Jahre 1577 bis 1584. In dieser Zeit wurden folgende Personen in Konstanz zum Tode verurteilt und auf dem Scheiterhaufen verbrannt: Ursula Huw und Barbel Beck, Fortunata Huch und Elisabeth Lacherin, Katharina Ruff und Margaretha Blum sowie zuletzt Anna Stumpin, Katharina Freitägin und Anna Herrenbergin.« Die Löble wusste alle Namen auswendig und sagte sie auf eine Weise, als ob sie jede der neun Frauen persönlich gekannt hätte.

»Sie müssen wissen, dass damals das Leben in den Gebieten rund um den Bodensee extrem unsicher war. Konstanz ist und war Grenzgebiet. Ein Krieg zwischen den Kreuzlingern und den Konstanzern wäre heute nicht mehr vorstellbar. Im Rahmen des Schengen-Abkommens werden ja sogar die Grenzen fallen. Damals jedoch waren Kriege zwischen den Konstanzern, den Eidgenossen und auch den Österreichern häufiger als die wenigen, brüchigen Friedensverträge. Sicher erinnern Sie sich noch gut an die Situation auf dem Balkan. Noch vor wenigen Jahren ging es dort doch ähnlich zu. Zu allem Überfluss waren es nicht nur marodierende Soldatenhorden, die Konstanz heimsuchten, sondern eine ganze Reihe von Naturkatastrophen, Missernten und nicht zuletzt Seuchen. Und da war beileibe nicht nur die Pest. Es gab noch viele andere Plagen, gegen die die damalige Heilkunst kein Mittel wusste. Alte Quellen dokumentieren, dass zeitweise die Friedhöfe so voll waren, dass sie keine neuen Leichen mehr fassen konnten. Die Menschen an der Schwelle zur Neuzeit fühlten sich, glaube ich, oft im wahrsten Sinne des Wortes von allen guten Geistern verlassen. So ist es eigentlich nur zu verständlich, dass sie Sündenböcke für ihr Elend suchten.«

»Hexen?«

»Ja, Hexen – oder soll ich besser sagen Frauen? Die Theorie von der schwarzen Magie, vom sogenannten Schadenszauber sollte Missernten, Wetterkapriolen oder Seuchen erklären. Im Hochmittelalter hatten Frauen in der städtischen Gesellschaft ihren Platz. Sie konnten ihr Vermögen selbst verwalten und es gab sogar Zunftmeisterinnen. Im Zeitraum, über den wir jetzt sprechen, gab es hingegen eine deutlich rückläufige Entwicklung. Die bürgerlichen Rechte der Frauen wurden massiv beschnitten. Ihr Wissen, ihre Kraft und, last, but not least, ihre Schönheit und Sexualität wurden zumeist als Bedrohung empfunden.«

Hinsichtlich sexueller Anziehungskraft bestand bei der Löble kaum ein Verdacht auf magische Unterstützung.

Sie fuhr sich mit den breiten Fingern durch das kurze strähnige Haar, das daraufhin wie bei einem Kobold wirr in die Luft stand. Der Kommissar schaute abwartend. Als sie schwieg, wagte er den Versuch einer Zusammenfassung: »Die gefundenen Schädel sind also Ihrer Meinung nach – Hexenschädel?«

»Ja, genau. 1582 wurden zwei und 1584 drei Frauen verbrannt. Die Gerichtsprotokolle sind erhalten geblieben und liegen uns vor. Unsere Hypothese beruht darauf, dass die Delinquentinnen nicht immer vollständig verbrannten. Große Röhrenknochen und die Schädel blieben relativ unbeschädigt. Normalerweise wurde die Asche dieser bedauernswerten Frauen wie Unrat in den See gekippt. In diesem Fall gehen wir aber davon aus, dass jemand nach der Hinrichtung die Schädel eingesammelt und sie heimlich an einem Ritualort, weit außerhalb der damaligen Stadtgrenzen, bestattet hat. Vielleicht fanden dort tatsächlich heidnische Rituale statt. Sie dürfen nicht vergessen, Herr Kommissar – der Hexenglaube war sehr weit verbreitet. Nicht wenige Frauen glaubten tatsächlich an ihre eigenen magischen Kräfte. Der Fantasie sind keine Grenzen gesetzt. Ich habe mir zum Beispiel vorgestellt, dass eine Tochter, die die Hinrichtung ihrer unseligen Mutter miterleben musste, vielleicht den Schädel ihrer Mutter rettete. Vielleicht hat diese Tochter dann aus Rache – wer weiß das schon –, selbst damit begonnen, ein wenig Schadenszauber zu treiben. Es ist nur eine Fantasie, Herr Kommissar. Dafür gibt es natürlich keinerlei wissenschaftliche Beweise.«

Sie lehnte sich zurück.

Dem Kommissar standen unwillkürlich lebhafteBilder vor Augen. Er sah nächtliche Nebel, die kalt und feucht über die noch qualmende Asche eines riesigen Scheiterhaufens krochen. Eine dunkle Gestalt, in einen schweren, wollenen Mantel gehüllt, die Kapuze tief ins Gesicht gezogen, stocherte mit einer langen Stange zwischen verkohlten Balken und rotglühenden Holzstücken herum. Ein noch warmer Schädel kollerte vor ihre Füße. Die Gestalt kniete nieder, den Kopf gebeugt wie in heimlicher Zwiesprache. Bloch beachtete diese Szene jedoch nur kurz. Er befand sich im 21. Jahrhundert und nicht in einem Roman. »Es waren doch nicht allein diese Hexenschädel«, fuhr er fort. »Die eigentliche Sensation war doch das da.« Er klopfte mit dem Fingerknöchel auf das dicke schwarze M im Zentrum des Drudenfußes.

»Genau.« Die Löble atmete tief. »Die Mumie. Mit der Mumie fing der ganze Ärger an.« Ihre Stimme veränderte sich, wurde leise, suchender. »An der Peripherie hatten wir schon alles untersucht. Dort war nichts mehr zu finden. Es blieb nur noch die Mitte. Wir waren alle gespannt. Lag dort noch ein weiterer Schädel? Oder würde sich etwas ganz anderes finden – etwas, das uns Aufschluss gäbe über die Nutzung dieses Ortes oder sogar nähere Informationen über seine Erbauer? Oder würde dort ganz einfach nichts sein? Letzteres war übrigens die feste Überzeugung von Professor Hoffmann.«

Die Löble lehnte sich zurück und zupfte gedankenverloren eine Fluse aus ihrem bunten Pullover. »Da hat er sich aber gewaltig getäuscht.«

Der Kommissar versuchte, das entstandene Schweigen zu brechen. Im Gesicht der jungen Frau spiegelten sich zwei gegensätzliche Empfindungen. Weiche, schlaffe Ratlosigkeit stritt gegen hartmäulige Bitterkeit.

Die Ratlosigkeit siegte.

»Nie werde ich den Anblick vergessen.« Ihre Stimme wurde immer leiser; fast flüsterte sie. »Es war in der Mitte des Drudenfußes. Zuerst dachten wir, es sei ein Stück altes Leder. Wir waren alle wie elektrisiert. Ich erhielt den Auftrag, das Ding freizulegen. Ich nahm mir viel Zeit dafür. Wissen Sie – man macht es mit einem Pinsel.« Mit wischenden und stupfenden Handbewegungen deutete die Löble ihre Vorgehensweise am Ausgrabungsort an. »Schon bald schmerzen einem bei dieser Arbeit Schultern und Rücken. Der Schweiß läuft einem in die Augen, bis sie tränen. Ich weiß gar nicht, warum ich Ihnen das alles erzähle.«

»Sie haben recht – wir kommen wohl besser zum Kern der Sache.«

»Das ist es ja. Es ist alles so rätselhaft. Ich kann es mir nicht erklären und versuche deshalb, so genau wie möglich zu sein. Vielleicht habe ich trotz aller Genauigkeit eine Kleinigkeit übersehen, die vielleicht wichtig sein könnte?«

Ihr Gesicht drückte völlige Arglosigkeit aus. Ein fragender Ausdruck lag um ihren Mund.

»Dann erzählen Sie mal weiter.«

»Nie werde ich den Anblick vergessen, als aus dem Sand allmählich ein Gesicht hervorkam. Es war kein Stück Leder, es war die Stirn. Ich arbeitete die Nase heraus, die hohen Wangenknochen, die eingefallenen Augen mit Lidern wie vertrocknetes Herbstlaub, die Lippen, schwarz verfärbt und eingetrocknet, messerrückendünn. Das Gesicht einer jungen Frau. Sie sah aus wie schlafend. Ich konnte einfach nicht aufhören, sie zu betrachten. Sie war – wunderschön.« Die Löble wurde geradezu lyrisch.

»Sie war eine Mumie«, stellte der Kommissar sachlich fest. »Die Mumie einer jungen Frau – wie stand es noch in der Zeitung? ›Bodenseeötzi‹, ›Indianerprinzessin vom Bodensee‹ oder so ähnlich!«

»Genau.« Die Löble kehrte wieder zu ihrem gewohnten Tonfall zurück. »Die Mumie war offensichtlich jüngeren Datums, aber irgendjemand muss von diesem jahrhundertealten Ritualort gewusst und sie dort deponiert haben. Die Mumie war nackt – vielleicht ist das der Grund, weshalb sie so gut erhalten ist? Sie sah aus wie – verzeihen Sie mir den Ausdruck –, wie luftgetrocknet. Wir nehmen an, dass sie nach indianischem Ritus einer Luftbestattung auf einem Lattengerüst unterzogen wurde und danach, in Lederhäute eingewickelt, an diesen Ort gebracht wurde. Ihr Kopf war geschoren, sie war bis zum Hals in schmucklose Lederhäute eingewickelt, die Arme waren überkreuzt und auf ihrer Brust fand sich ein kreisförmiges Amulett. Dieses Amulett ist eindeutig indianischen Ursprungs.«

»Rund, aus Metall und mit Türkisen verziert?«

»Genau.«

»Das Amulett haben wir auf Hoffmanns Schreibtisch gefunden.«

»Das kann ich mir gut vorstellen. Diese Mumie war zwar für die Medien ein gefundenes Fressen, aber ihm war es gar nicht recht, dass er auf einmal so im Mittelpunkt des öffentlichen Interesses stand; gar nicht recht.«

Gräber hat das aber ganz anders dargestellt, dachte der Kommissar. »Hoffmann war doch normalerweise nicht gerade publikumsscheu?«

»Nein, sicher nicht.« Die Löble begann wieder, unsichtbare Flusen aus ihrem Pullover zu zupfen. »Aber diese Sache war seltsam. Hexen und Indianer. 400 Jahre alte Schädel und eine Mumie, die allerhöchstens 100 Jahre alt ist. Wie soll das zusammenpassen? So hatte ich Hoffmann noch nie erlebt.«

»Wie war er denn normalerweise? Und welche Veränderungen haben Sie an ihm konkret beobachtet?« Ein Wink hin zu Cenk. Der zog den Notizblock wieder zu sich heran. Es war besser, Cenk schreiben zu lassen. Er hatte einfach die besser lesbare Handschrift.

»Normalerweise machte Hoffmann immer den Eindruck, als ob er alles im Griff hatte. Die Archäologie ist weiß Gott eine Wissenschaft, die manchmal Überraschendes zutage fördert. Aber bei Hoffmann gab es eigentlich keine allzu großen Überraschungen. Wenn er ein Projekt begann, dann plante er es bereits zu Beginn komplett durch. Er entwickelte meist sehr detaillierte Hypothesen und hielt sich während der Ausgrabungen exakt an diese vorgegebene Struktur. Normalerweise kam es dann auch immer so, wie er es vorausgesagt hatte. Er war wirklich sehr ...« Sie stockte kurz. »Sehr berechnend.« Sie verstummte wieder und sah den Kommissar an.

»Berechnend – wie meinen Sie das?«

»Wie dumm von mir, das war wohl eine klassische Freud'sche Fehlleistung. Wirklich dumm von mir. Ich meinte natürlich, Hoffmann war berechenbar. Absolut berechenbar, ein sehr zuverlässiger Partner. Sehr ...« Das Satzende hing unausgesprochen zwischen ihnen in der Luft.

»Wo befindet sich die Mumie derzeit?«

»Sie liegt in der Gerichtsmedizin in Zürich.«

»In der Schweiz? Und dann auch noch in der Gerichtsmedizin? Ist das nicht ungewöhnlich?«

»Nein, nicht im Geringsten.« Die Löble lächelte entspannt. »Mit den Zürchern verbindet uns schon seit Jahrzehnten eine gute Zusammenarbeit. Sie werden die Mumie mit den modernsten Methoden untersuchen und außerdem – das ist allerdings ein ganz pragmatischer Grund – haben die Gerichtsmediziner bessere Aufbewahrungsmöglichkeiten für einen so heiklen Fund.«

»Als ob es im südlichen Baden-Württemberg keine geeigneten Tiefkühltruhen für so eine Mumie gäbe.« Der Kommissar fiel aus seiner Rolle. Sein lokalpatriotisches Ehrgefühl war tief gekränkt.

Die Löble lächelte wieder. »Da braucht es schon eine etwas ausgefeiltere Technologie als nur eine x-beliebige südbadische Tiefkühltruhe. Es sind halt historisch gewachsene Verbindungen zwischen unseren beiden Instituten. Das ist mehr als nur die technische Ausrüstung. Es hat etwas mit der Chemie zwischen den Mitarbeitern zu tun.«

Sie waren vorerst fertig. Der Kommissar streckte die Beine aus. Ein bedrohliches Knurren ließ ihn zurückfahren.

»Churchill! Kusch!« Das Grollen ebbte ab. Es blieb ihm nichts anderes übrig. Er würde über die Grenze müssen. Fürchterlich. Ihm graute schon jetzt vor dem obligatorischen Stau in Zürich.

4

Da steht das gelbe Ortsschild. ›Konstanz – Kreisstadt‹. Ich überschreite die Stadtgrenze. Ich hoffe auch, eine andere Grenze zu überschreiten. Es ist eine Zeit der Vorbereitung, hat der Meister gesagt. Ich werde lange unterwegs sein.

Die neuen Schuhe sind ungewohnt: Mokassins. Das Leder wird wasserdicht werden, hat er gesagt. Und dass ich, später, wenn ich fortgeschritten bin, lernen werde, barfuß zu gehen. Der Meister geht barfuß. Immer. Auch im Winter. Seine Füße sind unempfindlich geworden, seine Sohlen sind hart wie Leder.

Meine schwarzen Boots habe ich vor die Zimmertür gestellt. Vielleicht schenkt Mutter sie irgendjemandem oder steckt sie in die Schuhsammlung. Wer weiß, wer sie dann tragen wird. Ich werde sie nicht mehr brauchen.

Meine Jacke habe ich auch dort gelassen. Und die schwarzen Jeans. In dem weiten Lederkleid fühle ich mich wohl.

Das runde Amulett, das mir der Meister gegeben hat, habe ich mir an einer Lederschnur um den Hals gehängt. Es ist so warm wie mein Körper. Es führt gute Gedanken hin zu meinem Herz.

Nur um meine Boots tut es mir leid. Aber das kommt daher, weil ich noch keinen echten Kontakt zu meiner

Mutter gefunden habe, sagt der Meister. Der Kontakt geht über die Füße. Der Kontakt zu Mutter Erde.

Erst wenn diese Verbindung hergestellt wurde, kann ich in meinem Ritual weiter fortschreiten. Es wird nicht einfach werden.

›Erst, wenn du jeden Schmerz gespürt hast und alle Tränen geweint hast, wenn sie Tropfen für Tropfen auf dein Herz gefallen sind, dann kommt die Weisheit.‹

So hat er gesagt.

Vermutlich will ich sie gar nicht, diese Weisheit. Ich will nur meine Ruhe.

Ich gehe.

Meine Füße sind kalt und schmerzen.

Der Boden ist hart und asphaltiert. Ich werde meine Mutter abseits der großen Straßen suchen müssen.

Auch der Meister wohnt außerhalb der Stadt. Er wohnt in einem Haus.

›Nur noch kurze Zeit‹, sagte er. ›Die Menschen kommen mich immer noch lieber in einem Haus besuchen als in meinem Tipi.‹

Die Menschen, die seine Hilfe benötigen.

Mein Ritual werden wir jedoch draußen in der Natur vollziehen, weit weg von diesen Häusern mit den Vorgärten, in denen die Laubstaubsauger dröhnen. Vorgärten sind für diese Sorte Menschen nichts anderes als nur ein weiteres Zimmer an ihrem Haus. In diesem Zimmer vergewaltigen sie täglich die Natur. Sie machen Zäune drumherum, vergiften die Insekten und binden die Pflanzen gerade. Hier kann Mutter Erde nicht mehr atmen. In solchen Vorgärten finde ich meine Mutter nicht.

Das Grundstück des Meisters sieht anders aus. Es hat keinen Zaun und es ist total verwildert. Das Haus duckt sich hinter zwei alten Apfelbäumen. Die Fassade ist völlig zugewuchert. Efeu und wilder Wein umklammern sogar die Fenster. Jetzt, im Oktober, färbt sich das Weinlaub leuchtend rot. Hinter den schütter gewordenen Apfelbäumen leuchtet es wie Feuer. Auf dem Grundstück liegt Unrat und es stinkt nach Katzen. Er sagte, die Nachbarn wollen ihn von dort weghaben. Er sagte, lange wird es sowieso nicht mehr dauern, bis er die letzten Reste seiner bürgerlichen Existenz aufgeben wird. Er hofft, dass ich bis dahin die große Reinigung vollzogen habe. Ich hoffe auch, dass ich es schaffe. Ich habe mein letztes Geld mitgenommen und das, was ich in Mutters Schreibtischschublade gefunden habe.

Ich hoffe, es ist genug.

5

»Also, Cenk – was haben wir alles auf unserer Liste?«

»Putzfrau und Nachtwächter, Chef. Dann die normale Umfeldabklärung. Verheiratet war er ja nicht, also stellt sich die Frage nach einer Freundin.«

»Die Löble scheidet da wohl eher aus«, brummte der Kommissar.

Sie saßen in Hoffmanns Büro. Die Spurensicherung war abgeschlossen. Nun sichteten sie die Papiere. Im Wesentlichen ließen sie sich zwei Gruppen zuordnen, Literatur über Hexen und Quellentexte zu indianischem Schamanismus. Offensichtlich hatte sich Hoffmann erst am Anfang seiner Suche befunden.

Die spärlichen handschriftlichen Notizen gaben keinen weiteren Aufschluss. Vieles, was Hoffmann in seiner weit ausholenden, fahrigen Handschrift notiert hatte, war ebenso heftig wieder durchgestrichen worden. Zahllose, zusammengeknüllte Zettel lagen rund um den Papierkorb auf dem Boden.

»Sieht so aus, als ob er nicht besonders gut im Zielen gewesen ist«, meinte Cenk.

»Sieht ganz so aus, als ob er auf seiner Suche partout nicht fündig geworden ist – so viel wie er weggeworfen hat.«

»Vielleicht wusste sein Mörder besser Bescheid?«

»Kann schon sein, aber leider ist er ja nicht mehr zum Aufschreiben gekommen. Lassen wir das, Cenk; das bringt uns nicht weiter. Gehen wir lieber mal unsere Liste durch. Spurensuche. Wenn es auf der Tatwaffe Fingerabdrücke gibt, dann müssen wir sie mit allen im Institut Beschäftigten abgleichen. Vor allem natürlich mit der Löble und mit Gräber.«

»Da kommt mir eine Idee, Chef. Wir sollten unbedingt auch nach unsichtbaren Blutspuren in den Büros der beiden suchen. Ist Ihnen aufgefallen, wie penibel geputzt der Schreibtisch der Löble war?«

»Richtig. Ich rufe Meyer an. Der soll das sofort in die Wege leiten.« Der Kommissar tippte die Nummer in sein Handy und gab einige kurze Anweisungen.

»Dann die Presse, Chef.«

»Das hat Zeit. Für heute reicht eine kurze Pressemitteilung. Pressekonferenz frühestens morgen Nachmittag.«

»Das werden die aber gar nicht gerne hören. Ich sehe schon die Schlagzeilen vor mir.«

»Macht nichts. Wir wissen einfach noch zu wenig. Es macht keinen Sinn, jetzt schon mit Details an die Öffentlichkeit zu gehen.« Er klopfte Cenk tröstend auf die Schulter. »Das machen Sie schon. Informationssperre aus ermittlungstechnischen Gründen, basta. Die Journaille muss eben auch mal ein paar Kröten schlucken.«

Stirnrunzelnd machte sich Cenk ein paar Notizen. »Sonst noch was?«

»Ja, die Gerichtsmedizin in Zürich, aber das übernehme ich – und Cenk, bevor ich es vergesse, finden

Sie für mich bitte heraus, ob es hier in der Gegend Indianer gibt.«

»Indianer?« Cenks Gesicht war ein einziges großes Fragezeichen.

»Ja genau, Indianer. Ich habe mal was von einem Indianer-Kulturverein gelesen. Gehen Sie mal ins Internet und recherchieren Sie ein bisschen.«

6

Er öffnet mir die Tür, ohne dass ich vorher angeklopft habe. Er ist nicht besonders groß, aber er hält sich sehr gerade. Man sieht, dass er gewohnt ist, lange Strecken zu Fuß zu gehen. Die weißen Haare sind zu einem dünnen Pferdeschwanz gebunden. Sein Gesicht ist nicht jung und nicht alt. Er hat vermutlich schon immer so ausgesehen wie jetzt: glatte, sonnengebräunte Haut, die sich über den hohen Wangenknochen spannt, intensive blaue Augen, schmale Lippen. Ein schönes Gesicht.

An der Türklingel, die ich noch nie benutzt habe, steht ›Adler‹. Ist das sein bürgerlicher Name? Der Adler ist sein Totemtier, das weiß ich. Er hockt ausgestopft, mit weit ausgebreiteten Schwingen direkt über der Wohnzimmertür. Dieses Haus war früher einmal ein Haus wie viele andere in Deutschland. Vielleicht hätten sich meine Eltern auch ein solches Haus gebaut, wenn mein Vater nicht abgehauen wäre. So haben wir immer nur in zu kleinen Mietwohnungen gelebt. Aber wahrscheinlich wäre es mir auch in einem solchen Haus zu eng geworden, neben ihr. Ein solches Haus betritt man immer durch eine schlauchförmige Diele. Links neben der Eingangstür befindet sich das Gäste-WC, schräg darüber führt die Treppe in den ersten Stock. Die Küchentür rechts hinten hat eine Scheibe aus geriffeltem Glas. An der Schmalseite der Diele, direkt dem Eingang gegenüber, geht es ins Wohnzimmer. Wenn die Wohnzimmertür geöffnet ist, kann man auf die Terrasse schauen. Hätte ich auf einer solchen Terrasse im Sommer meine Hausaufgaben gemacht oder mit meinen Freundinnen die ersten Partys mit heimlichem Alkohol gefeiert? Fast sehe ich mich dort sitzen, ein kleines Mädchen mit heruntergerutschten Strümpfen und aufgeschlagenen Knien.

Diese Häuser sind alle gleich und die Menschen, die in ihnen leben, ähneln sich auch sehr. Man kann die geringen Unterschiede zwischen ihnen lediglich an den verwendeten Baumaterialien feststellen. Helles Fichtenholz oder ein schmiedeeisernes Metallgeländer an der Treppe. Stofftapete oder Raufaser. Kinderspielzeug vor der Tür oder ein Schild ›Vorsicht, bissiger Hund‹.

Nichts von alledem findet sich in Adlers Haus. Nur die saunaähnlichen Paneele an den Dielenwänden erinnern daran, dass früher einmal andere Menschen hier lebten. Ich nehme an, es war ein älteres Ehepaar. Wahrscheinlich war der Mann ein begeisterter Heimwerker. Jetzt ist alles anders. Adler und seine Frau haben das Haus vor zehn Jahren gekauft und seitdem ist es der Natur immer näher gekommen. Die Fenster stehen meist offen. Laub weht herein. Vor den Fensteröffnungen schaukeln reich verzierte Traumfänger im Wind. Die Traumfänger stellt Adlers Frau her. Sie hat geschickte Hände.

Adlers Frau schweigt meistens. Eine Squaw muss schweigen, sagt er.

Kultgegenstände schmücken die Wände. Trommeln, eine Maske, Tierbälge, an denen noch die Köpfe hängen. Leere Augenhöhlen, aufgerissene Mäuler. Sie zeigen mir ihre Zähne und Klauen.

Auf dem Boden liegen Tierfelle und selbst gewebte Teppiche. Hier leben und schlafen sie. Die Küche ist rußgeschwärzt. Sie sind unabhängig von Öl, Gas und Strom. Sie sind autonom. Sie sind stark.

Ich will auch stark werden.

Ich betrete das Haus mit schmerzenden Füßen. Adlers Frau begrüßt mich mit einem Lächeln. Sie hält sich dabei die Hand vor den Mund. Vor einigen Wochen hat sie zwei Schneidezähne verloren und schämt sich. Sie ist jünger als Adler. Ihr langes, glattes Haar ist schwarz und fällt ihr bis auf die Hüften. Auch sie ist barfuß.

Sie schweigt und lächelt.

Ich setze mich auf ein Fell. Es gibt viel zu besprechen.

7

Cenk saß wieder im Präsidium. Er hatte eine Liste mit Namen vor sich. ›Nachtwächter/Sicherheitsdienst‹ stand dort, ›W. Merten‹. Der Name war säuberlich abgehakt. Wolfgang Merten war nichts Erwähnenswertes aufgefallen.

Der nächste Name lautete ›A. Özdemir, Reinigungsdienst‹. Reinigungskraft klang wesentlich besser als Putzfrau. Ayse, dachte Cenk. Sicher heißt sie Ayse und trägt ein Kopftuch. Wenn sie schlecht Deutsch kann, werde ich eben Türkisch mit ihr sprechen müssen. Danach kommen dann die Indianer dran.

A. Özdemir betrat das Büro, ohne anzuklopfen.

Eine große, kräftige Gestalt. Ein Mann.

A. Özdemir hieß nicht Ayse und trug kein Kopftuch, sondern er hieß Adnan und sah aus wie jemand aus einer afghanischen Koranschule. Langer, gepflegter Bart, ein weißes Häkelkäppi auf den kurz geschorenen Haaren und ein kaftanähnliches Hemd, das er lose flatternd über der Hose trug. Sie gaben sich nicht die Hand.

»Merhaba«, sagte Cenk und nach einer kaum wahrnehmbaren Pause, wie um sich zu korrigieren: »Guten Tag.«

»Merhaba.« Adnan Özdemir deutete auf den freien Stuhl, der dem Schreibtisch gegenüber stand. »Darf ich?«

»Sie arbeiten also als Raumpfleger hier im Museum?«

Özdemir lachte schallend. »Warum so umständlich? Sagen Sie ruhig Putzmann zu mir, damit habe ich kein Problem. Übrigens bin ich Deutscher wie Sie.«

Vorerst schien es sicherer bei den Routinefragen zu bleiben. Vorname: Adnan. Familienname: Özdemir. Geboren: 15. September 1972. Geburtsort: Köln. Beruf: Putzmann.

»Schreiben Sie ruhig abgeschlossenes Studium der Germanistik. Aber so jemand wie ich hat ja sowieso keine Chance, in den Staatsdienst übernommen zu werden.«

Kann schon sein. Der sieht wirklich nicht besonders staatstragend aus, dachte Cenk und musterte den mächtigen Bart seines Gegenüber. Kann sein. Aber Ayse mit Kopftuch hätte es mit ihren Berufswünschen genauso schwer gehabt. Zumindest im Ländle. Warum war er nicht in Köln geblieben? Im Rheinland dachten die Menschen weniger eng.

»Staatsangehörigkeit also deutsch?«

»Korrekt, Kollege, absolut korrekt. Hier ist mein Personalausweis.« Er schnippte die kleine Plastikkarte mit seinem Konterfei auf den Tisch. Das plastifizierte Bild sah aus wie ein Fahndungsfoto.

»Wann haben Sie denn die Räumlichkeiten im Museum zuletzt betreten?«

»Samstagmittag. Wir hatten so etwas wie Großreinemachen in den Büros, dafür nutzen wir gerne das Wochenende, wenn die Professoren nicht arbeiten.«

»Ist Ihnen irgendetwas aufgefallen?«

»Na ja, – ich weiß nicht, ob das wichtig ist –, aber der Hoffmann, ich meine der Professor Hoffmann, also der Verstorbene, der hatte sich in seinem Büro eingeschlossen. Seine Assistentin hat mir gesagt, er will auf gar keinen Fall gestört werden. Und sozusagen als Ausgleich sollte ich ihr Büro ganz besonders gründlich putzen. Ehrlich gesagt, das war auch dringend notwendig. Unglaublich, in was für einem Dreck diese Archäologen arbeiten können.« Özdemir schüttelte sich und zog die schneeweißen Manschetten seines Hemdes gerade. »Na ja, vielleicht liegt es auch daran, dass die von Berufs wegen sowieso ständig im Dreck wühlen. Dann fällt es vielleicht gar nicht mehr so auf.«

»Wie lange waren Sie denn im Bürotrakt zugange, Herr Özdemir?«

Özdemir überlegte lange und rechnete nach. »Genau weiß ich es nicht mehr, aber ich muss gegen halb sechs fertig gewesen sein.«

»Und Ihnen ist nichts aufgefallen? Kein fremder Besucher, kein lauter Wortwechsel, keine Geräusche wie von einem Kampf oder dass ein schwerer Gegenstand auf den Boden gefallen wäre?«

Özdemirs Gesicht war so offen, wie es in dem wilden Bartgestrüpp nur sein konnte. »Nein, sicher nicht. Ich habe nichts Ungewöhnliches gehört.«

Cenk schloss sein Notizbuch. »Das wärs fürs Erste. Falls Ihnen noch etwas einfallen sollte, hier ist meine Karte. Rufen Sie mich ruhig an. Manchmal sind auch kleine Details wichtig.« Er reichte Özdemir zum Abschied die Hand. »Eines würde mich noch interessieren«, sagte Cenk. »Es ist aber rein privat. Sie müssen nicht antworten, wenn Sie nicht wollen.«

»Und das wäre?«

»Welche Partei wählt jemand wie Sie? Das frage ich mich die ganze Zeit.«

Özdemir lächelte breit. Rund um seine Augen sprangen viele kleine Lachfältchen auf. »Na, die Republikaner, was denn sonst,« gab Özdemir mit entwaffnender Freundlichkeit zurück.

»Die Reps …?« Cenk geriet ins Stammeln. Wollte der ihn für dumm verkaufen?

»Natürlich. Was sonst?« Özdemir klopfte ihm im Hinausgehen auf die Schulter. »Es gibt sowieso viel zu viele Ausländer in Deutschland. Finden Sie nicht auch, dass irgendjemand dagegen endlich mal was unternehmen muss?«

Cenk sah ihm mit offenem Mund nach.

Kommissar Bloch erkannte die Stimme seiner Exfrau nicht auf Anhieb. Vielleicht lag das an den Nebengeräuschen im Handy. Vielleicht lag es aber auch an ihrer Art zu sprechen.

»Brigitte? Bist du das? Wart mal g'schwind, ich fahre rechts ran«, sagte er und suchte nach einer Parklücke. Er stand kurz vor dem innerstädtischen Grenzübergang nach Kreuzlingen. Der Verkehr staute sich wie üblich. Er hatte kurz darüber nachgedacht, eine andere Strecke zu fahren, aber die Erfahrung hatte ihn gelehrt, dass er sowieso nie ohne Stau aus Konstanz herauskam.

»Was ist los?«

Es war tatsächlich die Stimme seiner Ex-Frau. Verzerrt, aber unverkennbar. In ihr rauchiges Timbre hatte er sich damals verliebt. Ihre hastige und abgehackte Sprechweise, wenn sie sich aufregte, hatte er jedoch gehasst.

In den letzten Monaten ihrer Beziehung hatte sie sich ständig aufgeregt und auch jetzt schien sie extrem unter Stress zu stehen.

»Sprich doch bitte langsamer. Ich verstehe dich wirklich schlecht.«

Immerhin hatte er mitbekommen, dass Eva verschwunden war.

»Das ist doch nicht das erste Mal, Brigitte.«

»Stimmt, aber diesmal hat sie alles dagelassen, sogar ihre Schuhe. Außerdem hat sie die 200 Euro Haushaltsgeld mitgenommen, die ich vor ihr versteckt hatte.«

»Mit 200 Euro wird sie nicht weit kommen.«

»Das weiß ich doch auch.« Brigittes Stakkato-Silben verlangsamten sich. Ihre Stimme wurde wieder tiefer.

»Aber ich mache mir einfach fürchterliche Sorgen.«

»Brigitte – wird es nicht langsam Zeit, Eva loszulassen?«

»Das musst du sagen. Gerade du.«

»So kommen wir doch nicht weiter.«

Das Handy schwieg. Es rauschte und knackte. Draußen zog die Blechkolonne in quälender Langsamkeit an ihm vorüber. Wäre er in der Schlange geblieben, hätte er vermutlich die Schweizer Seite schon erreicht.

Sein Leben bestand im Wesentlichen aus Konjunktiven.

»Brigitte?«

Ihr leises Seufzen ging im Rauschen der Umgebungsgeräusche fast unter. »Es ist nur, diesmal war es anders. Sie hat sich in den letzten Wochen so stark verändert. Ich bin gar nicht mehr an sie rangekommen. Erich ...?«

»Ja?«

»Ehrlich, ich habe sogar schon an Drogen gedacht. Ich habe heimlich ihr Zimmer gefilzt. Nichts. Jedenfalls keine Drogen. Nur so Indianerschmuck. Ethno-Tinnef. Damit hat sie sich neuerdings behängt. Das ist doch zurzeit modern, dieses Zeug.«

»Wieder mal modern.« Bloch musste lächeln. »Erinnerst du dich nicht an unsere Hippiezeit, Brigitte? Damals hast du dich auch mit solchem Ethno-Tinnef behängt.«

Das war lange her. Zu lange, um noch wahr zu sein.

»Was soll ich bloß tun, Erich? Was macht ihr bei der Polizei, wenn ein Kind einfach so verschwindet?«

»Brigitte! Ich bitte dich. Eva ist 25. Sie ist kein Kind mehr.«

»Doch, Erich. Sie ist noch ein Kind. Niemand weiß das besser als ich. Weißt du, was ihre neueste Masche war? Sie hat nur noch ungekochte Lebensmittel gegessen. Alles roh. Und natürlich schon lange kein Fleisch mehr. Sie hat gesagt, sie will sich nur noch von dem ernähren, was die Erde freiwillig hergibt. Das ist doch verrückt, oder?«

»Lass ihr Zeit, Brigitte. Wenn das Geld verbraucht ist, wird sie wieder zurückkommen.«

»Wenn ich es nur glauben könnte, Erich. Manchmal denke ich, du hast kein Herz. Du bist immer so … So rational.«

»Ich muss jetzt Schluss machen, Brigitte. Ich muss weiter. Wenn es Neuigkeiten gibt, dann rufst du an, ja?«

»Schon gut, Erich. Das Gleiche sagst du wohl auch immer deinen Zeugen?«

Bloch antwortete nicht.

Es knackte im Handy.

Er setzte den Blinker und scherte vorsichtig in die Warteschlange ein.

8

Ich will zum See. Ich will zu unserem heimlichen Ort, den der Meister vor langer Zeit aus Holzplanken direkt am Seeufer gebaut hat. Eine kleine Plattform, geeignet zur Meditation und zum Gebet. Adler, der Meister, geht mit mir. Allein würde ich den Weg nicht finden, obwohl ich schon so oft dort gewesen bin. Es ist mitten im Naturschutzgebiet. Am Rande des Schilfgürtels stehen alle 20 Meter Verbotsschilder. Es ist ein schmaler Pfad durch das knisternde Röhricht. Links vorbei an der riesigen, hohlen Weide. Im Inneren ihres Stammes könnte ich mich verstecken. Ihre gelben, lanzettförmigen Blätterschwärme regnen auf mich herab wie vergilbte Libellenflügel. Brombeerranken verfangen sich in meinem Rocksaum. Ich muss stehen bleiben, um die Ranken zu lösen. Die wenigen schwarzlila Beeren sind mit einem zarten Schimmelflaum überzogen. Ich will zum Ufer.

Hinter uns schließt sich eine Wand aus Rohr. Ein Wasservogel kreischt. Der Nebel macht aus der Welt ein enges, feuchtes Zimmer.

Wenn er sich hebt, wird die Sonne uns durchwärmen. Seit ich unter 50 Kilo bin, friere ich ständig.

Dort ist der Steg. Ich lege mich auf die Planken. Unter mir gluckst das Wasser regelmäßig wie ein Pulsschlag. Der Meister steht hinter mir.

»Manchmal fühle ich, dass ich bereit bin, mich von mir selber zu lösen. Dann könnte ich einfach ins Wasser hineingehen und immer weiter gehen und immer weiter atmen, so lange, bis es über mir zusammenfließt. Es würde so aussehen, als ob es mich nie gegeben hätte.«

»Noch ist es nicht so weit. Noch kannst du deinen Körper nicht an Mutter Erde zurückgeben.«

»Warum, Meister? Warum nicht?«

»Noch ist die Reinigung nicht abgeschlossen. Du willst doch auferstehen zu einem besseren Leben.«

»Manchmal will ich nur noch meine Ruhe.«

»Schau uns an, Topsannah und mich. Schon vor vielen Jahren haben wir uns diesem Ritual unterworfen. Zusammen mit der richtigen Ernährungsweise ist es ein unfehlbares Mittel, 200 Jahre lang bei voller Gesundheit zu leben. Die Weisheit der Indianer leitet uns auf unserem Weg.«

Obwohl meine Augen geschlossen sind, sehe ich die gütigen, alterslosen Gesichter des Meisters Topsannahs, seiner Frau. Topsannah, das heißt ›Blume der Prärie‹ – und so sieht sie auch aus. Glatte, straffe Haut, langes, kräftiges Haar, strahlende Augen, von tiefer Liebe und Weisheit erfüllt.

Stets lächeln sie.

Ich möchte so sein wie sie.

Oder …

»Ich bin so schmutzig, Meister. Schon als Kind hatte ich ständig das Gefühl schmutzig zu sein. Meine Mutter hat es mir oft genug gesagt, ich konnte es ihr einfach nie recht machen. Ich muss ein schreckliches Kind gewesen sein.«

»Das ist jetzt vorbei.«

»Nein, Meister. Es ist nicht vorbei. Wenn ich damals nur ein besseres Kind gewesen wäre. Dann wäre mein Vater vielleicht bei uns geblieben. Ich bin mir sicher, dass er uns dann nicht verlassen hätte.«

»Mutter Erde hat dich immer geliebt. Deshalb spürst du diesen starken Wunsch, zu ihr zurückzukehren. Aber jedes Menschenkind trägt nicht nur die Wurzeln von Mutter Erde in sich. Jeder Mensch trägt auch ein Stück Himmel in seinem Herzen. Ich nenne ihn großer, weißer Büffel oder großer Geist. Er will dich erheben und neu erschaffen. Höre die Worte der Prophezeiung:

›Ich bin die Sonne, der Vater. Ich habe alle Dinge auf der Erde erschaffen. Du bist mein Kind und ich schütze dich vor Schaden, doch mein Herz ist betrübt, dass du dich selbst zerstörst. Von Mutter Erde erhältst du deine Nahrung, doch sie ist zu krank, um dir gesundes Essen zu geben. Was soll aus dir werden? Willst du nicht mehr das Herz deines Vaters erfreuen? Willst du nicht die Krankheit deiner Mutter heilen? Bleibe standhaft, dann will ich dich retten, sodass du glücklich leben wirst in einer friedlichen Welt‹.«

»Ich werde standhaft bleiben, Meister.«

Der Nebel lichtet sich. Ich öffne die Augen. Das Licht und die Wärme des großen, weißen Büffels durchdringen mich.

»Wenn du dich auf den Weg machst und nicht gut vorbereitet bist, dann wirst du in der Erde stecken bleiben. So wie eine Puppe, die nie zum Schmetterling wird. So wie ein Kind, das im Geburtskanal stirbt, bevor es das Licht der Welt erblickt hat.

Du wirst es schaffen, Eva. Das spüre ich. Du bist stärker als meine Tochter. Jetzt bist du wie eine Tochter für mich. Ich werde besser auf dich aufpassen.«

Er wird mich beschützen. Mir ist warm und mein Gesicht wird vom Licht gestreichelt. Die Stimme des Meisters klingt jetzt sehr eindringlich.

»Es ist Zeit für den nächsten Schritt, Eva. Du wirst ab heute keine feste Nahrung mehr zu dir nehmen. Du wirst im Zimmer unserer Tochter wohnen. Und wenn die Zeichen günstig sind, werden wir in wenigen Tagen das Ritual zum Abschluss bringen können.«

9

Das Gerichtsmedizinische Institut lag am Rande des weitläufigen Universitätscampus. Am sinnvollsten erreichte man es mit der Tram und genoss dann den Spaziergang durch das parkähnliche Gelände, in dessen Mitte ein kreisrunder See lag. Kommissar Bloch steuerte jedoch den Wagen in die feuchtklamme Unterwelt des Parkhauses und suchte nach den Besucherparkplätzen. Das riesige Parkhaus erstreckte sich mit mehreren Stockwerken unter dem sonnendurchfluteten Park. Wahrscheinlich lag der See, an dessen Ufer Kinder zutrauliche Enten fütterten, direkt über ihm. Er parkte den Wagen und merkte sich Stockwerk und Parkplatznummer. Über ihm flackerte eine Neonröhre. In ihrem ersterbenden und hastig wieder aufwachenden Licht erkannte er zwei struppige Tauben, die sich in einer zugigen Ecke dicht aneinanderschmiegten. Bloch sah ein Schild ›Ausfahrt‹. Er suchte den Lift. Er sah auch andere Schilder. Sie zeigten alle ein weißes, rennendes Männchen auf grasgrünem Grund. Fluchtwegpiktogramme. Er schwitzte.

Schließlich fand er den Lift. Die Kabine stank nach Urin und war mit mehreren Schichten grellfarbiger Graffiti überzogen. Auf halber Höhe zog sich ein Kranz von Dellen und Spuren schwerer Springerstiefel, so, als seien Jugendliche wieder und immer wieder mit voller Wucht gegen die Wand der Aufzugkabine gesprungen. Mit spitzen Fingern betätigte Bloch einen kaugummiverklebten Knopf und der Lift glitt nach oben. Er entließ ihn auf einen gepflasterten Vorplatz. Beton und hellgrauer Granit umgaben ihn. Der Park lag weit hinten. Es waren nur noch wenige Schritte bis zum Institut.

Binder wartete bereits auf ihn. Eine massige, vierschrötige Gestalt. Rotes Gesicht, säuberlich ausgekratzte Bartstoppeln. Er schien schon älter als 60 zu sein. Binder war Sektionsgehilfe. ›Oberpräparator‹, wie er sich vorstellte. Bloch wusste nicht, ob dies auch seine offizielle Berufsbezeichnung war, fragte aber nicht weiter nach.

»Sie sind Kommissar Bloch aus Konstanz.« Das war eine Feststellung, keine Frage. »Kommen Sie mit. Ich bringe Sie zu meinem Chef.«

Der Institutschef, Professor Zumkeller, war ein hagerer, fast kahler Mittfünfziger. Er trug einen brettsteif gestärkten, schneeweißen Kittel. Bloch, verschwitzt und sich mit einer schweren Aktentasche abschleppend, fühlte sich auf der Stelle schmuddelig und deplaziert. Ohne Blochs Eintreten zur Kenntnis zu nehmen, beugte sich Zumkeller über die Schulter seiner Sekretärin und erklärte ihr seine Korrekturen in einem voluminösen Bericht.

»Wie oft muss ich das noch wiederholen«, hörte Bloch. »Lateinische Fachausdrücke gehören nicht in einen Bericht an die Bezirksanwaltschaft. Die verstehen unser Fachchinesisch doch nicht.«

Die Sekretärin war jung, rothaarig, kurzberockt und beleidigt. »Das habe ich sowieso nur nach Diktat geschrieben«, schmollte sie. »Da kann ich nichts dafür.«

Zumkeller gab keine Antwort, richtete sich auf und schoss ein strahlendes Lächeln in Richtung des Kommissars ab. Er sah aus wie ein Marathonläufer. »Kommen Sie.« Ohne ihm die Hand zu geben, öffnete er die Tür zu seinem Büro.

»Nach Ihnen.« Bloch und der Oberpräparator Binder betraten das Büro. Bloch wischte sich heimlich die Handflächen an der Hose ab und stellte aufatmend die schwere Tasche auf den diskret gemaserten Linoleumboden. Zumkeller gab der Sekretärin noch einige knappe Anweisungen. Die antwortete etwas Unverständliches.

»Setzen wir uns doch.« Auch in diesem Büro befand sich eine kleine Sitzecke, abseits von Schreibtisch und Regalen. Im Gegensatz zum Arbeitsraum Gräbers, der so aussah, als seien die Möbel vor Jahren vom Sperrmüll gekommen, war hier alles neu, die Stühle sogar regelrecht designerhaft, in unterschiedlichen, aber sorgfältig aufeinander abgestimmten Farben. Alles machte einen freundlichen und harmonischen Eindruck. Vielleicht brauchte man eine solche Umgebung, wenn man so viele Leichen im Keller hatte wie Professor Zumkeller. Aber ganz offensichtlich waren die Budgets für Büromöbel an der Uni Zürich deutlich höher als die in Konstanz.

»Sie kommen wegen der Mumie.« Zumkeller eröffnete das Gespräch ohne große Umschweife.

»Genau. Sie wurden ja bereits davon unterrichtet, dass der Ausgrabungsleiter, Professor Hoffmann, brutal ermordet worden ist. In diesem Zusammenhang habe ich ein paar Fragen und ich wäre Ihnen sehr verbunden, wenn ich dann auch einen Blick auf die Mumie …«

»Wollen Sie etwas trinken?« Zumkeller schien ihm nicht besonders aufmerksam zuzuhören.

»Ja, gerne. Ein Glas Wasser bitte, das reicht vollkommen.«

»Ich kümmere mich darum, Chef.« Binder, der bis jetzt unsichtbare Partikel unter seinen Fingernägeln hervorgepult hatte, sprang dienstfertig auf.

»Ach, tun Sie das, Binder.« Ein schmales Lächeln glitt über Zumkellers Gesicht und erlosch sofort wieder. »Tun Sie das. Die Marion wird sonst heute nicht mehr fertig mit dem Bericht, wenn sie uns auch noch Kaffee kochen muss.« Zumkeller wandte sich an Bloch: »Die Marion ist eine Ferienvertretung. Ich kann mir kaum ihren Namen merken, solche Aversionen habe ich gegen sie. Schrecklich, diese jungen Frauen. Keine Arbeitsmoral, keine Disziplin. Und dann die Orthographie – zum Weinen.«

Bloch tippte die meisten Berichte selber. Obwohl er im Zweifingersystem schrieb, ging es immer noch schneller, als wenn er die Diktatbänder einer der völlig überlasteten Sekretärinnen anvertraute. Es war ein Elend.

»Die Mumie …«, begann er wieder.

»Ja, die Mumie.« Zumkeller strahlte wieder wie ein Marathonläufer nach Erreichen der Ziellinie. Endorphingedopt, aber am Rande der totalen Erschöpfung.

»Unsere Institute arbeiteten schon unter meinem Vorgänger zusammen«, begann er.

Die Tür sprang auf. Binder balancierte ein Tablett mit Tassen und Gläsern herein und schloss die Tür mit dem Ellenbogen. Es klirrte leise, als er das Tablett auf den Tisch stellte. »Der Bericht scheint übrigens fertig geworden zu sein, Chef«, bemerkte er wie nebenbei. »Die Marion lackiert sich jedenfalls die Fingernägel.«

»Das ist doch ...« Zumkellers gestärkter Kittel knisterte, als er sich abrupt bewegte.

»Lassen Sie.« Binder legte ihm seine schwere, fast quadratische Hand auf den Ärmel. Die Haut über den Fingerknöcheln war aufgescheuert und wund, wie von zu häufigem Händewaschen oder als ob er mit der Faust gegen eine Wand geschlagen hätte.

»Sie haben ja recht, aber da soll man sich nicht aufregen. Ich mache das jetzt schon seit drei Wochen mit.« Zumkeller nahm einen großen Schluck Wasser. »Bitte, bedienen Sie sich.«

Der Kommissar fühlte sich wie der passive Zuschauer eines skurrilen Theaterstückes. Ging es hier immer so zu? Arbeiteten die hier überhaupt? Als könnte er seine Gedanken lesen, wandte sich Zumkeller ihm zu.

»Hoffentlich halten Sie uns nicht für verrückt, Herr Kommissar. Aber seit meine Sekretärin zur Kur ist, läuft hier gar nichts mehr. Eigentlich haben wir jetzt sogar eine eher ruhige Zeit. Keine Tötungsdelikte, lediglich ein paar Verkehrsunfälle und zwei unkomplizierte Suizide – aber trotzdem kommen wir einfach nicht vorwärts. Es sollten längst überfällige Berichte geschrieben werden und im Archiv warten Aktengebirge darauf, endlich eingeordnet zu werden. Ach, was erzähle ich Ihnen da von meinen Sorgen.«

Bloch lächelte verbindlich. »Ich kenne das auch, Herr Professor Zumkeller. Man rackert sich ab und tritt trotzdem auf der Stelle, ja, das kenne ich. Können wir vielleicht trotzdem wieder zu unserem Fall … Ich wollte wenn möglich vor dem Abendverkehr wieder … Sie verstehen?«

»Vollkommen. Ich verstehe Sie vollkommen. Wo sollen wir anfangen?«

»Bei der Verbindung zwischen den Instituten. Sie erwähnten, dass es diese Art von Arbeitsteilung schon zu Zeiten Ihres Vorgängers gab?«

»Genau. Da kann Ihnen Binder sicher noch Genaueres berichten. Der hat das ja alles noch mitgemacht. Nicht wahr, Binder?«

Der Sektionsgehilfe rutschte auf die Kante des mit einem bunten Stoff bezogenen Stuhls, der daraufhin vernehmlich ächzte. Die rot gescheuerten, quadratischen Hände lagen auf seinen Knien.

»Wir haben schon bei mehreren archäologischen Projekten Hilfestellung geleistet«, begann er. »Die Aufträge aus Konstanz sind bei unseren Assistenten und Oberärzten sehr beliebt. Sie haben so etwas – Exotisches.«

»Können Sie sich noch an konkrete Projekte erinnern, Herr Binder?«

»Da sind einige. Zum Beispiel Mitte der 70er-Jahre bekamen wir mal einen Schädel rein mit der Frage der Todesart. Im Schädel klaffte ein großes Loch und die Archäologen nahmen an, dass es sich um eine Kampfverletzung handelte. Unsere Fachleute fanden aber heraus, dass es eine regelrechte Operation gewesen ist, die der arme Kerl über sich ergehen lassen musste. Dieser Mensch hatte die Operation wohl sogar um einige Jahre überlebt und war dann an etwas ganz anderem gestorben.

Wir bekommen auch immer wieder mal Skelettfragmente rein mit der Fragestellung, ob es sich um Frauen- oder Männerknochen handelt. Das ist bei uns sozusagen schon Routine.«

Der Kommissar kannte die Knochen, von denen Binder sprach. Sie befanden sich in den Vitrinen der Totenkammer des Archäologischen Museums.

»Aber eine Mumie hatten Sie wahrscheinlich noch nie?«

Binder und Zumkeller wechselten einen Blick.

»Nur zu, Binder. Nur zu«, ermunterte ihn sein Vorgesetzter.

»Doch, Herr Kommissar, man hält es kaum für möglich in der biederen Schweiz, aber eine Mumie hatten wir auch schon mal. Das war …« Er überlegte.

»Das war 1994«, warf Zumkeller ein. »Ich erinnere mich genau. Das war nämlich das Jahr, als ich die Leitung des Institutes übernommen habe. Damals flogen zwei unserer Spezialisten nach Sibirien, um Untersuchungen an einer über 2000 Jahre alten Mumie vorzunehmen, die im Permafrostboden des Altai-Gebirges gefunden worden war. Wir haben also Erfahrungen mit Mumien. Und genau deswegen wurden wir auch in diesem Fall um Mithilfe gebeten.«

Binder sah seinen Chef an.

Alles klang plausibel.

»Professor Zumkeller, mit welcher Fragestellung kam die Konstanzer Mumie denn zu Ihnen?«

»Ja, wissen Sie«, Zumkeller klapperte spielerisch mit dem Löffel auf der Untertasse herum. Sein Kaffee war kalt geworden und hatte eine Art Ölfilm auf der Oberfläche bekommen. »Vordringlich ging es um die Altersbestimmung und die kulturelle Zuordnung. Handelt es sich um einen kaukasisch-europäischen Typus oder stammt sie aus einem anderen Umfeld? Vergessen Sie nicht, die spärlichen Grabbeigaben deuten auf eine Verbindung zur indianischen Kultur hin, wobei völlig unklar ist, was ein Indianerstamm am Bodensee zu suchen hatte. Dann stellt sich natürlich auch die Frage der Todesart. Ja, durchaus, auch diese Frage stellt sich.« Wieder klapperte der Löffel. Es entstand fast so etwas wie eine kleine Melodie.

Die Uhr an Blochs Handgelenk tickte überlaut. Er hatte vermutlich nicht die geringste Chance, dem abendlichen Verkehrschaos zu entkommen. »Sind Sie denn schon zu irgendwelchen aussagekräftigen Ergebnissen gekommen?«

»Das ist natürlich eine überaus heikle Aufgabenstellung. Wir dürfen auf gar keinen Fall die Mumie bei unseren Untersuchungen beschädigen. Gleichzeitig müssen wir DNS gewinnen und chemisch-toxikologische Untersuchungen durchführen, was nicht ohne ein Minimum an biologischem Material möglich ist. Um es kurz zu machen …«

Kommissar Bloch ersparte ihm die Mühe einer ebenso weitschweifigen Zusammenfassung und resümierte:

»Sie haben also nur vorläufige Ergebnisse.«

»Exakt.« Ein strahlendes Lächeln. War das Erleichterung? Das Lächeln erlosch so schnell, wie es aufgeflammt war. »Exakt, Herr Kommissar. Sie nehmen mir das Wort aus dem Munde.«

»Dann brauche ich eben genau diese vorläufigen Ergebnisse, Herr Professor Zumkeller. Wenn Sie bitte so freundlich wären.«

Zumkeller erhob sich langsam und und drehte seine hagere Gestalt dem Schreibtisch zu. Dieser hatte eine Glasplatte, auf der man sicher jedes Staubkorn zählen konnte. Mit sicherem Griff hob er eine rote Mappe hoch. ›AN-2-2005‹ stand in großen Lettern darauf. »Ein internes Kürzel«, erklärte Zumkeller. »›AN‹ bedeutet Archäologische Nummer. ›LS‹ steht zum Beispiel für Leichensache und ›OD‹ für Obduktion. In diesem Jahr ist es bereits der zweite archäologische Fall, den wir bearbeiten, deshalb die Nummer zwei im Kürzel. Der erste Fall waren diese fünf Hexenschädel, die wir unter einer gemeinsamen Kennnummer subsummiert haben. Die Schädel stammten ja alle von derselben Ausgrabungsstelle. Lassen Sie mich mal sehen«, er blätterte in der Mappe. »Hier. Es dürfte sich um die Mumie einer jungen Frau handeln. Das Röntgenbild der langen Röhrenknochen lässt den Schluss zu, dass sie zwischen 18 und 25 Jahre alt geworden ist. Die Liegezeit hingegen ist schwieriger einzugrenzen. Es dürfte sich nach vorläufiger grober Schätzung um mindestens 100 Jahre handeln; wahrscheinlich ist die Mumie sogar wesentlich älter. Die Kohlenstoffdatierung der Lederhäute, in die die Mumie eingewickelt war, steht noch aus.«

»Die Todesart …« Die Stimme des Kommissars war von einer fast übermenschlichen Geduld.

»Schwer zu sagen. Wir haben noch keine Leichenöffnung vorgenommen. Wir wollen die Mumie nicht zerstören. Auffällig ist jedenfalls die starke Rückbildung der Muskulatur an den Extremitäten und dass offensichtlich an den typischen Stellen, also an der Hüfte, am Bauch und im Wangenbereich, kaum noch Speicherfett vorhanden ist. Wir sind uns noch nicht einig, ob dies eine Folge der Mumifizierung ist oder ob die Frau an einer auszehrenden Krankheit gelitten hat.«

»An was denken Sie, Herr Professor?«

»Tuberkulose. Ich denke zum Beispiel an die Tuberkulose. Früher nannte man diese Krankheit auch Schwindsucht, weil die Menschen regelrecht dahin schwanden. Aber das ist nur so eine Theorie. Wir haben die Mumie, wie gesagt, geröntgt und konnten auf diese Weise gröbere Knochenverletzungen ausschließen. Es sind keinerlei äußere Verletzungen sichtbar und interessanterweise auch keine postmortalen artifiziellen Veränderungen.«

»Was heißt das auf Deutsch?« Bloch schrieb eifrig mit.

»Das heißt zum einen, dass kein Tierfraß vorhanden ist, zum anderen – und das erscheint mir fast noch wichtiger – dass die Tote nicht ausgeweidet wurde, um sie zu konservieren.«

Blochs Stift machte eine Pause.

Ausgeweidet.

Er trank einen Schluck Wasser.

»Ist das denn wichtig, Herr Professor?«

»Das will ich aber meinen. Denken Sie nur an die alten Ägypter. Die entfernten alle inneren Organe und badeten den Leichnam dann förmlich in Chemikalien, um ihn zu konservieren. Auch die eben erwähnte Mumie aus Sibirien war komplett ausgestopft, wenn Sie mir diesen Ausdruck erlauben. Interessanterweise waren unsere sämtlichen Untersuchungen auf Chemikalien komplett negativ. Sie war sozusagen ... Wie soll ich es ausdrücken? Sie war total – sauber. Wir können also mit an Sicherheit grenzender Wahrscheinlichkeit auch eine Vergiftung als Todesursache ausschließen. Am wahrscheinlichsten erscheint uns, dass die Tote längere Zeit an einem Ort aufbewahrt wurde, wo es ziemlich kalt und trocken war. Außerdem muss eine ständige Luftzirkulation geherrscht haben. Solche Umgebungsverhältnisse können zur vollständigen Mumifizierung führen. Erst recht, wenn die Verstorbene zum Zeitpunkt des Todes stark ausgehungert und ausgetrocknet war.«

»So in etwa hat es mir auch die Assistentin von Professor Hoffmann erklärt. Diese Frau Löble, Sie kennen sie sicher, sprach von einem indianischen Bestattungsritus, bei dem die Verstorbenen auf luftige Lattengerüste gelegt werden.«

»Exakt. Wahrscheinlich müssen wir hier so etwas annehmen. Eine Annahme per exclusionem. Uns fehlen einfach Anhaltspunkte für eine andere Vorgehensweise.«

»Wie lange dauert es denn unter diesen Umständen, bis eine vollständige Mumifizierung eintritt?«

»Schwer zu sagen. Das hängt natürlich von vielen äußeren Faktoren ab. Aber grob geschätzt muss sie mindestens ein Jahr auf diese Weise aufbewahrt worden sein.«

»Leider beantwortet das immer noch nicht die Frage, wie sie in die Mitte des Drudenfußes kam und wie lange sie dort in ihrem sandigen Grab gelegen hat.«

»Sie sagen es. Es sind noch ziemlich viele Fragen offen. Ein Jammer, dass mein Kollege Hoffmann tot ist. Wir könnten seinen Sachverstand dringend brauchen. Er war brillant, schlichtweg brillant, wissen Sie?«

Der Kommissar murmelte etwas, das wie Zustimmung klang.

»Für die nächste Woche hatten wir nämlich endlich die Öffnung der Mumie geplant. Nun steht es in den Sternen, ob wir überhaupt dazu kommen.«

»Kann ich sie sehen?« Der Kommissar schloss seinen Notizblock.

»Binder wird Sie führen. Wir sehen uns später.«

10

Vor den Obduktionssälen befand sich eine weitläufige, geflieste Halle. Gläserne Schiebetüren öffneten sich lautlos wie im Supermarkt. Ein ständiger Luftstrom ließ Kommissar Bloch frösteln. Er sah mehrere blitzende Metalltische mit leicht geneigter Arbeitsfläche und einem Abfluss. Auf einem Tisch war schmutzige, zerrissene Kleidung ausgebreitet. Der Kommissar sah nicht genauer hin. Dies war nur der Vorbereitungsraum, sozusagen die Anlieferung, wie ihm Binder in knappen Worten erläuterte. Kommissar Bloch betrachtete die Wand links. Sie bestand aus aneinander gereihten Edelstahltüren mit Griffen, die ihn an die voluminösen Kühlschränke der 50er-Jahre erinnerten. Kühlschränke, deren massiges Äußeres nur aus Isolierschichten bestand, aus Schaumstoffspeckgürteln, die über den winzigen Innenraum hinwegtäuschten. Kühlschränke, die sich nicht von innen öffnen ließen und in denen kleine Kinder erstickten oder erfroren.

Binder ging zur dritten Tür von links, entsicherte den Griff und zog eine flache, blank gescheuerte Schublade heraus. Im Dämmerlicht des Kühlschrankinneren sah Kommissar Bloch bleichgelbe Fußsohlen aufleuchten, an deren Zehen Zettel aus grobem Pappkarton hingen. Anhänger, nicht unähnlich jenen, mit denen Koffer beschriftet werden, die auf eine längere

Reise mit vielen Zwischenaufenthalten gehen. Bloch sah nur die Füße von Erwachsenen, keine Kinderfüße. Es gab ihm einen Stich der Erleichterung, den er sich in seiner unvermuteten Heftigkeit nicht zu erklären wusste.

Binder wuchtete die Schublade samt Inhalt auf ein fahrbares Gestell und schloss die Tür. Kälte sinkt nach unten. Kommissar Bloch trat von einem Fuß auf den anderen, um die Blutzirkulation wieder in Gang zu bringen.

Er trat näher.

Der Blick in tote Gesichter war für ihn schon seit vielen Jahren Routine.

Dies hier war keine Routine.

Wahrscheinlich hatte die Löble recht, als sie sagte, die Mumie sei wunderschön. Die Gestalt hatte fast nichts Leichenhaftes an sich, verbreitete auch nicht den Geruch der Verwesung. Jegliche Individualität war von ihr gewichen, jegliche Verbindung zu der Person, die sie einmal gewesen sein mochte, gelöst. Sie lag dort wie ein Kunstwerk ihrer selbst, geschaffen durch gewisse physikalische Rahmenbedingungen, ähnlich vielleicht filigranen Versteinerungen, geboren aus einem Meer von Zeit, ein seltenes Artefakt.

Die Haut schien wie aus dunklem bernsteinfarbenem opakem Wachs gebildet. Einzelne Äderchen waren noch sichtbar. Die zierlichen Hände lagen auf der Brust, die Fingernägel dunkler gefärbt, schokoladenfarben, sehr kurz und – der Kommissar beugte sich vor – allem Anschein nach abgekaut. Die Indianerin war zu Lebzeiten eine Nägelbeißerin gewesen.

Dies hatte etwas Anrührendes, so, als habe er ihr ein sorgsam gehütetes Geheimnis entlockt, ein Geheimnis, das ihn eigentlich nichts anging.

»Sie sehen die starke Abmagerung.« Binders roter, wund gescheuerter Zeigefinger zeigte hierhin und dorthin. Glitt in wenigen Zentimetern Abstand über ihre knochigen Hüften, verweilte über ihrem eingefallenen Bauch und tupfte kurz gegen die hohlen Wangen.

»Gibt es bei der Aufbewahrung der Mumie keine speziellen Bedingungen, die zu beachten sind, Herr Binder? Frau Löble sagte mir, dass sie darauf eingerichtet sind. Aber soweit ich sehe, liegt die Mumie hier mit den normalen Leichen zusammen.«

»Das müssen Sie mich nicht fragen«, brummte Binder. »Ich habe mich auch schon beschwert. Aber der Chef hat das vor einigen Tagen höchstpersönlich so angeordnet. Vorher lag sie in einer eigenen Kühlkammer. Wenn Sie mich fragen, ich denke, das geht nicht mehr lange gut. Aber ich habe hier ja sowieso nichts zu sagen.«

»Was meinen Sie damit?«

»Na ja, die Mumie ist offensichtlich all die Jahre unter extrem trockenen Bedingungen aufbewahrt worden. Deshalb ist sie auch so gut erhalten. Aber wenn sie in eine Umgebung mit deutlich erhöhter Luftfeuchtigkeit kommt, dann geht es eben nicht lange gut.«

»Verwesung?« Der Kommissar formulierte es als Frage.

»Ja genau, Verwesung. Es ist eine Schande. Schauen Sie mal her!«

Binder drehte den dürren, brettsteifen Leib der Mumie mit größter Vorsicht auf die Seite. Eine Handvoll flacher, grauer Käfer rannte aufgescheucht davon und raste panikwütig an den Kanten der Blechschublade entlang, auf der Suche nach Deckung und Dunkelheit. Sie sahen aus wie kleine, graue Männchen, den Kopf frustriert zwischen die hochgezogenen Schultern geduckt und die Hände tief in den Manteltaschen vergraben.

Die Blicke des Kommissars und die von Binder begegneten sich. Binder hatte gelblich verfärbtes Augenweiß mit zahllosen geplatzten Äderchen.

»Speckkäfer. Dieses Sauzeug findet sich normalerweise in den Speisekammern alter Bauernhäuser. Dort, wo sie die selbst gemachten Würste und ganze Speckseiten aufbewahren. Die Viecher leben von Fett und Eiweiß. Und das hier dürfte ganz sicher auch nicht sein.« Er deutete auf die Stellen, an denen die Mumie auf dem feuchtkalten Metall auflag. Kreuzbeingegend, Waden, Fersen und Schulterblätter waren von einem zarten Flaum überzogen, durchsetzt mit winzigen, weißbuckeligen Pünktchen. Es sah aus wie Akne.

»Das sind Schimmelpilze.« Binders Stimme klang verbittert. »Wenn sie noch ein paar Wochen so miserabel aufbewahrt wird, verrottet sie vollständig und dann können wir auch kaum noch verwertbare Untersuchungsergebnisse bekommen. Eine Schande ist das – ein so einmaliger Fall und dann das! Aber auf mich hört hier ja sowieso niemand.«

Er ließ die Mumie wieder zurückrollen. Ihr Gesichtsausdruck war abweisend. Die Mumie wollte ihre Ruhe.

»Ich verstehe das nicht, Herr Binder. Man hat mir gesagt, dass die Mumie extra hierhin gebracht wurde, weil die Aufbewahrungsbedingungen besser sind.«

»Ja, das war auch so. Zumindest am Anfang.« Binder zerdrückte ein paar Käfer, die sich unter den Waden der Mumie zu sammeln begannen. »Sie erlauben.« Er schob die abweisend schöne Tote wieder in die Kühlkammer und schloss die Tür mit Nachdruck. Binder betrachtete seine Fingernägel. »Das hat alles ungefähr vor zwei Wochen angefangen, als der Professor Hoffmann hier in Zürich war. Der Chef und er haben einen ganzen Abend lang an der Mumie herumgeschafft und niemand durfte ihnen dabei zusehen. Ich dachte, es war zur Obduktionsvorbereitung oder dass sie irgendwelche Proben entnommen hätten. Neugierig war ich schon. Aber die Tür war zu.« Binder nickte hinüber zum vollelektronischen Eingangsbereich. »Sie hatten sogar die Jalousien runtergelassen.«

Auch der Kommissar sah nun die dunklen Sichtblenden, die nicht vollständig emporgezogen waren.

»Was soll ich sagen«, Binders Stimme klang heiser. »Am nächsten Morgen lag sie dann jedenfalls nicht mehr in ihrer separaten Kühltruhe, wo wir die Luftfeuchtigkeit kontrollieren konnten, sondern hier, sozusagen in der allgemeinen Abteilung. Erst dachte ich, es ist vielleicht ein Irrtum. Aber Professor Zumkeller hat mir unmissverständlich zu verstehen gegeben, dass ich hier nichts zu sagen habe. Was soll ich da machen?« Er zuckte mit den Schultern.

»Sind Sie unter Druck gesetzt worden, Herr Binder?«

»Ich? Nein, Herr Kommissar. Ich habe noch zwei Jahre bis zur Rente. Ich habe ein Leben lang immer nur hier gearbeitet. Wenn Sie wüssten, was ich schon alles gesehen habe. Nein, mich kann niemand unter Druck setzen. Ich mache hier meine Arbeit und ich versuche sie so gut wie möglich zu machen. Ich verstehe sicher mehr von Obduktionen als so mancher von diesen studierten jungen Schnöseln, das können Sie mir glauben.«

Binder ließ offen, ob er auch Zumkeller zu den jungen Schnöseln zählte.

»Nun Herr Kommissar, sind Sie klüger geworden?« Zumkellers Stimme klang so kühl wie die geflieste Umgebung. Er hatte sich eine gelblichweiße Gummischürze umgebunden und schritt in dunkelblauen Vollgummi-Clogs lautlos über den gekachelten Boden. In der Mitte des Raumes befand sich ein Abfluss aus Edelstahl. Alles war klinisch sauber. Wie ein Schlachthaus, dachte der Kommissar. Oder wie ein Operationssaal. Er konnte den Blick nicht von den Clogs des Professors wenden. Sie waren mindestens zwei Nummern zu groß.

»Nein, klüger bin ich nicht. Dafür verstehe ich, ehrlich gesagt, zu wenig von diesen Dingen. Aber ich hätte schon noch ein paar Fragen.«

»Nur zu, mein Lieber. Nur zu.«

Ich bin nicht dein Lieber, dachte der Kommissar. Und werde es vermutlich nie sein. Die Gummischürze war alt und an den Rändern abgestoßen. Aber auch sie schien einwandfrei sauber zu sein.

»Wie lange ist die Mumie jetzt bei Ihnen in der Gerichtsmedizin, Herr Professor?«

»Bitte vermeiden Sie doch das Wort Gerichtsmedizin.« Zumkeller klang so, als habe er diesen Satz bereits sehr oft gesagt. »Seit zehn Jahren nennen wir uns Rechtsmedizin. Gerichtsmedizin – dieser Begriff ist etwas für Laien oder für die Sensationspresse. Wir sind ein seriöser Zweig der Medizin, auch wenn wir häufig als Schmuddelkinder gelten. Wir stehen immer und ausschließlich auf der Seite des Rechts. Deshalb muss ich unbedingt auf dem Begriff der Rechtsmedizin bestehen, Herr Kommissar.«

»Verzeihen Sie, Herr Professor Zumkeller, aber ich glaube, da bin ich altmodisch. In meinem Alter lernt man nicht mehr so schnell dazu. Für mich bleibt das hier eben die Gerichtsmedizin. Nichts für ungut.«

Falls Zumkeller ärgerlich war, dann hatte er seine Gesichtszüge bemerkenswert gut unter Kontrolle.

»Gehen wir hoch in mein Büro«, meinte er. »Dort ist es wärmer.«

11

Als Kommissar Bloch sich auf den Rückweg machte, waren die Straßen schon wieder frei. Der Abendverkehr war längst vorbei. Seine Fragen waren jedoch noch immer offen, obwohl Zumkeller fast zwei Stunden mit geschliffener Rhetorik auf ihn eingeredet hatte.

Vielleicht war nicht Binder unter Druck gesetzt worden, sondern Professor Zumkeller?

Was hatte Hoffmann ihm an dem besagten Abend mitgeteilt?

Cenk war jedenfalls nicht mehr im Büro. Cenk hatte auch ein Privatleben. Oder war etwa auch er dienstlich unterwegs an diesem herbstlichen Abend? Fade Nebelschleier legten sich über die Autobahn. Winterthur. Kommissar Blochs Handy hatte keinen Empfang. Er musste vom Gas runter. Es wäre ein schlechter Witz, auf der Heimfahrt in eine Radarfalle der Schweizer Kollegen hineinzufahren.

Cenk sah das wesentlich lockerer. Er besaß extra für solche Angelegenheiten eine Kasse, aus der er die zahlreichen Strafzettel bezahlte, die er im Laufe eines Monats wegen falschen Parkens und Geschwindigkeitsübertretungen erhielt. ›Was soll ich mich aufregen? Ich bin doch kein Verkehrspolizist‹, sagte er normalerweise mit breitem Grinsen. ›Und solange ich niemanden totfahre, brauchen die Kollegen von der Mordkommission ja auch nicht gegen mich zu ermitteln, oder?‹

Kommissar Bloch enthielt sich jeglichen Kommentars.

Die Abfahrt Richtung Schaffhausen. Das Licht der entgegenkommenden Fahrzeuge wurde immer diffuser. Den Mittelstreifen schluckte eine dichte Nebelbank. Die Straße wurde schmaler. Die Grenze rückte näher. Blochs Handy hatte immer noch keinen Empfang.

Irgendwo hatte er noch Kleingeld. Euro. In der Schweiz nahmen die Telefonzellen keine Euromünzen an. In der Schweiz hießen die Telefonzellen Kabinen. Am Zoll würde es sicher eine Möglichkeit zum Telefonieren geben.

Der Grenzübergang. Thayngen. Grellrote Rücklichter tauchten aus dem Nebel auf. Bloch fuhr langsam auf das Ende der Autoschlange zu. Der Grenzübergang sah aus wie alle anderen größeren Grenzübergänge in der Schweiz. Er war hell erleuchtet. Ein äußerst ineffektives Bollwerk gegen Drogen- und Menschenschmuggel, da die erfolgträchtigsten Transportrouten dieses prosperierenden Wirtschaftszweiges mittlerweile fast ausschließlich über die vielen kleinen Schleichwege der grünen Grenze führten. Die Kollegen in Thayngen waren jedoch höchst erfolgreich beim Aufspüren von Schwarzgeld. Hier zogen sie nicht junge Männer in schwarzen Lederjacken und mit verspiegelten Sonnenbrillen aus dem Verkehr, sondern ehrbare, mittelständische Handwerksmeister oder Autohausbesitzer.

Kommissar Bloch fuhr vor und wedelte mit seinem Personalausweis. Ein kurzer Blick nach draußen. Es waren zwei Grenzbeamte. Ein bullig aussehender Mann und eine zierliche, junge Frau, an der die grüne Uniform mindestens zwei Nummern zu groß wirkte. Der bullige Kollege lächelte, als er ihn durchwinkte. Das Gesicht der jungen Frau blieb ausdruckslos. Ihre langen, blonden Haare waren streng zurückgekämmt und zu einem praktischen Pferdeschwanz gebunden. Sie war so jung, dass sie wie eine Karikatur ihrer amtlichen Funktion wirkte, bar jeglicher Individualität. Inzwischen erkannte der Kommissar auch den Grund für den Ministau. Zwei Zöllner mit kugelsicheren Westen durchsuchten einen großen, schwarzen BMW. Zwei dunkelhäutige Männer mit verspiegelten Sonnenbrillen standen gleichmütig daneben. Ein Kollege vom Zoll beobachtete sie, die Hand an der Waffe.

Jeder macht halt seinen Job, schoss es Kommissar Bloch durch den Kopf, als er das Auto in eine Parklücke lenkte. Im Schatten des Hauptgebäudes hatte er eine Telefonzelle entdeckt. Bloch stieg aus und begann in seinen Jackentaschen nach Kleingeld zu suchen. Die Kabine war besetzt. Er hörte abgerissene Sätze in einer unverständlichen Sprache. Die Scheiben waren von innen komplett beschlagen. Eine rosafarbene Handfläche wischte ein kleines Fenster in den Schleier und schaute hinaus. Der Kommissar sah riesige schwarze Augen und eine Haarsträhne, die nach vorne fiel. Der Blick senkte sich sofort und die Haarsträhne wurde energisch zurückgeschoben. Es gab ein erregtes Hin und Her von zwei Frauenstimmen. Offensichtlich wechselten sie sich am Hörer ab. Wie oft telefonierten sie von hier aus in die Heimat? Oder telefonierten sie mit Verwandten, die in einem Asylantenheim in einem anderen Bundesland gestrandet waren? Es war auf jeden Fall ein sehr langes Gespräch. Sollte er klopfen oder zum Zoll zurückgehen und von dort aus telefonieren? Amtshilfe. Normalerweise kein Problem. Trotzdem ließ ihn etwas ausharren. Obwohl er fror. Er hatte heute schon zum zweiten Mal eiskalte Füße. Er würde sich erkälten. Vorsichtig, so, als hätte er Angst, sie könnte zerspringen, klopfte er gegen die Scheibe.

Keine Reaktion. Die Stimmen da drinnen steigerten sich zu schrillen Schreien. Er hätte lauter klopfen sollen. Er würde nicht noch länger warten. Keine Sekunde länger. Er blieb stehen und klimperte mit den Münzen in seiner hohlen Hand.

Von allen schlechten Eigenschaften, die er in den langen Jahren des Zusammenlebens mit sich selbst festgestellt hatte, hasste Bloch seine Entschlusslosigkeit am meisten. Weniger die Entschlusslosigkeit im Beruf als die im Privatleben. Sie lähmte ihn so oft, dass er gewöhnlich aller Entscheidungen enthoben wurde, weil ihm die sogenannten Sachzwänge geradezu übergestülpt wurden.

So war in ihm schon seit langer Zeit, wenn nicht ein Leiden, so doch ganz sicher ein diffuses, geradezu körperliches Unbehagen am Privaten. Wenn Bloch nicht höllisch aufpasste, dann metastasierte dieses Unbehagen in alle Lebensbereiche. Der einzige Notausgang, den er in vielen Jahren des Suchens gefunden hatte, war die beharrliche Ausübung des Berufes. Man wusste ja, was hinter Notausgängen kam: kahle Wände, lange Gänge. Nichts wirklich Verlockendes.

So war es auch absolut schwachsinnig und nicht im geringsten Maße erstrebenswert, abends vor einer Telefonzelle in der Kälte zu warten, um ein Dienstgespräch zu führen. Er würde jetzt sofort zum Zoll gehen. Vielleicht hatten die Kollegen sogar eine Tasse Kaffee für ihn.

Bloch wandte sich zum Gehen. Die Tür der Telefonzelle sprang auf. Die Stimme einer jungen Frau rief ihm nach: »Du, Herr – bitteschön.«

Sie trug ein stahlblaues Kopftuch, das auch ihren Oberkörper zur Hälfte verhüllte, sowie einen bodenlangen Mantel. Sie war schwanger. Sie sah aus wie eine Nonne.

Als der Kommissar steifbeinig zurückkam, senkte sie sofort den Blick. Sie führte eine unglaublich fette Person an der Hand, die etwa die Größe eines zwölfjährigen Kindes hatte und komplett in einen schwarzen Umhang eingehüllt war. Das Einzige, was sichtbar wurde, waren ihre vogelkrallenartigen Hände. Mit der einen Hand klammerte sie sich am Unterarm der jungen Frau fest, mit der anderen stützte sie sich auf einen Krückstock, wie ihn ältere Herren zum Wandern verwenden.

»Bitte«, die junge Frau hielt ihm die Tür auf. »Bitte, Herr. Telefonieren.« Sie hielt das Gesicht abgewandt.

Der Kommissar nahm ihr die Tür aus der Hand. »Danke.«

Ein Blick aus ihren Augen. Die Haarsträhne wagte sich wieder hervor. Sie schaute hastig zur Seite. Das kugelrunde, zeltartige Wesen an ihrer Seite sprach erregt, mit greisenhaft hoher Fistelstimme auf sie ein, während sie sich langsam entfernten. Das Innere der Telefonzelle roch nach Schweiß und einem süßlichen Parfüm. Der Kommissar wischte den Hörer am Jackenärmel ab und öffnete die Tür einen Spalt breit. Er wählte Cenks Büronummer, die Privatnummer und die seines Handys. Keine Antwort. Cenk hatte Feierabend. Bloch hatte umsonst gewartet.

12

Ich bin müde vom Laufen. Ich liege auf dem Boden. Unter mir eine dünne Matte.

Topsannah hat mich mit einer selbst gewebten Decke zugedeckt. Sie hat gelächelt und mir für einen kurzen Moment ihre kühle, trockene Hand auf die Stirn gelegt. Ich weiß nicht, ob ich das wollte. Aber ich habe auch gelächelt und dann meine Augen schnell geschlossen. Als sie ging, hatte ich für einen Moment Angst, sie würde die Zimmertür abschließen. Das tat sie jedoch nicht. Ich könnte jederzeit gehen. Ich bin frei.

Im Haus ist es still. Das Fenster steht offen und ein ständiger, leichter Luftzug weht über meinen Körper. Ich muss mich zusammenrollen wie ein Embryo, damit mir wärmer wird. An der Wand steht ein Bettgestell aus unbehandeltem Fichtenholz. Das Holz ist noch ganz hell, fast wie neu. Als ich es mir genauer angeschaut habe, bemerkte ich, dass das Bett früher einmal mit der anderen Seite nach vorne gestanden haben muss. Wahrscheinlich hatte es seinen Platz an der Wand, an die ich mich jetzt schmiege. Die andere Seite des Bettes war nämlich vom Sonnenlicht dunkelblond gefärbt. Dunkle Streifen zogen sich am Seitenbrett hinunter, so, als ob dort einmal etwas ausgelaufen wäre. Es sieht hässlich aus. Ich verstehe, dass sie das Bett umgedreht haben. Ich wollte auch nicht darin schlafen. Es liegt keine Matratze in diesem Bett, nur noch der Lattenrost. ›Vielleicht werden wir es einmal verbrennen‹, hat Adler gesagt. Indianer schlafen nicht in Betten.

Die Wand, an die ich mich schmiege, ist kalt. Geheizt wird nur unten. Hier oben ist es kalt und der Wind weht herein. Es ist wie draußen schlafen. Früher liebte ich das. Zelten war ein wunderbares Abenteuer für mich. Ich war ein Mal mit meinem Vater zelten. Da war ich noch ziemlich klein. Ich glaube es war nur ein Wochenende und wir waren auch nicht besonders weit weg, sondern nur auf einem der vielen Campingplätze am Bodensee. Trotzdem hat es mir sehr gut gefallen. Ich habe ihn immer wieder angebettelt, es an einem seiner Wochenenden, die er mit mir verbrachte, noch mal zu wiederholen. Er hat auch nie nein gesagt. Es war nur so, dass irgendetwas immer dazwischen gekommen ist.

Ich kann nicht einschlafen. Es ist nicht so, dass ich großen Hunger hätte, aber ich muss trotzdem ständig an Essen denken. In mir ist ein fader, giftiger Geschmack. Mein Körper scheidet jetzt das ganze Gift aus, das sich in all den Jahren mit falscher Ernährung in ihm angesammelt hat. Das muss ich aushalten. Aber ich mag diesen Geschmack nicht, den ich an mir wahrnehme, und ich habe Angst, dass ich stinke und dass Adler und Topsannah sich vor mir ekeln könnten. Wenn sie nichts mehr von mir wissen wollen, wo soll ich dann noch hingehen?

Ich werde einen Schluck trinken. Ich werde die Treppe hinuntergehen und in der Küche einen Schluck

Wasser trinken. Trinken darf ich. Das klare Wasser wird den schlechten Geschmack vertreiben. Ich werde nicht das vergiftete Wasser trinken, das aus der Leitung kommt, sondern das Wasser, das Topsannah in einem Kanister im Küchenschrank aufbewahrt. Es ist Wasser aus einer Quelle. Sie füllen es extra zum Trinken ab und schleppen es den ganzen weiten Weg bis zum Haus. Es ist sehr kostbar, dieses Wasser.

Die Tür knarrt ein wenig. Ich bleibe stehen und lausche. Im Haus ist es still. Der Mond gibt genug Licht, sodass ich auf der Treppe nicht stolpern werde. Ich muss mich gut festhalten. Manchmal wird mir plötzlich schwindelig. Ich lege mir die selbst gewebte Decke um die Schultern und reibe einen meiner nackten Füße am anderen, denn mir ist sehr kalt. Früher sagte Vater, dass man sich erkältet, wenn man zu lange mit kalten Füßen herumläuft. Wenn ich das Ritual abgeschlossen habe, werde ich nie mehr krank sein. Ich gleite im Mondlicht die Treppe hinunter. Dieser Ausdruck gefällt mir gut. Als ich noch ein kleines Mädchen war, habe ich mir manchmal vorgestellt, ich wäre eine Fee und könnte durch die Luft gleiten. Genauso mache ich es jetzt auf meinem Weg nach unten. Genau so.

Im Wohnzimmer ist alles still und dunkel. Ich höre den Atem von Adler und von Topsannah. Sie schlafen schon. Morgen werden sie bereits vor Sonnenaufgang aufstehen, um zu meditieren. Ich bin ganz leise.

Die Küchentür ist nur angelehnt. Ich finde den Kanister mit einem Griff. Er ist sehr schwer. Auf der Spüle steht eine Tonschale, die werde ich zum Trinken nehmen. Ich balanciere den Kanister in einer

Hand und wuchte ihn nach oben. Alles ist schwerer geworden. Ich bekomme den Verschluss nicht auf. Meine Hände schmerzen vom vergeblichen Drehen an dem scharfkantigen Plastikteil. Gerade, als es sich lockert, rutscht mir der Kanister aus den Händen. Ich fange ihn auf, bevor er auf den Küchenboden knallt, aber das Wasser läuft aus. Es läuft über meine Beine, meine Füße stehen in einer Pfütze und es gelingt mir erst nach einer quälend langen Weile, den Kanister wieder nach oben zu heben. Er ist jetzt deutlich leichter geworden. Es ist nur noch ganz wenig Wasser darin. Ich habe das kostbare Wasser auf den Boden geschüttet. Ich habe Angst, dass der Meister etwas hört, dass er mich strafen wird. Ich habe Angst, dass er Topsannah anschreit. Ganz sicher wird er sie anschreien. Ich zittere – aber nicht vor Kälte. Auf einmal ist mir heiß. Ich muss die Schweinerei aufwischen. Liegt hier nicht irgendwo ein Lappen herum? Ich finde keinen Lappen, absolut nichts. Mit meinen bloßen Händen versuche ich das Wasser in der Küche zu verteilen, damit es vielleicht bis morgen früh eingetrocknet und verdunstet ist. Wenn sie mich fragen, sage ich einfach, ich wollte ihnen eine Freude machen und die Küche putzen. Das werde ich tun. Aber werden sie mir glauben? Ich nehme die Decke von meinen Schultern und versuche damit das Wasser aufzunehmen. Die Decke ist zu unhandlich. Ich rutsche auf dem glitschigen Boden aus, aber ich darf nicht hinfallen. Ich darf keinen Lärm machen. Sie dürfen nicht wach werden. Ich muss verschwinden. Er wird mich sonst strafen.

Leise. Ich muss leise sein. Es sind nur wenige Schritte bis zur Haustür. Der Adler droht abflugbereit über der Wohnzimmertür. Der Meister schnarcht. Vorsichtig drücke ich die Türklinke hinunter. Die Tür ist verschlossen. Ich komme nicht raus.

13

Zehn Uhr abends. Eigentlich hätte Kommissar Bloch jetzt nach Hause fahren können. Er hätte auch nicht erklären können, warum er den Wagen wieder zum Polizeipräsidium lenkte. Im kiesbestreuten Innenhof zwischen Polizeipräsidium und Archäologischem Landesmuseum erschien der Nebel weniger dicht. Bloch schaute hinauf zum zweiten Stock der ehemaligen Klosteranlage. In diesem Gebäudetrakt lag Cenks Büro. Alles war dunkel.

Im Landesmuseum hingegen brannte noch Licht. Der Kommissar zählte die Fenster. Offensichtlich war Professor Gräber noch im Büro. Ob er zu dieser späten Stunde noch ins Museum hineinkam, ohne dass der Professor ihn bemerkte? Es war zumindest einen Versuch wert.

Bloch stieg aus.

Als er sich dem Eingangsbereich näherte, flammte eine Reihe schmaler Lichter auf. Es waren bleiche Leuchtstoffröhren, die ein kaltes Licht in den Nebel hineinbissen. Es wies ihm kaum den Weg. Hinter der großen Glastür, im Windfang des Museums, lag ein Schäferhund. Das Tier hob den kantigen Schädel und zeigte in einer Art gelangweilter Routine die blanken Zähne. Der Hund hielt es nicht einmal für notwendig zu bellen und diese Show abzuziehen, die Wachhunde in der Regel vorführten, dieses Gegen-die-Tür-Springen, das Knurren, Bellen und Nackenhaare-Sträuben. Dieser Schäferhund war zu gut trainiert und zu erfahren, um seine Kräfte zu vergeuden. Er zeigte lediglich, dass er bewaffnet und aufmerksam war. Normalerweise reichte dies vollkommen. Der Kommissar sprach einige freundliche, nichtssagende Worte durch die Glastür.

Eigentlich mochte er Hunde recht gern. Wenn sie gut erzogen waren, störten sie nicht durch überflüssiges Geschwätz und taten ihre Arbeit effektiver als die meisten Menschen. Mit den Spür- und Schutzhunden im Team kam er immer sehr gut zurecht. Dieser dort war jedoch ein fremder Hund, ein Wachhund, noch dazu einer, der nicht wissen konnte, dass der Kommissar auf der Seite der Guten stand. Als könnte er seine Gedanken lesen, spitzte der Schäferhund kurz die Ohren, gähnte dann seufzend und jappend, drehte sich ein paar Mal um sich selbst, um sich dann zu einem pelzigen Kreis zusammenzurollen. Er legte den buschigen Schwanz über seine Nase und schloss die bernsteinfarbenen Augen.

»Na, du bist mir vielleicht einer!« Es war schon fast eine Beleidigung, dass der Hund ihn so wenig wichtig nahm. Wie sollte er nur in das Gebäude kommen? Er beschloss, es beim Anbau zu versuchen, dort, wo der 600 Jahre alte Lastensegler ausgestellt war. An der linken Gebäudeseite führten ein paar Stufen hinunter. Der Nebel wurde dichter. Die Stufen waren rutschig. Bloch tastete nach einem Halt. Die alten Hauswände waren mit Nässe beschlagen. Er hielt sich weiter links, stolperte im Dunkel gegen eine Pergola, sank mit einem Fuß in der krümeligen Erde eines leeren Blumenbeetes ein und fluchte leise. Den Nachtwächter sah er erst, als er sich an das Licht gewöhnt hatte, das aus dem gläsernen Anbau drang. Der Nachtwächter wandte ihm den Rücken zu und betrachtete offensichtlich den uralten Lastensegler, der sich wie ein schattenhaftes Relief von der Rückwand abhob. Kommissar Bloch klopfte gegen die Scheibe und hielt seinen Dienstausweis gegen das Glas. Der Nachtwächter nickte und deutete auf die Seitenwand. Dort war ein schmaler Nebeneingang. Bloch erreichte die Stahltür mit wenigen Schritten. Die Tür öffnete sich einen Spalt. Grünliches Licht sickerte heraus.

»Kommen Sie rein. Hier drinnen ist es wärmer. Da draußen ist ja mal wieder so ein richtiges Rheumawetter!« Der Mann redete ununterbrochen, während er die Seitentür wieder sorgfältig verschloss. »Merten mein Name. Wolfgang Merten. Habe mich ja heute Mittag schon mit Ihrem Kollegen länger unterhalten. Komme ja sonst nicht viel zum Reden, müssen Sie wissen. Na ja, so ein Nachtwächterjob ist eben eine einsame Arbeit. Da ist man froh um jede Abwechslung. Aber was willste machen. Heute musste halt nehmen, was du kriegst, oder? – Wollen Sie Kaffee? Wir können rüber, ich bin durch mit meiner Runde und muss erst in einer halben Stunde weiter. Kommt ja auch nicht auf die Minute an, oder?« Er grinste.

Merten war ein mittelgroßer Mann Ende 40 mit absolut nichtssagenden Gesichtszügen und einer unbestimmbaren Augenfarbe. Obwohl er normalerweise ein sehr gutes Gedächtnis für Gesichter hatte, war Bloch sich ziemlich sicher, dass er Merten ohne seine Uniform nicht wiedererkennen würde. Das Angebot zum Kaffeetrinken gab ihm endlich die Möglichkeit, Mertens Redestrom zu unterbrechen. »Nein danke, Herr Merten, ich habe hier noch etwas zu erledigen. Und wenn ich zu dieser späten Stunde noch Kaffee trinke, dann kann ich heute Nacht gar nicht mehr schlafen.«

Merten stieß ihn kumpelhaft in die Seite. »Auch Probleme mit der Prostata? Na ja, will nicht indiskret werden. Tschuldigung, hätte mir ja denken können, dass Sie nicht zu Ihrem Vergnügen hier sind. Hamse noch was vergessen da oben? Na ja, geht mich ja nichts an. Der Gräber ist übrigens auch noch oben. Keine Ahnung, was der treibt. Führt, glaube ich, Selbstgespräche – aber ziemlich laut, das könnense mir glauben. Geht mich ja eigentlich nichts an. Na ja. Nichts für ungut!«

Bloch beeilte sich, wegzukommen.

Im Vorübergehen warf er einen nur flüchtigen Blick auf die Knochen in der Totenkammer. Er wusste jetzt, dass diese Ausstellungsstücke, gleich der Mumie, fast alle schon einmal in Zürich gewesen waren. Ein interessantes aber vermutlich unwichtiges Detail. Damals hatte die Zürcher Gerichtsmedizin noch unter einem anderen Chef gearbeitet. Jetzt hieß der Chef Zumkeller und die Gerichtsmedizin nannte sich neuerdings Rechtsmedizin. Ob dort jedoch immer noch alles mit rechten Dingen zuging, war mehr als unklar.

Bloch stieg die Treppe zum ersten Stock hinauf. Die Tür zum Zwischentrakt, in dem die Büros der Institutsleitung lagen, stand weit offen. Bloch hörte laute Stimmen. Es waren eine Männer- und eine Frauenstimme. Es waren ganz offensichtlich die Löble und Gräber, die sich dort in den Haaren lagen.

»Wie oft habe ich es schon gesagt …« Das war Gräber.

»Ach, lassen Sie mich doch in Ruhe. Ich muss mir von Ihnen gar nichts sagen lassen.«

»Frau Löble, diese Sturheit konnten Sie sich vielleicht bei Ihrem sauberen Chef erlauben – aber Sie sehen ja selbst, er hat jetzt offensichtlich genau das bekommen, was er verdiente – was er schon lange verdient hat – und jetzt brechen andere Zeiten an, das können Sie mir glauben. Ganz andere Zeiten brechen jetzt an. Jawohl.«

»Und ich muss trotzdem darauf bestehen, Herr Gräber …« Die Stimme der Löble schwankte in einem kreischenden Falsett. »Sie können doch in Ihrer kindischen Wut nicht alles kaputt machen. Er stört doch niemanden – er hat überhaupt niemals jemanden gestört.«

»Ach Sie – Sie haben doch gar keine Ahnung. Seit er zum ersten Mal in dieses gottverdammte Büro hier reinkam, hat er mich gestört. Auch wenn die Tür gegenüber geschlossen war … Wenn ich nur wusste, er war da, dann hat er mich gestört. Ich habe ihn von Anfang an gehasst. Jawohl, das kann man so sagen, ich habe ihn gehasst.«

Bloch wagte kaum, zu atmen. Bewegten sie sich hier völlig unerwartet auf ein Geständnis zu? Er fingerte hastig an seinen zahlreichen Jackentaschen herum. Irgendwo musste doch sein Notizblock stecken. Aber es war zu dunkel. So lehnte er sich an die kalte Wand und wartete. Der Wortwechsel setzte sich nach einer kurzen Pause wie erwartet fort.

»Aber das ist eine Riesenschweinerei, Herr Gräber.« Die Löble versuchte offensichtlich, sich zu beruhigen und ihre Stimme unter Kontrolle zu bekommen. Es gelang ihr nur unvollkommen. Bloch konnte nur zu gut nachvollziehen, dass ihr metallisch kreischendes Organ Gräber auf die Nerven ging. Auch Brigittes Stimme war für ihn kaum auszuhalten gewesen. Letztendlich war es ihre Stimme gewesen, die den Ausschlag zur Trennung gegeben hatte – davon war er fest überzeugt.

»Das können Sie unmöglich machen. Damit kommen Sie niemals durch.«

Steckten die beiden unter einer Decke? Wer setzte hier wen unter Druck? Plante Gräber einen zweiten Mord und die Löble versuchte, ihn davon abzubringen?

»Es bleibt dabei. Er muss weg. Ich bestehe darauf, ohne Wenn und Aber. Überhaupt werde ich jetzt andere Saiten aufziehen. Ganz andere Saiten. Und wenn Sie nicht kooperieren, Frau Löble, dann sehe ich Ihre Perspektive in diesem Institut nur noch begrenzt. Äußerst begrenzt!«

»Scheiße.« Die Stellungnahme der Löble war präzise und ließ an Deutlichkeit nichts zu wünschen übrig.

Die Tür sprang auf. Bloch stand auf einmal im Licht.

»Ach, Sie sind auch da? Schnüffler! Was soll das denn – hat er Sie etwa herbestellt? Hat man denn in diesem Laden niemals seine Ruhe?«

Die schwarzen Haare der Löble standen noch wirrer als sonst in die Luft. Ihr ehemals so ungesund bleiches Gesicht war von hektischen roten Flecken überzogen, die sich bis auf ihren Hals fortsetzten.

An einer dicken Lederleine zog sie Churchill, den Mops, hinter sich her. Der schwere Hund bewegte sich nur widerwillig.

»Wenn Sie zu viel Zeit übrig haben, dann nehmen Sie ihn doch«, schnauzte ihn die Löble an und drückte dem völlig verblüfften Bloch die speckige Lederleine in die Hand. Bevor er reagieren konnte, war sie mit Riesenschritten nach unten verschwunden. Bloch hörte ihre Absätze auf der Treppe knallen, das Winseln des Schäferhundes und dann fiel unten eine schwere Tür ins Schloss.

Gräber stand im Türrahmen und lachte laut. »Jetzt ist sie völlig durchgedreht«, meinte er und wischte sich den Schweiß von der Stirn. »Ich habe ja noch nie besonders viel von dieser jungen Kollegin gehalten, aber dass sie sich so aufführen könnte ... Und dann diese Wortwahl – absolut inakzeptabel.« Er fuhr sich mit der flachen Hand über den schütteren Haarkranz. »Aber ganz egal wie sie sich benimmt, ich kann es auf gar keinen Fall dulden, dass dieser grässliche Köter weiterhin jeden Tag in unseren Räumlichkeiten herumscharwenzelt.«

Gräber bedachte Churchill mit einem giftigen Blick. Der Mops hatte sich mit einem abgrundtiefen Seufzer platt auf den Boden geworfen und sah laut hechelnd abwechselnd zu den beiden Männern hoch. Seine hervorstehenden Augen sahen aus wie zwei dunkel glänzende Murmeln.

Armer Hund.

»Wo soll er denn hin?«

»Keine Ahnung. Von mir aus können Sie ihn einschläfern lassen. Ich hasse das Vieh.«

Churchills phlegmatisches Naturell ertrug auch diese Äußerung. Er zuckte noch nicht einmal zusammen.

»Der Hund ist doch sicher ziemlich wertvoll, Herr Professor. Den könnte man doch verkaufen. Warum denn gleich umbringen?«

Der Kommissar beugte sich zu dem Tier und tätschelte ihm die Nackenwülste. Churchill schnaufte rhythmisch.

»Der da?« Gräber legte alle Verachtung, deren er fähig war, in seine Stimme. »Der Köter ist so neurotisch, der ist niemandem zuzumuten. Der wäre auch im Tierheim nicht mehr vermittelbar. Ach, was rede ich mir hier den Mund fusselig – der Köter muss weg, das ist mein letztes Wort. Und wenn die Löble sich morgen früh nicht darum kümmert, werde ich ihn eigenhändig ...«

»Schon gut. Wissen Sie was? Ich nehme ihn mit. Ich habe mir schon lange einen Hund gewünscht. Und ein Mops nimmt ja auch nicht viel Platz weg.«

Gräbers Gesicht entspannte sich. Dann grinste er ein wahrhaft diabolisches Grinsen.

»Na dann, Herr Kommissar. Ich wünsche Ihnen viel Vergnügen. Aber sagen Sie nicht, dass ich Sie nicht gewarnt hätte. – Nichts für ungut, aber jetzt will ich endlich nach Hause. Das war heute ein elend langer Tag.«

14

Kommissar Bloch sah auf Cenks ausführlichen Bericht. Es fiel ihm sehr schwer sich zu konzentrieren, denn die Nacht war kurz und unruhig gewesen.

Churchill war mit ihm ins Bett gegangen, als ob das eine absolute Selbstverständlichkeit sei. Wahrscheinlich hatte Erich Bloch in diesem Augenblick der Schwäche einen nicht wieder gutzumachenden pädagogischen Fehler gemacht.

Der Hund erwies sich jedenfalls als sperriger und schlecht riechender Bettgenosse. Außerdem schnarchte er viel zu laut. Bloch, der die meiste Zeit seines Lebens alleine geschlafen hatte, fühlte sich nachhaltig gestört. Immer wieder hatte er gegen das stoische Fellbündel neben sich geknufft und versucht es wenigstens zum Fußende zu befördern. Der einzige Erfolg war jedoch gewesen, dass sich der Hund mit einem jaulenden Seufzen auf den Rücken legte, sich lang ausstreckte, die Pfoten anwinkelte und mit weit offenem Rachen lauter schnarchte als zuvor.

Pünktlich um halb sechs erhob er sich mit den behäbigen Bewegungen eines übergewichtigen Trolls, fuhr dem endlich tief schlafendem Bloch mit seiner heißen, feuchten Zunge quer über das Gesicht und erwartete, nach draußen geführt zu werden. Es war noch dunkel gewesen, sodass Churchill sein Geschäft unbeobachtet von der Nachbarschaft erledigen konnte. Er würde sich eine Rolle dieser kackfarbenen, dünnen Plastikbeutel zulegen. Wenigstens schien Churchill beim Fressen nicht übertrieben wählerisch zu sein. Bloch war es nämlich im Supermarkt angesichts der Auswahl an bunten Dosen fast schwindelig geworden. Die Variabilität der Mixturen von Fleisch- und Knorpelanteilen unter Zusatz von künstlichen Vitaminen und essentiellen Fettsäuren war atemberaubend. Sicher war das Zeug sehr gesund und unter gewissen geschmackstechnischen Anpassungsleistungen auch für die Junggesellenküche geeignet.

Auch Cenk machte Stress für sich geltend, war er doch am Nachmittag bis nach Rottweil gefahren und hatte danach alle Ergebnisse seiner Recherche daheim in den Laptop gehackt.

»Kaffee, Chef?«

»Wäre nicht schlecht.«

Bloch raschelte entschlusslos mit dem Papier. Churchill lag neben der Tür und atmete laut.

»Wie kommt der denn hierher?« Cenk nickte in Richtung Tür.

»Ist eine längere Geschichte.«

»Na dann.«

Eine von Cenks angenehmen Eigenschaften war, dass er einen Blick fürs Wesentliche besaß. Er ging Kaffee holen.

Der vorläufige Laborbericht der Spurensicherung lag zuoberst. Am Griff der Feuersteinaxt hatten sich lediglich zwei verwischte Fingerabdrücke gefunden. Sie waren kaum verwertbar. Noch nicht einmal ihre Größe gab einen klaren Hinweis. ›Es könnte sich sowohl um eine zierliche Männerhand als auch um eine kräftige Frauenhand handeln‹, stand dort. Schon gestern hatten sie von der Löble und von Gräber die Fingerabdrücke genommen. Ob eine Zuordnung zu den Tatortspuren möglich war, stand in den Sternen. Die Erfahrung zeigte jedoch, dass man sich auf keinen Fall allzu große Hoffnungen machen durfte. Weitere biologische Spuren hatten sich, abgesehen vom Blut des Opfers, nicht gefunden.

Cenk öffnete die Tür mit dem Ellenbogen. Er trug zwei große Becher und sofort erfüllte Kaffeeduft den Raum. »Hat man eigentlich der Löble und dem Gräber die Fingernägel geschnitten?«, murmelte Bloch, mehr zu sich selbst, während er vorsichtig an dem heißen Gebräu nippte und gleichzeitig mit einer Hand Papierblätter auf verschiedene Stapel legte.

»Keine Ahnung, Chef, aber eigentlich müsste das schon längst passiert sein. Ist ja Routine. Dieser fusselige Pullover von der Löble, wissen Sie, dieses regenbogenfarbige Teil, der liegt jedenfalls auch schon im Labor. Und außerdem fehlt noch der Bericht, ob die Büros auf unsichtbare Blutspuren gecheckt worden sind.«

»Da müssen Sie sich aber drum kümmern, Cenk. Unbedingt. Und vergessen Sie auf gar keinen Fall die Fingernägel. Die müssen wir so schnell wie möglich haben – vielleicht finden wir ja noch Fasern oder biologische Partikel, die uns weiterhelfen.«

Während Cenk im Nebenraum mit Meyer von der Spurensicherung telefonierte, las Kommissar Bloch den Obduktionsbericht.

Kaum hatte Cenk den Raum verlassen, erhob sich Churchill, trottete wie ferngesteuert zu Blochs Platz und legte sich quer über dessen Füße.

»Blöder Hund«, schimpfte der Kommissar und zog vorsichtig seine Füße unter dem warmen Hundebauch hervor. Dann bückte er sich und beförderte das Tier mit einem sanften Stoß unter den Schreibtisch. »Platz«, sagte er, jedoch ohne rechten Nachdruck. Der Hund tat doch, was er wollte. Churchill antwortete mit einem leisen Knurren. Es klang fast wie das Schnurren einer Katze.

Cenk stand grinsend in der Tür. Hatte er ihn die ganze Zeit beobachtet?

»Sieht ganz so aus, als kämen Sie jetzt völlig auf den Hund, Chef!«

Bloch zog es vor, nicht zu lachen und widmete sich wieder dem Obduktionsprotokoll. Dort fand sich nichts Neues. Hoffmann war aufgrund massiver Einwirkung von stumpfer Gewalt auf den Schädel zu Tode gekommen. Offensichtlich war es nicht nur ein einziger gut gezielter Schlag gewesen, sondern der Täter hatte, wie in blinder Wut, mindestens drei heftige Hiebe gegen den Kopf des Opfers geführt. Bloch studierte die hässlichen Farbfotos und die komplizierten Schemazeichnungen der Bruchliniensysteme. Der Gerichtsmediziner konnte daraus genau die Reihenfolge der Schläge ablesen. Für Bloch sah es lediglich aus wie ein makabres Puzzle.

Der erste Schlag war von schräg hinten gegen die rechte Schläfe des Opfers geführt worden und hatte mit ziemlicher Sicherheit zur sofortigen Bewusstlosigkeit, wenn nicht sogar zum Tod geführt. Die beiden anderen Schläge auf den Hinterkopf wären sozusagen gar nicht notwendig gewesen, gaben aber einen klaren Hinweis auf die Stärke des Affektes, der dieser Tat zugrunde lag. Wen hatte Hoffmann so verletzt und gedemütigt, dass er – oder sie – ihm in blinder Wut den Schädel vollständig zertrümmerte? Die Erfahrung zeigte, dass die meisten Tötungsdelikte im direkten Umfeld der Opfer zu finden waren. Und da blieben außer der Assistentin Löble und dem Institutsleiter Gräber nicht viele Personen übrig. Professor Zumkeller aus Zürich war vielleicht ein weiterer Kandidat, den man näher überprüfen musste. Ansonsten hatte die Recherche im Privatleben des Ermordeten wenig Brauchbares erbracht. Hoffmann war nie verheiratet gewesen und schien dementsprechend auch keine Kinder zu haben. Er hatte keine Freunde, nur Kontakte und er besaß definitiv keine Geliebte. Dieses Gerede über seine Liaison mit der Assistentin war offensichtlich nur böswilliges und dummes Geschwätz – Institutstratsch. Es hatte auch in früheren Jahren keine Freundin gegeben. Weiß der Himmel, wo Cenk all diese Informationen ausgegraben hatte, aber das Dossier war von erfreulicher Ausführlichkeit. Bloch nahm noch einen Schluck Kaffee. Eine belebende Wirkung wollte sich zwar nicht einstellen, aber langsam kam er wieder in den Arbeitsrhythmus hinein.

Hoffmann hatte bis zum Tod seiner Mutter vor fünf Jahren gemeinsam mit ihr eine alte Villa am Stadtrand von Konstanz bewohnt. Nachdem die Mutter gestorben war, hatte er das Haus verkauft und von dem Erlös eine teure Altbauwohnung in der Innenstadt erworben. Er fuhr regelmäßig nach Zürich – und dies nicht nur dienstlich. Keiner wusste so recht, was er dort trieb. Cenk hatte einen gelben Zettel an die Akte geheftet. ›Recherche im Schwulenmilieu?‹, stand dort, versehen mit einem riesigen Fragezeichen.

Bloch seufzte. Cenk hatte recht. Wenn sich hier ermittlungstechnisch kein roter Faden fand, dann würde ihnen nichts anderes übrig bleiben, als das Nachtleben von Zürich aufzurollen. Eine unangenehme, unübersichtliche Angelegenheit – einmal ganz abgesehen von den Stunden, die er dann im Stau stehen würde. Er mochte gar nicht darüber nachdenken.

Kommissar Bloch wandte sich dem nächsten Bericht zu.

Cenk betrat das Zimmer.

»Das mit den Fingernägeln wurde von den Kollegen tatsächlich total verpennt. Ich hab die Sache sofort in die Wege geleitet. Zwei von der Abteilung sind schon unterwegs.«

»Und die Luminol-Untersuchung?«

»Kommt noch. Da sind momentan die Kollegen von der Spurensicherung dran. Die Gerichtsmediziner waren ja so entgegenkommend, dass sie den Hoffmann bereits gestern obduziert haben. Für den kurzen Zeitraum haben wir doch schon einiges an Material zusammen, oder?«

Das stimmte wohl. Das meiste Material war von Cenk. Was hatte er, Bloch, eigentlich dazu beigetragen? Rückblickend schien es ihm, er habe die meiste Zeit sinnlos vor einer Telefonzelle gewartet oder einen schweren Hundekörper herumgehievt.

»Was haben Sie denn in Rottweil getrieben, Cenk?« Bloch klopfte auf den Papierstapel. Das oberste Blatt war ein Computerausdruck. ›www.native-indians.org‹, stand darauf.

»Na ja. Ich habe getan, was Sie wollten, und recherchiert, ob es hier in der Region Indianer gibt.«

»Und? Sind Sie fündig geworden?«

»Und ob. Ich hätte es nicht für möglich gehalten, aber es gibt tatsächlich einige Indianergruppen hier.«

»Seltsame Art von Brauchtumspflege, finden Sie nicht auch?«

»Kommt ganz drauf an, wo einer seine Wurzeln hat. Oder wo man meint, seine Wurzeln zu haben. Wenn ein gestandener Schwabe denkt, er müsse jetzt wie ein kleiner Junge Indianer spielen, dann macht er das so, wie Schwaben eben die Dinge des Lebens anpacken. Nämlich absolut gründlich!«

»Ha noi …«, ironisierte Bloch im Dialekt. »Das sind ja wohl nicht alles Schwaben, die Sie da gefunden haben, oder?«

»Nein, da haben Sie recht, es sind total unterschiedliche Gruppen. Für einige ist das Ganze so etwas Ähnliches wie ein Fasnachtsverein, aber da sind auch noch ein paar andere Zeitgenossen, die erfüllen sich mehr als nur einen Bubentraum. Die wollen wirklich ganz anders leben – wilder, freier, direkt in der Natur …

Meiner Meinung nach sind das echte Aussteiger. Die machen es dann aber auch richtig: Kleider, Schmuck, Ernährung. Da ist alles aufs Indianderleben abgestimmt. Ist schon irre.«

Cenk bekam so einen speziellen Blick.

»Da könnt man schon neidisch werden, gell?«

Cenks Blick kehrte zurück.

»Man muss das ja mal realistisch sehen. Allein so ein richtiges Indianerzelt ist doch ziemlich teuer. Ich meine ein großes Tipi, in dem man mit der ganzen Familie leben kann. Aber die meisten von denen arbeiten offensichtlich nur gerade so viel, dass sie einigermaßen über die Runden kommen. Mit ihrem Indianerleben befinden die sich meiner Meinung nach in einer Art Parallelwelt.«

»Familie – Sie sagten eben Familie, Cenk. Sind denn da auch Kinder dabei?«

»Ehrlich gesagt, ich habe keine gesehen, aber vorstellen könnte ich mir es schon.«

»Und was ist, wenn die mal mit der ganzen Familie rüber wollen nach Amerika zu den richtigen Indianern? Das geht doch ziemlich ins Geld. Können die sich denn so was leisten?«

»Wissen Sie, Chef, ich habe nicht den Eindruck, dass die den Kontakt mit echten Indianern wünschen. Die sitzen doch heutzutage auch nur in ihren total abgewrackten Reservaten herum und saufen. Da würden unseren europäischen Wohlstandsindianern wohl zu viele Illusionen flöten gehen. Nein, die bleiben lieber daheim im Schwarzwald oder im Hegau oder auf der Schwäbischen Alb und spielen dort ihre Indianerspiele.

Ich habe nur zwei gefunden, die regelmäßig über den großen Teich fliegen. Der eine bietet drüben so eine Art Überlebenstraining für Manager an und der andere sammelt Geld für ein Indianer-Hilfsprojekt. Diese beiden bringen uns in unserem aktuellen Fall auch nicht weiter. – Ich habe dann aber noch einen anderen Typen gefunden, der wohnt in Rottweil und wusste mehr. Steht alles im Bericht.« Cenk tippte auf den Papierstapel. »Tschuldigung wegen der vielen Tippfehler. Aber gestern ist es wirklich sehr spät geworden.«

Kommissar Bloch wurde das Gefühl nicht los, dass die Ermittlungen sich auf Nebengleisen verzettelten.

Um welche Frage ging es eigentlich?

Was hatten Indianer am Bodensee zu suchen?

Und überhaupt, in welcher Verbindung standen die Indianer mit heidnischen Hexenkulten? Gab es eine solche Verbindung überhaupt? War das Ganze nicht zu weit entfernt von der Polizeiarbeit? Kommissar Bloch fühlte sich ausgesprochen inkompetent, was Indianer und Hexen anging.

»Wieso eigentlich Rottweil? Ist das nicht ein bisschen arg weit weg, Cenk?«

»Der Typ dort nennt sich Wau-pee, das heißt *weißer Falke*. Er lebt das ganze Jahr über in einem Tipi und bietet Selbsterfahrungskurse an. Irgend so ein abgedrehtes esoterisches Zeug, wenn Sie mich fragen, Chef. Jedenfalls verdient er wohl nicht schlecht, obwohl er total ärmlich daherkommt. Ich hab einen Flyer mitgenommen. Ein Wochenende mit Trommeln und Tanzen kostet mindestens 500 Euro – Schlafen auf dem kalten

Fußboden inklusive. Na ja, wem es gefällt … Da kann das Finanzamt sowieso nicht viel holen, ist ja alles an der Steuer vorbei, nehme ich an.«

»Cenk, bleiben Sie bitte bei der Sache.«

»Ja, Chef. Also, dieser Wau-pee kennt einen, der nennt sich Adler. Ist wohl auch nur ein Künstlername. Hat früher mit ihm zusammengearbeitet, hier am Bodensee. Dann hat der Adler aber total abgehoben und fand, er wollte jetzt die Welt retten oder so was Ähnliches. Jedenfalls haben sie sich zerstritten und seitdem geht jeder seine eigenen Wege. Der Wau-pee verdient gutes Geld mit seiner Indianermasche und der Adler versucht eben, die Welt zu retten. Interessant ist, dass der Adler die besten Kontakte zur Indianerszene am Bodensee hat. Er scheint so eine Art Guru zu sein. Wenn wir was Genaueres wissen wollen, dann sollen wir uns mit ihm in Verbindung setzen.«

»Und wo wohnt dieser seltsame Vogel, Cenk?«

Wahrscheinlich war das Ganze sowieso reine Zeitverschwendung. Dieser Fall wies immer noch viel zu viele unterschiedliche Ansatzpunkte auf, die sich allesamt im Nebulösen verloren. Aber solange es keine heiße Spur gab, mussten sie einfach jeden noch so vagen Hinweis ernst nehmen.

Meist ergaben sich im engeren persönlichen Umfeld des Opfers die entscheidenden Hinweise auf den Täter. Hoffmann jedoch hatte kein nennenswertes soziales Umfeld gehabt. Und tiefer gehende Beziehungen gab es auch nicht, sah man einmal von Churchill ab, der sich als überraschend anhängliches Wesen mit einer Tendenz zu ausgeprägtem Körperkontakt entpuppte.

»Adlers Adresse habe ich übrigens rausgefunden, Chef. Er hat aber kein Telefon. Es hilft nichts, wir müssen da hin.«

»Wahrscheinlich wird es eh nichts bringen. Aber seis drum, wir lassen nichts unversucht.«

Als ob er seine Worte genau verstanden hätte, sprang Churchill auf und lief zur Tür.

Sie fuhren durch eine Siedlung, wie es viele gab. Ordentliche Reihenhäuser. Ordentliche Vorgärten. Obwohl es schon fast Mittag war, lockerte sich der zähe Nebel immer noch nicht auf. Die grauen Schwaden verschluckten alle Konturen und Farben.

»Hier müsste es irgendwo sein.« Bloch spähte angestrengt nach den Hausnummern. »So ein blödes Wetter. Wenn es so kalt und feucht ist, spüre ich jeden Knochen im Leib. Wahrscheinlich werde ich allmählich alt.«

»Also, ich habe so ein Wetter recht gerne, Chef.« Cenk bremste abrupt. Eine Reihe kleiner Gestalten mit zu großen Schulranzen überquerte die Straße, ohne nach rechts oder links zu schauen. Der Wagen rollte wieder an. »Dann habe ich nämlich ziemlich Ruhe vor meinem ewigen Heuschnupfen.«

»Ja, ja, lieber Cenk, es gibt einfach keine allgemeingültige Wahrheit auf dieser Welt.«

»Nein, Chef, wem sagen Sie das. Bestenfalls findet man einen Kompromiss. – Hier müssten wir richtig sein.«

Das Haus stand auf einem völlig verlotterten Grundstück, halb verborgen zwischen knorrigen Obstbäumen und überwuchert von Weinranken, die

die Fassade mit feuerroten Blättern überzogen. Im unbestimmten Licht der rauchenden Nebelschwaden sah es aus, als ob es brenne.

»Na, dann wollen wir mal«, sagte Bloch. »Und du bleibst hier.«

Churchill verzog sich beleidigt auf die Rückbank.

Das Gartentor hing schief in den Angeln und quietschte penetrant, als Cenk dagegen drückte. Unter ihren Schritten raschelte das schwarzfleckige Laub der alten Obstbäume, die ihre kahlen Äste in den farblosen Himmel streckten.

»Keine Spur von Indian Summer, Chef.« Cenk versuchte einen Witz. Bloch schwieg.

Es roch nach Katzenpisse.

Es war feucht. Es war kalt. Bloch spürte seine Knochen.

Unter zwei Apfelbäumen, die schon seit Jahrzehnten nicht mehr zurückgeschnitten worden waren, stand eine ausrangierte Waschmaschine.

Die Haustür öffnete sich, ohne dass sie geklingelt hatten. Im Eingang stand ein mittelgroßer Mann. Er hielt sich sehr gerade. Seine auffällig blauen Augen schauten aufmerksam. Misstrauisch, dachte der Kommissar. Der Mann hat schon mal schlechte Erfahrungen gemacht, so wie der schaut.

»Herr Adler?«

»Was wollen Sie?«

»Bloch, mein Name.« Der Kommissar hielt ihm den Dienstausweis entgegen. Adler beachtete das Dokument nicht. Er schien schon Bescheid zu wissen.

»Hauptkommissar Bloch, Mordkommission Konstanz. Sie brauchen aber nicht zu erschrecken.«

»Sehe ich aus wie ein schreckhafter Mensch?«

Seine Miene blieb unbewegt. Wie alt mochte er sein? Sein Haar war weiß. Er trug es lang, zu einem dünnen Zopf geflochten, der ihm bis weit den Rücken hinunterreichte.

»Mein Kollege.«

Cenks Hand mit dem Dienstausweis schoss nach vorne.

»Was wollen Sie?«

»Schwer zu sagen, Herr Adler. Uns wurde mitgeteilt, dass Sie sozusagen ein Experte sind – und da dachten wir ...«

»Experte für was?«

»Für indianische Kultur zum Beispiel.«

»Das ist vollkommen sekundär. Ich versuche, zu heilen. Menschen kommen zu mir, um Heilung zu finden. Denen versuche ich zu helfen, so weit es eben in meinen Kräften steht. Ich bin ein bescheidener Mensch, Herr Kommissar. Kein Experte.«

Er sah nicht aus wie ein bescheidener Mensch. Ganz und gar nicht.

»Vielleicht können Sie uns weiterhelfen, Herr Adler. Wir ermitteln in einem Fall, in dem es um indianische Riten geht. Nun, es ist nicht gerade einfach, dafür einen Experten im Bodenseeraum zu finden.«

»Mal sehen.« Blitzte da so etwas wie Eitelkeit in den stahlblauen Indianeraugen auf? Adlers Gesicht entspannte sich ein wenig; die Kiefermuskulatur, die in ausgeprägten Wülsten sichtbar gewesen war, glättete sich.

»Kommen Sie rein. Wundern Sie sich aber nicht über die Einrichtung. Wir leben anders als Sie es gewohnt sind. – Die Schuhe lassen Sie bitte draußen.«

Adler ging barfuß. Seine Füße waren breitgetreten, die Zehen standen weit auseinander und waren von einer harten, rissigen Hornhaut überzogen.

Sie gingen durch eine schmale Diele, die mit saunaähnlichen Paneelen ausgekleidet war. Es roch muffig. Über der Wohnzimmertür drohte ein mächtiger, ausgestopfter Adler mit weit ausgebreiteten Schwingen.

Cenk nieste. Seine Hausstauballergie machte ihm sofort zu schaffen.

Brigitte hätte nie ein eigenes Haus gewollt, schoss es Kommissar Bloch durch den Kopf. Brigitte wollte am liebsten in einer WG leben. Aber das ging doch nicht – er, als junger Polizeianwärter mit Ambitionen, in einer linksalternativen WG. Das konnte einfach nicht gut gehen. Vielleicht hätten sie es in einem eigenen Haus länger miteinander ausgehalten. Ein wenig mehr Raum für alle. Nicht zu vergessen die Schulden, die sie aneinander gebunden hätten. Ein gemeinsames Projekt, das war es wohl, was ihnen gefehlt hatte.

Die Wohnzimmertür schwang auf. Topsannah kniete auf einem Fell in der Mitte des Raumes. Ihr speckiges, schmuckloses Lederkleid schlotterte um ihren mageren Leib. Ihre dunklen, schweren Haare waren wirr und von glanzlosen grauen Strähnen durchzogen. Die rauen und rissigen Hände ruhten kraftlos auf den Oberschenkeln. Sie bot ein Bild der vollkommenen Seelenruhe, wenn man von ihren Augen absah, weit aufgerissene, dunkle Brunnenschächte, aus denen die nackte Angst herausstierte. Sie sah aus wie ein Kind, das bei etwas absolut Verbotenem ertappt worden war und eine Strafe erwartete, die das Maß des Erträglichen bei Weitem überschritt.

»Topsannah, begrüße unsere Gäste.«

Die Frau sprang auf, stolperte beinahe und ging barfuß, mit schleppenden Schritten zuerst zum Kommissar, dann zu Cenk. Sie kreuzte die Arme über der Brust, neigte den Kopf und murmelte: »Seid willkommen in unserem Tipi.«

Jetzt, im kalten und fahlen Herbstlicht, das durch die weit geöffneten Wohnzimmerfenster hereinsickerte, wirkte Adlers Gesicht verlebt und trug die Spuren einer wechselvollen Vergangenheit. Dennoch wirkte der Mann auf irritierende Weise alterslos. Adler würde wahrscheinlich auch in 20 Jahren nicht sehr verändert aussehen.

Die Frau war auf jeden Fall einige Jahre jünger. Der Kommissar schätzte sie vorsichtig auf Mitte 30. Sie war jedoch deutlich vorgealtert, ging gebeugt, wie unter einer unsichtbaren Last und ihr Haar war schon viel zu grau. Mit leisem Erschrecken stellte der Kommissar fest, dass ihr mehrere Zähne fehlten. Ihr wohl ursprünglich schönes Gesicht wirkte eingefallen und verhärmt.

»Setzen wir uns.« Adler wies mit großartiger Geste in die Runde. Der Raum war leer, sah man von einigen Fellen und Decken ab, die den Boden bedeckten. Der einzige Gegenstand, der die Bezeichnung ›Einrichtung‹ verdiente, war eine Art primitive Feuerstelle in einem großen Tongefäß, das in der Mitte des Raumes auf einer rostigen Blechplatte platziert war. An den

Wänden hingen Tierfelle und an den Fensterrahmen schaukelten spinnwebenartige, radförmige Gebilde, die mit Perlen und Federn verziert waren.

»Dreamcatcher«, flüsterte Cenk, der dem Blick des Kommissars gefolgt war. Bloch erinnerte sich, dass diese Dinger die bösen Geister der Nacht fernhalten sollten. Offensichtlich hatte man in diesem Haus große Angst vor nächtlichen Geistern. In jedem Fenster baumelten mehrere dieser Traumfänger.

Es war empfindlich kalt.

»Könnten wir vielleicht die Fenster schließen?«, fragte der Kommissar.

»Nein, völlig unmöglich.« Adler gab keine weiteren Erklärungen ab, sondern wandte sich an seine greisenhafte Frau. »Topsannah, biete unseren Gästen etwas zum Trinken an.«

Topsannah nickte und verschwand in der Küche.

Mit leisen Schritten kehrte sie zurück und kniete sowohl vor Bloch wie auch vor Cenk nieder. Beide waren von dieser demütigen Geste unangenehm berührt und tauschten einen schnellen Blick.

Cenk nahm die bauchige Tonschale aus ihren schmalen, kühlen Händen, nippte daran und stellte sie rasch zur Seite. Der Kommissar versuchte erst gar nicht, zu trinken.

»Es ist Wasser aus einer Quelle«, sagte Adler mit einem strengen Tonfall in der Stimme. »Lebendiges Wasser. Nicht dieses abgetötete Gift aus der Leitung.«

»Aha.« Bloch war ausgesprochen froh, nichts probiert zu haben.

»Sie leben hier – allein.« Bloch suchte einen Einstieg ins Gespräch.

»Schon seit über zehn Jahren, Herr Kommissar. Aber nicht allein; das kann man nicht so sagen. Wir haben noch eine Tochter. Nicht wahr, Topsannah?«

Die Frau schüttelte den Kopf, schaute dann auf ihren Mann und sagte mit leiser Stimme: »Ja, das stimmt.«

»Topsannah meint ja und nein«, erläuterte Adler mit ruhiger Stimme. »Zurzeit ist unsere Tochter nämlich unterwegs. Sie ist ja schon ein großes Mädchen und so hat sie sich vor einiger Zeit auf eine große Reise begeben. Wir wissen nicht genau, wann sie zurückkommen wird. Aber wir sind sehr stolz auf sie. Nicht wahr, Topsannah, das sind wir?«

Die Frau nickte. Sie kniete neben Adler, die Hände flach auf den Oberschenkeln, den Blick gesenkt.

»Aber Sie sind doch sicher nicht gekommen, um nur ein wenig zu plaudern, Herr Kommissar. Wie kann ich Ihnen denn helfen?«

»Kennen Sie so etwas?«

Bloch zeigte ihm Fotos des indianischen Amulettes, das sie unter der Stirn der Leiche gefunden hatten. Topsannah warf einen Blick auf die Fotos und zog scharf den Atem ein.

»Sie scheinen es zu kennen, Frau Adler?«

»Ich heiße Topsannah«, antwortete sie mit tonloser Stimme. »Das heißt *Blume der Prärie*. Nur die Männer haben ein Totemtier. Frauen unterwerfen sich einem völlig anderen Initiationsritus. Das Totemtier meines Mannes ist der Adler. Mein Mann *ist* Adler.«

»Das Amulett, Frau Topsannah?« Der fremde Name ging Bloch nicht leicht über die Lippen. Er beschloss, das Gespräch alleine zu führen. Cenks jungenhafter Charme würde bei dieser Frau nicht wirken, das spürte er genau. Cenk würde schweigen und genau beobachten. Diese Rollenverteilung funktionierte glücklicherweise auch ohne komplizierte Absprachen. Sie waren wirklich ein gutes Team.

»Dieses Amulett kenne ich.«

»Sie meint, diese Art von Amuletten kennt sie«, warf Adler schnell ein. »Es ist ein Ritualgegenstand, der Toten auf die letzte Reise mitgegeben wird.«

»Es gibt keinen Tod«, fuhr Topsannah mit unerwartet scharfer Stimme dazwischen. »Es gibt nur unterschiedliche Stadien des Überganges.«

»Ja, Liebes, das wissen wir – aber die Herren hier, kennen das vielleicht nicht so genau. Darf ich es erklären?«

»Ich bitte darum.«

Das Sitzen auf dem Boden war trotz der Tierfelle und Decken äußerst unangenehm. Bloch verlagerte sein Gewicht, aber das Stechen in der linken Hüfte wurde nicht besser.

»Es gibt verschiedene Bestattungsrituale bei Indianern, abhängig davon, wo sie leben. Das Ritual sieht bei den Indianern der Hochebenen und des Graslandes anders aus als bei den Urwaldindianern Amazoniens oder bei den Pueblobewohnern.«

»Ja, das verstehe ich, aber wo können wir denn dieses Amulett einordnen?«

»Das ist ein Symbol der Hopi-Indianer. Sie lebten in den Pueblos des Südwestens und waren ein friedliebendes Volk, das Ackerbau betrieb. Mais war ihre wesentliche Lebensgrundlage und wenn sie beteten, dann baten sie vor allem um Regen. Schon seit jeher zeichnete sich das Volk der Hopi durch große Propheten und Seher aus, die die kosmischen Zeichen zu deuten wussten. Dieses Amulett symbolisiert den Kreislauf zwischen Saat und Ernte, zwischen dem Sterben des Maiskornes, das in die Erde gelegt wird, der Auferstehung als riesenhafte Pflanze und dem Sterben während der Ernte, wodurch der Keim zur neuen Aussaat wieder gelegt wird. Sehen Sie die Zeichen hier? Das dort sind Maiskörner. Hier sieht man einen Maiskolben. Er ist gleichzeitig auch ein Symbol für das aufgerichtete männliche Geschlecht, also ein Fruchtbarkeitssymbol im doppelten Sinne.« Das Ziehen in der Leistengegend verstärkte sich. Bloch versuchte es mit einer knienden Haltung. Cenk konnte ein leises Grinsen nicht unterdrücken. Halts Maul, dachte Bloch, obwohl Cenk nichts gesagt hatte. Geschlechtsteil, na so was.

»Das Amulett wurde dem Toten mit auf die Reise gegeben, damit er auf seinem langen Weg durch die verschiedenen Unterwelten niemals das Ziel aus den Augen verliert.«

»Welches Ziel, Herr Adler?« Bloch hatte endlich eine einigermaßen erträgliche Sitzhaltung gefunden.

»Wir nennen es Wiedergeburt in Vollkommenheit, Herr Kommissar.«

»Denn die Toten sind nicht tot, Herr Kommissar.« Topsannah wiederholte es wie ein Echo, wie ein Mantra. Sie knotete ihre Hände ineinander und sah ihren Mann von der Seite an.

»Ich glaube, dass ich nun einiges besser verstanden habe. Vielen Dank.« Nun taten ihm die Knie weh. »Eins möchte ich aber noch wissen: Wie wird man denn Mitglied bei so einem Indianerstamm? Wird man da hineingeboren oder, verstehen Sie mich bitte nicht falsch, kann man da auch eintreten, wie in einen Verein sozusagen?«

»Ich weiß nicht, worauf Sie eigentlich hinauswollen, Herr Kommissar.«

»Nun, wir haben im Zusammenhang mit aktuellen Ermittlungen Hinweise auf das Bestehen einer indianischen Hochkultur am Bodensee. Wir wissen noch nicht, inwieweit diese Tatsache für unseren Fall relevant sein könnte. Aber wir möchten natürlich so viele Details wie möglich eruieren.«

»Ich verstehe.«

Über ihren Köpfen ertönte ein Geräusch. Es klang ähnlich wie das Morsen der Untersuchungsgefangenen, die sich durch Klopfen an den Heizungsrohren miteinander von Zelle zu Zelle verständigten.

Cenk schaute überrascht zur Zimmerdecke. In Adlers Gesicht regte sich kein Muskel. Das Klopfen hörte auf. Kurz darauf ertönte ein Scharren und Kratzen.

»Topsannah, es ist wohl besser, du gehst mal nach oben und schaust nach dem Rechten.« Mit einem knappen Lächeln wandte sich Adler an Cenk. »Dies ist ein altes Haus. Die Fenster stehen immer offen. Wir haben schon lange Marder im Haus. Manchmal treiben sie es zu toll und machen einen Heidenlärm – besonders dann, wenn sie Junge haben. Topsannah wird für Ruhe sorgen.«

Marder im Haus. Eva war mit etwa sieben Jahren einmal von einer Schulfreundin zurückgekommen und hatte steif und fest behauptet, bei dieser Ursula daheim hausten einige Mörder auf dem Dachboden. Auch nachdem die Verwechslung aufgeklärt worden war, hatte sie lange nicht daran glauben wollen, dass es nur Marder waren, die bei der Freundin hausten, und nicht eine Bande von schwarz maskierten Schwerverbrechern, was bei ihr einen angenehmen Schauer auszulösen schien. Angst hatte sie jedenfalls nicht gehabt. Die Freundschaft der beiden Mädchen war kurz darauf auseinander gegangen, weil Brigitte wieder umgezogen war und Eva die Schule wechseln musste.

Topsannah ging hinaus. Kurz darauf hörten sie im oberen Stock Schritte und ihre erregte Stimme. Offensichtlich war sie sehr böse. Das hätte man der kleinen, verhuschten Person gar nicht zugetraut. Sie schimpfte mit den Mardern herum wie mit einem kleinen, trotzigen Kind.

Die Geräusche verstummten.

»Die Prophezeiungen der Hopi-Indianer sind schon seit mehr als 100 Jahren auch in der westlichen Welt bekannt. Sie betreffen die ganze Welt und sind Ausdruck tiefer Sorge über den ausbeuterischen Umgang der Weißen mit der Natur. Acht Zeichen sind bereits erfüllt, darunter die beiden Weltkriege und das atomare Wettrüsten. Sogar den Irak-Krieg hat Häuptling Weiße Feder vorausgesehen. Nun erwarten wir in Kürze das neunte und letzte Zeichen. Wir müssen uns vorbereiten. Da sich die Prophezeiung an alle Menschenkinder richtet, ist es absolut logisch, dass diejenigen, die nach den moralischen und ethischen Vorgaben der Hopi-Indianer leben, sich als Stammesangehörige bezeichnen dürfen. Dies ist eine weltweite Bewegung, aber nur wenige Auserwählte werden das Feuer der letzten großen Reinigung überstehen. Nur wenige.«

Bloch hatte sich vor Jahren einmal länger mit einem Zeugen Jehovas unterhalten. Er meinte, sich an ganz ähnliche Aussagen zu erinnern.

»Dann gibt es also schon länger Indianer in unserer Region, Herr Adler? Wir wissen bereits von mehreren Indianervereinen und ein gewisser Herr Wau-pee hat uns einiges berichtet.«

»Ach, Wau-pee, das ist ein ganz übler Geselle. Ein Verräter an der Sache, ein Geschäftemacher. Diese großen Kinder, die nur am Wochenende ein bisschen Indianer spielen wollen, die gehören natürlich nicht dazu. Nur die, die reinen Herzens sind, und diejenigen, welche die innere Stärke besitzen, über ihre eigenen Grenzen zu gehen. Nur diese gehören dazu. Und es sind nicht viele, das können Sie mir glauben.«

Topsannah war wieder zurückgekehrt. Sie schaute mit einem andächtigen Ausdruck auf ihren Mann und saugte offenbar jedes einzelne Wort wie ein Gebet auf.

»Dann ist es also denkbar, dass schon länger Bestattungen nach indianischem Ritus auch im Bodenseeraum stattfinden, Herr Adler?«

»Durchaus denkbar, Herr Kommissar, durchaus. Aber seit den 50er-Jahren ist das sicher schwierig geworden. Wie Sie wissen, ist das Bestattungswesen in Deutschland fürchterlich bürokratisch reglementiert. Denken Sie nur einmal an die Muslime, die traditionell ihre Toten nur in Tücher gewickelt bestatten. Das ist bei uns alles nicht erlaubt. Wie viel schwieriger ist es dann, eine traditionelle indianische Luftbestattung zu bewerkstelligen. Das geht nur in allergrößter Heimlichkeit – sozusagen als subversiver Akt. Ich kann mir nicht vorstellen, dass eine solche Bestattung heutzutage noch möglich wäre. Früher, ja früher, da hat es das sicher noch gegeben. Es gibt da mündliche Überlieferungen. Ja, durchaus …«

Adler brach mitten im Satz ab. Mehr hatte er nicht zu sagen.

Draußen im Auto bellte der Hund wie verrückt.

»Ich glaube, wir müssen ihn mal rauslassen, Chef.«

»Den Hund habe ich wirklich total vergessen.« Bloch kam mühsam wieder auf die Beine. »Ich nehme an, er wird es mir verzeihen. Wissen Sie, ich habe ihn erst seit gestern.«

»Mein Mann mag keine Haustiere«, meldete sich Topsannah zu Wort. »Er sagt immer, die sind alle sowieso völlig überzüchtet.« Sie legte sich schnell die Hand auf den Mund. Adler schwieg und begleitete die beiden Männer nach draußen.

Bloch schlüpfte eilig in seine Schuhe und ging zum Auto. Churchill sprang heraus, aber anstatt sich am nächstbesten Baum zu erleichtern, raste er mit einer Geschwindigkeit, die man ihm bei seiner Fettleibigkeit gar nicht zugetraut hätte, zur Haustür. Er drängelte sich am verblüfften Adler vorbei und legte sich quer vor die Treppe, die in den ersten Stock hinaufführte.

Dort lag er und hörte nicht auf zu bellen. Bloch kam eilig zurück. Peinlich berührt zerrte er an Churchills Halsband, blieb aber ohne jeden Erfolg. »Wie gesagt«, schnaufte er. »Ich habe ihn erst seit gestern und ich bin vorgewarnt worden, dass dieser Hund sehr schlecht erzogen ist. Aus, Churchill! Aus! Lass das! Hör sofort auf zu bellen!«

»Ihre Schuhe!« Adlers Blick war wie blaues Eis. »Sie haben mit Ihren Schuhen mein Haus betreten.«

Bloch konnte spüren, wie sein Blutdruck stieg. Wahrscheinlich war er puterrot im Gesicht. Er trat, den ununterbrochen bellenden Hund am Halsband hinter sich herschleifend, den ungeordneten Rückzug an.

»Ich hoffe, wir dürfen Sie noch einmal belästigen, Herr Adler, falls wir weitere Fragen haben.« Cenk überreichte Adler mit formvollendeter Höflichkeit eine Visitenkarte.

»Wenns sich nicht vermeiden lässt«, knurrte Adler und schloss die Haustür.

Noch bevor Bloch das Gefühl seiner vollkommenen Blamage komplett auskosten konnte, fiepte das Handy in seiner Jackentasche. Der Himmel riss auf und übergoss sie mit goldenem Herbstlicht. Bloch blinzelte nach oben. Die Weinranken loderten wie Flammen gegen den stahlblauen Himmel. Im oberen Stock bewegte sich ein Fensterflügel.

»Brigitte, bist du es? ... Nein, ich habe noch nichts gehört. Wie lange hat es denn das letzte Mal gedauert? –

Wie? Ich verstehe dich nicht, die Verbindung ist schlecht. – So – jetzt ist es besser. – Was heißt das, ich rede mich immer nur raus? – Brigitte. Ich habe lediglich gefragt, wie lange es das letzte Mal ... Ja genau. – Also, fünf Tage. Jetzt sind es zwei. -

Nein, das wollte ich damit nicht sagen. Sicher nicht. Aber ich meine wirklich, du machst dir zu viele ...

Wie – das lass mal meine Sorge sein? – Ja, dann kann ich dir auch nicht helfen. Nein, tut mir leid. Ja, Brigitte. Ja. – Dann tu, was du nicht lassen kannst.«

Cenk kraulte Churchill, der endlich aufgehört hatte zu bellen.

»Ärger?«

»Ach, die Eva ist mal wieder weg. Und meine Ex dreht fast durch. Es ist jedes Mal dasselbe. Irgendwie kann ich das Mädel sogar verstehen. Ich habe es mit Brigitte ja auch nicht ausgehalten.«

Wenn etwas mit Eva wäre, dann würde ich es spüren, dachte Bloch. Auf meine innere Stimme konnte ich mich schon immer ganz gut verlassen. Seine innere Stimme schwieg. Also war Eva in Sicherheit.

Der Kommissar schaute auf seine Armbanduhr. »Um 15 Uhr haben wir die gemeinsame Konferenz im Präsidium. Sind wir eigentlich vorbereitet, Cenk?«

»So gut es eben ging, Chef.« Cenk lächelte schwach.

»Viel haben wir ja nicht gerade, was wir präsentieren können. Aber was solls. Los, fahren wir vorher noch einen Happen essen. Ein Kaffee wäre auch nicht schlecht.«

15

Durch das offene Fenster kann ich meinen Vater sehen. Er steht im Garten und unterhält sich mit einem jungen Mann, der aussieht wie ein Türke oder wie ein Italiener. Sie haben einen ziemlich fetten, hässlichen Hund dabei, der wie verrückt bellt.

Seit wann hat mein Vater einen Hund? So einen Hund kann nur mein Vater haben. Er passt zu ihm.

Es ist sicher kein Polizeihund. Polizeihunde gehorchen nämlich.

Eben hatte ich Angst, dass sie mich in meinem Zimmer vergessen haben. Seit der Sache mit dem Wasserkanister halten sie nämlich die Tür verschlossen. Adler hat es mir genau erklärt und ich war einverstanden. ›Es ist nur zu deinem eigenen Schutz‹, hat er zu mir gesagt. Damit ich keinen Unsinn mehr mache und dann solche Angst haben muss wie heute Nacht. Ich bin Adler wirklich dankbar. Er hat mich nicht angeschrien. Aber er hatte furchtbar traurige Augen. ›Wohin willst du laufen, Eva‹, hat er gesagt. ›Geh, wohin du willst. Aber du weißt doch, vor dir selbst kannst du nicht davonlaufen!‹ Er hat recht. Er ist der Meister.

Aber dann musste ich auf die Toilette. Unten saß mein Vater bei Adler und Topsannah. Ich hatte keine Ahnung, was er hier wollte. War er wegen mir gekommen? Aber woher sollte er wissen, dass ich jetzt bei Adler wohne? Woher?

Ich bekam wieder Angst. Ich musste auf die Toilette. Dringend. Ich trinke jetzt sehr viel, um dieses ständige Hungergefühl zu betäuben. Ich habe nicht geahnt, dass es so schwierig wird. Ich habe schon seit langer Zeit sehr wenig gegessen. Da sollte es doch kein großes Problem sein, ganz damit aufzuhören. Ich dachte, es wird leichter. Aber ich denke den ganzen Tag ans Essen. Ich schäme mich dafür.

Ich wagte nicht, laut zu rufen. Also habe ich an die Heizungsrohre geklopft. Dann an die Tür. Dann auf den Holzboden. Zuletzt habe ich mit dem Stuhl hin und her gescharrt und mir überlegt aus dem Fenster zu klettern. Ich konnte doch nicht in die Ecke pinkeln. Aber die Weinranken, die bis zum Dach hochklettern, sind zu schwach. Sie würden mich nicht tragen. So habe ich weiter gescharrt und geklopft.

Topsannah ist dann auch irgendwann reingekommen.

Jetzt gehen sie weg. Mein Vater hat lange telefoniert. Er ist kaum zu Wort gekommen und schien sehr ärgerlich. Er hat einen anstrengenden Beruf. Schade eigentlich, dass er immer zu spät kommt. Mein Vater wird immer erst dann gerufen, wenn das Kind schon in den Brunnen gefallen ist.

Topsannah hat mich erst einmal ausgeschimpft. So, als ob ich etwas dafür könnte, dass meine Blase voll ist. Ich habe aber nicht viel gesagt. Ich konnte nicht mehr.

Eigentlich mag ich Adler lieber. Adler sagt, ich muss lieb zu Topsannah sein. Sie hat schwere Zeiten durchgemacht, als sie ihre Tochter verloren hat. Topsannah weiß es noch nicht so richtig. Sie hofft immer noch, dass die Tochter wieder zu ihr zurückkommt. ›Glaub ja nicht, dass du bist wie sie‹, hat sie mich angeschrien. ›Meine Tochter war tausendmal mehr wert als du. Du kannst sie niemals ersetzen.‹ Ich bin ganz ruhig geblieben. Adler hat mir beigebracht, wie man atmen muss, damit man vollkommen zur Ruhe kommt. Ich kann es schon ziemlich gut. Ich werde besser sein als Topsannahs Tochter. Die hat sich nämlich nicht genug Mühe gegeben. Adler sagte, sie hat ihn sehr enttäuscht. Deshalb musste er sie auch wegbringen. Er hat es Topsannah aber noch nicht gesagt. Er liebt sie sehr und er möchte ihr nicht wehtun.

Ich werde es besser machen, das weiß ich.

Ich werde den Meister nicht enttäuschen.

Aber wenn sie mich noch einmal so anschreit, dann sage ich ihr, dass ihre Tochter nicht mehr zurückkommt. Ja, das werde ich tun.

Die kommt nämlich nie mehr.

16

Jeden Tag wurde es nun ein wenig früher dunkler.

Bloch ging mit raschen Schritten über das feuchte Pflaster der Marktstätte. Churchill folgte ihm schnaufend. Der Kaiserbrunnen war mittlerweile wegen Frostgefahr abgestellt. Keine Kinder, die auf und mit den bizarren Figuren spielten. Keine Pantomimen, Gaukler und Straßenmusikanten, die das geneigte Publikum unterhielten. Nichts vom üblichen Trubel. Die Straßencafés lagen verwaist. In den Auslagen der Blumengeschäfte stapelten sich dürre, tarnfarbene Gestecke für Allerheiligen. Zumindest am ersten November würden die Menschen ihrer Toten gedenken. Kommissar Bloch hatte kein Grab in Konstanz zu pflegen. Seine Eltern lagen im Westfälischen. Bloch war schon seit Jahren nicht mehr an ihrem Grab gewesen.

Er ging durch die Fußgängerzone, als ob er ein Ziel hätte. Pittoreske Läden mit Kunsthandwerk und teuren Designerartikeln reihten sich aneinander. Die Geschäfte, in denen es neonbunten Ramsch für maximal fünf Euro zu kaufen gab, hatten in den letzten Jahren deutlich zugenommen. Vor einem drehbaren Ständer probierten Jugendliche verschiedene Halloweenmasken aus Weichplastik an: orange Kürbisköpfe, Totenschädel und Fratzen wie zerschmolzenes Wachs. Es waren ausgesprochen billige Imitationen jener Geister, die Bloch regelmäßig im beruflichen Umfeld zu begegnen pflegten. Geister, die die normalen Bürger sorgfältig aus ihrem Leben auszusperren hofften. Die jungen Leute bogen sich vor Lachen.

Der Kommissar ging weiter.

Teure Klamottenläden. Sorgfältig dekorierte Stoffe an unnatürlich dünnen Schaufensterpuppen. Spinnenfingrige Gestalten. Wie in die Länge gezogene Außerirdische. Keine Gesichter.

Bloch besaß genau fünf Hosen. Zwei für den Sommer und zwei für den Winter, eine zur Reserve. Er hatte drei identische Pullover und einige in neutralen Farben gehaltene Hemden. Er hasste es, morgens vor dem Schrank zu stehen und sich überlegen zu müssen, welche Kleidungsstücke zusammenpassten.

Er fröstelte. Die Sitzung am Mittag war denkbar schlecht verlaufen. Dezernatsleiter Graf hatte ihm ungewohnt deutlich seine Meinung gesagt. Es fehle eine klare Linie, der rote Faden. Wahrscheinlich war dem Dezernatsleiter irgendeine Laus über die Leber gelaufen. – Was erwartete der denn am zweiten Tag der Ermittlungen? Bloch stochere nur im Ungefähren herum. Und überhaupt mangele es der ganzen Ermittlungsarbeit an Biss und an einer stringenten Hypothese. Graf liebte Fremdwörter.

Cenk sprach wenig. Wie immer war er sehr gut gekleidet. Er verdiente zwar deutlich weniger als Bloch, schien aber den größten Teil seines Einkommens für Kleidung auszugeben. Er hatte sich vor der Sitzung sogar ein frisches Hemd angezogen.

Bereits damals, als Bloch noch der kleine Erich war, hatte er sich schon immer schlecht angezogen gefühlt – trotz der ständigen Bemühungen seiner Mutter, die ihm mehrmals täglich den Scheitel mit einem in Wasser getauchten Kamm nachgezogen hatte. Die Jungen heutzutage verwendeten wahrscheinlich Haargel. Eine korrekte Frisur half jedoch gar nichts, wenn einem ständig das Hemd aus der Hose rutschte.

Nein, Bloch hatte keine Hypothese.

Hoffmann hatte ständig Hypothesen gehabt, die sich dann auch prompt bestätigten.

Aber Hoffmann war tot und hatte sinnigerweise keine Gebrauchsanweisung zur Aufklärung des eigenen Todesfalles hinterlassen.

Bloch erreichte den Münsterplatz. Churchill konnte mit seinen Schritten nicht mehr mithalten und warf sich mit einem jaulenden Seufzen flach auf das Kopfsteinpflaster. Laut hechelnd blickte er nach oben. Seine rosafarbene Zungenspitze rollte sich ein. Es sah aus, als wolle er sich die schokoladenfarbene Maske vom Gesicht schlecken.

»Also, mein Freund«, meinte Bloch und wischte sich den Schweiß von der Stirn. »Es sieht ganz danach aus, als müssten wir beide etwas gegen unsere miese Kondition tun.« Der Hund widersprach nicht.

Wer hätte auch ahnen können, dass die C^{14}-Bestimmung eine solche Überraschung würde? Zehn Minuten vor Sitzungsbeginn hatte ihm eine der Sekretärinnen das Fax mit den Laborbefunden in die Hand gedrückt. Mit diesem Fax war ein Teil der vom Dezernatsleiter so dringend angemahnten Hypothesen schlagartig zunichte gemacht worden. Durch die Bestimmung der Zerfallsraten von C^{14} kann eine Altersbestimmung von Gegenständen vorgenommen werden. In dem Fax stand, dass die Lederhäute, in die die Mumie eingewickelt worden war, maximal fünf Jahre alt sein konnten. Bei der Mumie handelte es sich also mit höchster Wahrscheinlichkeit mitnichten um einen prähistorischen Fund. Das Körpergewebe der Mumie war zwar noch nicht untersucht worden, aber wer wickelte schon eine jahrhundertealte Leiche in neue Umhüllungen und verscharrte sie dann auf einer Baustelle? Das war doch vollkommen abstrus. Und wie sollte Bloch innerhalb von zehn Minuten eine brauchbare Hypothese zu diesem Tatbestand entwickeln?

»Was ist? Gehen wir weiter?« Bloch zog vorsichtig an der Hundeleine. Churchill schaute flehend. »Also gut, ruh dich aus.« Bloch schabte mit den Schuhspitzen über das neu verlegte Kopfsteinpflaster auf dem Münsterplatz. Vor Kurzem hatte hier noch ein tiefes Loch im Boden gegähnt, Gräbers Ausgrabungsprojekt. Solide Arbeit. Gräber hatte hier ein Römerkastell ausgegraben. Die Ergebnisse seiner Arbeit waren zurzeit in einer Ausstellung im Landesmuseum zu bewundern. Es war eine solide Arbeit, aber nicht gerade spektakulär. Es gab viele römische Fundstellen in der Region. Eine Mumie jedoch hatte es noch nie gegeben.

Bloch hatte die verbleibenden zehn Minuten genutzt, um die Staatsanwaltschaft zu informieren. Die Mumie musste schnellstmöglich beschlagnahmt werden. Außerdem rief er die Gerichtsmedizin in Zürich an. Professor Zumkeller war außer Haus. Der Kommissar erreichte nur den Oberpräparator Binder. Binders Stimme klang am Telefon rau und müde. Vielleicht lag es aber auch an der Verbindung. Manchmal gab es atmosphärische Störungen.

Er sagte:

»Herr Kommissar, damit habe ich, ehrlich gesagt, sowieso gerechnet. Aber wenn Sie noch verwertbares Material haben wollen, dann müssen Sie sich beeilen. Die Mumie verwest nämlich inzwischen im Zeitraffertempo.«

Churchill stand auf und schüttelte sich.

»Komm, alter Junge, wir gehen noch ein Stück am Wasser entlang. Das wird uns beiden gut tun.«

Natürlich hatte Kommissar Bloch gewisse Denkansätze gehabt; mit etwas Fantasie hätte es sogar eine Hypothese ergeben – vorher. An Fantasie hatte es ihm nämlich noch nie gemangelt. Bei einer Mutter wie Ilse Bloch selig, brauchte ein Kind extrem viel davon, um zu überleben. Da er zu allem Überfluss auch ein Einzelkind war, hatte sich die ungeteilte Aufmerksamkeit seiner Mutter auf ihn konzentriert. Bloch murmelte leise vor sich hin: »Ilse-Bilse die böse Hülse – keiner will se – kam der Koch Peter Bloch – nahm se doch.« Dabei hatte sein Vater gar nicht Peter geheißen. Er war auch nicht Koch gewesen, sondern Feuerwehrmann und schon mit Mitte 40 an einem Herzinfarkt gestorben.

»Komm jetzt, Churchill. Du kannst nicht an jedem Baum stehen bleiben.«

Er hatte keine Zeit zu verlieren, denn die Mumie verweste im Stundentakt und mit ihr gingen wichtige

Spuren unwiederbringlich verloren. Alle bisherigen Denkansätze waren nichts mehr wert. Es gab keine Hypothese. Nichts.

Auch wenn der Druck noch so hoch war: Er brauchte Zeit. Er brauchte alle Zeit dieser Welt, um endlich einmal nachzudenken.

Was, wenn der Professor Zumkeller aus Zürich dahinter steckte? Hatte Zumkeller etwa einen Mord begangen und versucht, Hoffmann die Leiche unterzujubeln? Und Hoffmann hatte die Leiche postwendend zurückbefördert. Hatte Zumkeller sich daraufhin an Hoffmann gerächt? In diesem Fall hatte Zumkeller allen Grund, die Leiche so miserabel zu konservieren. Je verwester der Körper war, desto schwieriger würde sich die Spurensuche gestalten. War das etwa ein brauchbarer Denkansatz? Sehr plausibel klang es nicht.

»Komm endlich.« Bloch zerrte energisch an der Leine. Churchill setzte sich widerwillig in einen langsamen, zockelnden Trab. Sie durchquerten ein System von Treppen und Unterführungen. Bis zu Blochs Wohnung in der Kreuzlinger Straße war es nicht mehr weit. Zum Museum war es näher.

Der Schäferhund des Nachtwächters und Churchill kannten sich. Die Glastür zwischen sich, pressten beide Tiere ihre feuchten Nasen an den Boden, schnüffelten und scharrten begeistert wedelnd mit den Vorderpfoten. Sich so in gleicher Haltung gegenüberstehend wirkten sie wie Zerrbilder ihrer selbst, wie Figuren in einem Jahrmarktspiegel.

Wolfgang Merten ließ Bloch sofort hinein. »Noch mal ne Runde drehen, Herr Kommissar? Kaffee brauche ich Ihnen wohl nicht anzubieten? Kriegen Sie eigentlich die vielen Überstunden bezahlt? Nichts für ungut, aber wenn Sie wollen, können Sie mich mal ablösen …« Merten hielt sich offenbar für unwiderstehlich.

»Kann ich den Hund bei Ihnen lassen, Herr Merten?«

»Sicher, die beiden verstehen sich ja prima – lassen Sie ihn nur da. Komm Churchill, komm mal her. Ich hab da was für dich.« Merten griff in die Jackentasche und Churchill folgte ihm aufs Wort. Sein fettes Hinterteil wackelte begeistert hin und her.

Churchill war bestechlich.

16

Erfahrungsgemäß half Bloch die Atmosphäre des Tatortes, sich besser in die Denkweise des Mörders hineinzuversetzen. Es hieß, ein Täter käme immer wieder an den Ort des Geschehens zurück. Für einen Ermittler wie Bloch galt das ebenfalls.

In der Totenkammer hörte er ein Geräusch. Bloch trat leise näher. Es war dunkel, der irrlichternde Strahl einer kleinen Taschenlampe erlosch und das Gerät fiel klappernd auf den Boden.

»Kann hier mal jemand Licht machen oder muss ich erst den Sicherheitsdienst rufen?« Bloch war vollkommen ruhig. Er atmete konzentriert. Er war hellwach.

»Moment, ich mache Licht.« Es war eine Frauenstimme. »Es dauert ein wenig. Ich muss erst den Schalter finden.«

Er hörte sie in einer der Vitrinen herumtasten. Endlich flackerte bläuliches Neonlicht auf. Christina Löbles Gesicht war von einer fast überirdischen Blässe. Sie hielt eine flache Pappschachtel fest umklammert. Darin lagen fünf menschliche Schädel. Die Fingernägel der Löble waren extrem kurz geschnitten und ihre Fingerspitzen trugen noch immer die schwarzen Farbspuren der erkennungsdienstlichen Behandlung.

»Frau Löble, was machen Sie denn da?«

Es war vollkommen unnötig, diese Frage zu stellen.

Die Löble gestand dann auch fast unmittelbar. Sie könne sich auch nicht erklären, warum sie jetzt noch versucht habe, die Schädel auszutauschen. Vielleicht ein letzter Liebesdienst für Professor Hoffmann? Es sei ja sowieso alles ein elender Betrug gewesen.

Bloch brauchte jetzt dringend eine Tasse Kaffee. Merten freute sich. In seinem Kabuff stand immer eine volle Thermoskanne.

»Na dann.«

Merten stand entschlusslos in der Tür und starrte neugierig auf den Rücken der Löble, die unter seinen Blicken abwehrend die Schultern hochzog.

»Herr Merten, Sie haben doch sicher noch einiges zu erledigen, oder?«

Hergottnochmal, verstand der Kerl denn nicht, dass seine Anwesenheit hier unerwünscht war?

»Ja, dann – dann gehe ich mal.« Mertens Tonfall klang ganz eindeutig tief gekränkt.

Bloch atmete durch. »Sie brauchen einen Anwalt, Frau Löble. Sie wissen, dass Sie ohne Ihren Anwalt gar nichts sagen müssen?«

»Ich will aber aussagen. Es kommt doch sowieso alles raus.« Ihre Augen waren leblos, wie ausgelöscht, während sie leise, aber präzise ihre Sätze ausspuckte. Da war kein Zögern in ihrer Stimme. Wahrscheinlich war sie in ihrer Fantasie schon zu oft in dieser Situation gewesen, um noch länger Widerstand zu leisten. Jetzt spulte sie nur eine bis zum Überdruss eingeübte Rolle herunter. Dafür brauchte sie nicht weiter nachzudenken.

Kommissar Bloch kannte diese Stimmung, die einem Geständnis vorausging, nur zu gut. Eine schwebende, ungewisse Spannung hielt die Waage in einem zitternden Gleichgewicht. Nur ein Atemzug noch, dann würde das Ganze kippen.

Die Löble holte tief Luft. Bloch machte sich bereit.

»Ich habe ihn nicht umgebracht.«

Die Luft war raus. Bloch pfiff leise durch die Zähne. So eine Pleite. Was hatte sie da gesagt?

Sie zupfte an ihrem Pullover herum. Zupfte.

Begegnete kurz Blochs Blick.

Auf einmal hatte sie lebendige Augen. Lebendig, aber hart. Hart wie blank polierte Flusskiesel.

»Ich habe viel Mist gebaut in letzter Zeit, aber ich habe Hoffmann nicht ermordet. Nein, das nicht.«

»Was meinen Sie mit ›Mist gebaut‹, Frau Löble?«

»Haben Sie kein Diktiergerät dabei, um meine Aussage aufzuzeichnen?« Sie schaute misstrauisch. Überwach. Die Löble war nicht dumm. Besonders klug schien sie aber auch nicht zu sein.

»Sollen wir rübergehen ins Präsidium?«

»Nein, besser wir bringen es hier zu Ende.« Sie nahm einen Schluck Kaffee. Bloch tat es ihr nach. Der Kaffee schmeckte lauwarm und bitter.

Betrüger, dachte er. Merten war ein elender Betrüger. Ihm so ein Spülwasser anzubieten.

Die Löble grinste, als sie die Tasse zur Seite schob. »Bei Merten habe ich noch nie einen guten Kaffee bekommen. Der wird es nie lernen!«

»Sie waren also öfters nachts hier, Frau Löble?« Bloch legte das Notizbuch aufgeschlagen vor sich hin.

»Sehen Sie, ich schreibe alles auf. Das getippte Protokoll bekommen Sie zum Durchlesen und Sie können alles abändern, falls ich etwas falsch aufgeschrieben habe. Erst, wenn Sie mit dem Ganzen einverstanden sind, unterschreiben Sie das Protokoll., und zwar jede Seite einzeln. Sie können mir vertrauen.«

Da war wieder dieser Ausdruck von Bitterkeit in ihrem Gesicht. Eine scharf gezeichnete Falte zog sich von ihrem rechten Nasenflügel bis zum Mundwinkel. ›Kummerfalte‹, so hatte Ilse Bloch selig dieses Gebilde immer genannt. ›Du machst mir nur Falten und graue Haare‹, hatte sie ihm stets vorgeworfen, wenn sie vor dem Spiegel stand und vergeblich versuchte, ihre ›Kummerfalten‹ glatt zu ziehen.

›Nichts als Kummer.‹

Der kleine Erich hatte nie gewusst, womit er ihr eigentlich so viel Kummer bereitete. Ehrlich.

Aber er hatte sich niemals getraut danach zu fragen.

»Wahrscheinlich sprechen alle Indizien sowieso gegen mich.« Die Stimme der Löble klang resigniert. »Besser, ich packe aus. Er hat mich ja schon so lange missbraucht, da wäre weiß Gott genug Material für drei Mordmotive.«

Bloch schwieg und machte sich Notizen.

Erstaunlich, wie nahe Bloch mit seiner Hypothese am tatsächlichen Geschehen dran gewesen war. Und trotzdem lag er weit daneben.

Professor Zumkeller in Zürich steckte mittendrin im Schlamassel.

Zumkeller hatte nämlich die Schädel geliefert.

Und das nicht nur ein Mal. All diese schönen Ausgrabungen der letzten Jahre – sie waren zum größten Teil Fälschungen. Zumindest, was die Ausgrabungen von Hoffmann betraf. Gräber schien in diesem Zusammenhang über jeden Verdacht erhaben.

Vorläufig jedenfalls.

Wer konnte wissen, was alles in diesem Sumpf verborgen war.

Zumkeller hatte natürlich ungehinderten Zugriff auf die anatomischen Sammlungen und die Asservatenkammern der Zürcher Gerichtsmedizin. Dort lagen genügend verstaubte und vergessene Knochen, nach denen niemals jemand fragen würde. Es gab also reichlich Material, mit dem er seinen alten Freund und ehemaligen Studienkollegen Hoffmann versorgen konnte. Sie hatten sich vor 20 Jahren bei Vorlesungen im Fach Anthropologie kennengelernt. Bloch ließ sich das Fremdwort buchstabieren, ohne sich dafür zu schämen.

»Die Wissenschaft von den Erscheinungsformen des Menschen«, übersetzte ihm die Löble den Fachbegriff. »Kenntnisse in Anthropologie sind nicht nur für Gerichtsmediziner nützlich, sondern auch für Archäologen.«

Und für Kriminologen, dachte Bloch. Sogar äußerst nützlich für Kriminologen. Besonders, wenn sie mit mumifizierten Leichen zu tun haben.

Hoffmann hatte sich immer dann an Zumkeller gewandt, wenn er wieder einmal eine seiner minutiösen Projektplanungen ausgearbeitet hatte. Projekte, die seinen wissenschaftlichen Ruhm begründeten und seine Stellung gegenüber dem zunehmend müder werdenden Institutsleiter Gräber ausbauen sollten.

»Ich denke, Hoffmann hat langfristig auf die Stelle von Professor Gräber spekuliert«, sinnierte die Löble. »Übrigens gehört kein großes Können dazu, die Knochen auf alt zu trimmen. Ein paar Wochen in einer Jauchegrube oder in einem verrotteten Misthaufen genügen vollkommen, danach sehen alle Knochen so aus, als ob sie Jahrhunderte alt wären.«

Die Löble lächelte schwach. Waren die Funde dann der Öffentlichkeit präsentiert worden, war es ihre Aufgabe gewesen, die Fälschungen gegen echte, das heißt alte Knochen auszutauschen.

»Damit hat Hoffmann sich die Finger nicht schmutzig gemacht«, sagte die Löble und betrachtete ihre schwärzlichen Fingerspitzen. Bloch erkundigte sich taktvollerweise nicht nach Jauchegruben und Misthaufen.

»Ich trug immer das volle Risiko, verstehen Sie? ›Vertrauen Sie mir‹, hat er immer gesagt. ›Sie können mir blind vertrauen. Sie wollen doch auch Karriere machen oder möchten Sie lieber jahrelang Aktenstaub schlucken?‹ Ja, das waren seine Worte – und ich war blöd genug darauf reinzufallen. Blöd war ich und viel zu ehrgeizig. Ich muss vollkommen blind gewesen sein.«

Bloch verstand sie gut. Als er in ihrem Alter gewesen war, war auch er viel zu ehrgeizig gewesen. Er hatte viel kaputt gemacht in seinem Leben.

»Der Merten weiß vermutlich mehr, als er zugeben will. Der hat doch immer gesehen, wie ich nachts hier reinkam, um Knochen zu sortieren. Ist schon witzig …« Sie schoss einen flusskieselharten Blick ab. »Ein großer Teil der Zürcher kriminologischen Sammlung befindet sich inzwischen hier in Konstanz – die Knochen haben lediglich andere Inventarnummern bekommen. Ich habe sogar noch die Listen. Man könnte alles wieder rückgängig machen.«

Sie lachte kurz. Es klang wie Husten.

Bloch hatte alles mitgeschrieben.

»Frau Löble, Sie müssen mir verzeihen – manchmal bin ich etwas schwer von Begriff –, aber eins verstehe ich einfach nicht: Warum mussten Sie mit so viel Aufwand die Knochen austauschen? – Was ich verstanden habe, ist, dass es hier um Wissenschaftsbetrug geht und dass dieser Professor Hoffmann offensichtlich ein ganz übler Blender gewesen ist. Aber warum mussten Sie denn das Risiko eingehen, beim Austauschen der Knochen entdeckt zu werden? Wenn Sie aufgeflogen wären, dann hätte er Sie doch kaum gedeckt, oder?«

Die Löble schlug mit der flachen Hand auf die Tischplatte. Ihre Wut über eine solch bodenlose Begriffsstutzigkeit flackerte kurz, aber intensiv auf. Die Kaffeetassen klirrten.

»Herrgottnochmal, ist das denn so schwer?«

War diese Frau imstande, im Affekt brutal zuzuschlagen?

»Wir mussten alte Knochen haben – die C^{14}-Bestimmung. Noch nie gehört, oder?«

Doch, dachte Bloch. Die C^{14}-Bestimmung ist mir ein Begriff. Spätestens seit dem Fax heute Mittag.

»Die Knochen mussten zumindest ungefähr das richtige Alter haben. Man kann nicht einfach irgendwelches Zeug präsentieren. Das wäre ziemlich schnell aufgeflogen. Hoffmann hatte zwar ausgesprochen gute Beziehungen zum Isotopenlabor – aber nie im Leben hätten die ihre Gutachten um 500 Jahre geschönt. So gut waren die Beziehungen dann auch wieder nicht. Und ich kenne mich im Keller des Museums nun mal am besten aus.« Die Löble hustete wieder. Etwas schien sich hartnäckig in ihrer Kehle festgesetzt zu haben. Sie nahm einen Schluck Kaffee, um es runterzuspülen, und verzog angewidert das Gesicht. »Na ja, so ist das eben«, bemerkte sie bitter. »Die versprochene Karriere habe ich nicht gemacht. Aber Staub habe ich in den letzten zwei Jahren genug geschluckt. Es war zwar kein Aktenstaub, aber Knochenstaub ist auch nicht so toll.«

»Tja …« Bloch fühlte sich von ihrer unausgesprochenen Aggressivität an die Wand gedrängt. Sein Stift malte Kreise und Spiralen auf das gelbliche Papier des Notizbuches.

»Die Mumie, Frau Löble. Wie passt denn der Mumienfund in dieses Konzept?«

»Sehr gut, Herr Kommissar. Toll, dass Sie es endlich merken!«

Zynismus schien Bloch angesichts ihrer prekären Lage kaum angebracht, aber er schwieg.

»Ich sagte doch schon gestern, dass mit der Mumie der ganze Ärger anfing. Die passte nämlich nicht ins Konzept; die war nicht vorgesehen und Hoffmann wusste mit ihr auch nicht das Geringste anzufangen.

Ehrlich gesagt, er glaubte, dass Zumkeller sie ihm untergejubelt hatte.«

Da war er ja ganz entschieden auf der richtigen Fährte gewesen. Auf einer abstrakten, kriminalistisch-wissenschaftlichen Ebene war Kommissar Bloch zutiefst zufrieden. Aber noch war der Fall nicht aufgeklärt. Es galt, wachsam zu bleiben.

»Was für einen Grund könnte Zumkeller gehabt haben, Ihrem Chef so etwas anzutun?«

Die Löble zuckte mit den Schultern.

»Was weiß ich. Vielleicht hat Hoffmann diesmal nicht genug bezahlt. Vielleicht hat Zumkeller versucht, ihn zu erpressen. Keine Ahnung. Das Finanzielle pflegten die beiden Herren immer hinter verschlossenen Türen zu verhandeln. Damit hatte ich nicht das Geringste zu tun. Wollen Sie meine ehrliche Meinung hören?«

»Hmm …?« Blochs rechte Hand schmerzte vom vielen Schreiben. Er war es nicht mehr gewohnt. Morgen würde er das Ganze abtippen müssen. Davor graute es ihm am meisten. Eine richtige Tasse Kaffee wäre jetzt wirklich angebracht. Und nicht wieder so ein Spülwasser wie eben. Ob Merten hinter der Tür stand und lauschte?

»Also, meiner Meinung nach, bin ich eigentlich in dieser Angelegenheit auch ein Opfer. Zwei Jahre lang wurde ich auf übelste Weise missbraucht und ausgebeutet. Dafür hat ein Richter doch sicher Verständnis, oder?«

Bloch ersparte ihr eine Antwort.

»Gibt es noch etwas, das Sie loswerden möchten, Frau Löble?«

Sie zögerte.

»Na, raus mit der Sprache«, ermunterte sie Bloch. »Viel schlimmer kanns kaum noch werden.«

»Wahrscheinlich haben Sie sogar recht, Herr Kommissar.« Die Löble gestattete sich einen Anflug von Nachdenklichkeit. »Ich bin sowieso erledigt. Meine Karriere kann ich in den Wind schreiben.«

Ihre Sprache war längst nicht mehr so gepflegt wie gestern. Bloch wertete das als Zeichen zunehmender Ehrlichkeit. Ihre ethische Perspektivlosigkeit war geradezu bestürzend.

»Ihre berufliche Karriere? Frau Löble, denken Sie doch mal nach! Es geht zwar auch um Wissenschaftsbetrug – aber doch nur am Rande. In der Hauptsache ermittle ich wegen Mordes. Und Mord, das ist ein ganz anderes Kaliber, wie Sie mir sicher zugestehen werden. Aber können Sie mir vielleicht garantieren, dass es sich bei der angeblich 100-jährigen Mumie nicht um einen geschickt kaschierten zweiten Mordfall handelt?«

Endlich schien die Löble zu verstehen, in welch fatale Situation sie sich mit ihrer Aussage hineinmanövriert hatte. Sie presste ihre grobe, schwielige Hand vor den Mund und stieß den Atem heftig aus.

»Das wäre ja – aber Herr Kommissar, das kann doch nicht sein. Sie müssen mir glauben. Das wäre ja ein Doppelmord. Das ist schrecklich, was Sie da sagen. – Ich wars jedenfalls nicht.«

Das sagen sie alle, dachte Bloch.

Ihre Hand sank auf die Tischplatte und lag dort wie ein hässlicher, vollkommen wertloser Gegenstand, lag dort wie eine Beleidigung all der jahrhundertealten

Kostbarkeiten, die in den Museumsvitrinen gehortet wurden. Eine Hand, zu schäbig, um sie auszustellen, noch nicht einmal wert Reliquiensplitter daraus zu fertigen, die dann an gutgläubige Pilger verkauft wurden. Eine Hand, die immer das Falsche tat. Vielleicht hatte sie Schminksachen gestohlen, als Christina Löble 16 Jahre alt war und unter Pubertätsakne litt. Ziemlich sicher hatte sie nie einen geliebten Menschen gestreichelt – lediglich dann und wann ein Hundefell. Diese Hand war nie den weichen Konturen eines Kinderkörpers gefolgt, sie hatte sich immer an den Formen antiker Statuen oder der Schönheit der hohen Wangenknochen eines Mumiengesichtes erfreut. Sie konnte fleißig sein und zupacken, aber wahrscheinlich hatte die Löble mit ihren Händen ihr Lebtag wohl immer nur das Falsche getan. Trotzdem stellte sich die Frage, ob sie fähig war, mit eben dieser Hand jemanden vom Leben zum Tode zu befördern?

Bloch stellte fest, dass er wirklich extrem müde und unkonzentriert war. Wahrscheinlich lag wieder eine schlaflose Nacht vor ihm. Er fing an, sich aufrichtig zu bedauern.

»Jetzt beruhigen Sie sich erst mal.« Er sagte es mehr zu sich selbst als zur Löble. »Erst einmal müssen wir die Spuren vom Tatort abgleichen und dann sind Sie sowieso aus dem Schneider, zumindest, was den Mord angeht.«

»Das ist es ja gerade.« Ihre Stimme klang dumpf. »Meinen Pulli können Sie dann gleich mit untersuchen.«

»Wieso das?« Bloch massierte seine rechte Hand.

»Blutspuren. Blut unter den Fingernägeln, die Ihre Kollegen mir freundlicherweise so sauber gekürzt haben. Blut auf meinem Pullover. Hoffmanns Blut.«

Ihr grob gestrickter, regenbogenfarbiger Pullover war tatsächlich so bunt, dass ein paar Blutflecken nicht weiter auffallen würden. Die weiche Wolle schien aber ausgesprochen saugfähig. Meyer von der Spurensicherung würde sich freuen.

»Ich war am Tatort.«

Bloch schwieg.

»Ich habe dieses verdammte Amulett gesucht. Ich dachte, ich muss das Ding unbedingt verschwinden lassen. Jeder Idiot sieht doch, dass das Amulett neueren Datums ist. Esoterischer Ethno-Kitsch. Wenn jemand es genauer anschaut, dachte ich, dann kommen sie uns sofort auf die Schliche. Ich hatte sowieso immer stärker das Gefühl, dass uns der Laden ziemlich bald um die Ohren fliegen würde. Aber Hoffmann ließ nicht mit sich reden. Er machte immer weiter, als ob nichts passieren könnte. Da habe ich gedacht, dass ich es einfach verschwinden lasse.«

»Sie haben also gestritten?«

Die Löble schluckte. »Ich habe ihn gesehen. Sonntagnacht habe ich ihn gesehen.«

Ihr Gesicht war wieder von einer unnatürlichen wächsernen Blässe, ihre Augen starr.

»Wen haben Sie gesehen? Den Täter?«

»Nein. Ihn – den Toten. Es war –« Sie schluckte wieder. »Er – er war noch warm. Es war ziemlich eklig. Das ganze Blut. Sie müssen wissen, ich habe zwar viel mit Toten zu tun, aber das hier war etwas völlig anderes. Knochen, die kenne ich. Knochen, die sind irgendwie – Knochen sind eindeutig – sauberer. Das Amulett habe ich übrigens nicht gefunden. Jetzt weiß ich, warum, er lag, ja mit dem Gesicht darauf.«

»Ich versuche mal zusammenzufassen, Frau Löble. Bitte unterbrechen Sie mich, wenn etwas nicht stimmt. Also, Sie waren kurz nach der Tat in Hoffmanns Büro, haben den Schreibtisch durchsucht und dementsprechend Blutspuren an Ihren Händen und am Pullover, aber Sie haben ihn nicht umgebracht?«

»Ja – ich meine, nein. Ich habe ihn nicht umgebracht.«

»Und das soll ich Ihnen glauben? Ist ein bisschen arg wild, Ihre Geschichte, das müssen Sie zugeben, oder?«

»Kann schon sein.« Die Löble lächelte schwach. »Aber ich habe sogar einen Entlastungszeugen.«

»Und der wäre?«

»Churchill.«

»Wie bitte?«

»Ich weiß, das klingt seltsam, aber der Hund muss Hoffmanns Mörder gesehen haben. Er hockte völlig verängstigt unter dem Schreibtisch. Ich habe ihn mitgenommen. Den Rest wissen Sie bereits.«

Gab es Zeugengegenüberstellungen mit Hunden? Bloch hatte so etwas noch nie gehört.

»Kommen Sie mal mit.« Die Löble erhob sich schweigend. Sie gingen zur Eingangshalle. Bloch meinte, sich schnell entfernende Schritte zu hören. Merten war nirgendwo zu sehen. Churchill lag auf der Seite vor einem Heizkörper und schlief.

»Rufen Sie ihn«, befahl Kommissar Bloch.

»Churchill! Churchill, komm!« Die Löble ging in die Hocke. Ein Schauder überlief den massigen Hundekörper. Churchill öffnete unwillig zuerst das eine, dann das andere Auge und blinzelte träge ins Neonlicht. Als er die Löble erblickte, rollte er sich ungelenk auf den Bauch und stand für seine Verhältnisse ungewohnt schnell auf. In kurzatmigem Zockeltrab bewegte er sich in ihre Richtung und winselte dabei ununterbrochen.

»Guter Junge.« Die Löble tätschelte ihm den Rücken. Schnorchelnd vor Begeisterung ließ sich das Tier auf den Rücken fallen und bot seinen Bauch zum Kraulen dar. Falls er die Löble bei der Ermordung von Hoffmann beobachtet haben sollte, erwies er sich jedenfalls nicht als übermäßig nachtragend.

Diese rührende Szene sollte man keinesfalls überbewerten, ermahnte sich Bloch, der aber trotzdem ein mildes Lächeln nicht unterdrücken konnte.

Nicht vergessen, erinnerte er sich, Churchill ist korrupt.

»Na, dann gehen wir mal alle zusammen nach oben. Mal sehen, wie er sich am Tatort verhält.«

Bloch zweifelte inzwischen heftig am Wert tierischer Zeugen. Schweigend stiegen sie die ersten Treppenstufen hinauf. Churchill jedoch weigerte sich, mitzukommen. War da doch eine Art Gefühlsregung beim Hund zu beobachten?

»Ach was, so ein Blödsinn!« Die Löble tippte sich mit dem Zeigefinger gegen die Stirn. »Der Hund kommt mit seinen kurzen Beinen nicht die Treppenstufen hinauf. Er fährt immer Aufzug.«

»Na, dann wollen wir mal.« Bloch drückte den Knopf. Kurz erinnerte er sich an den verschmutzten Aufzug in Zürich. Hier war alles makellos und sauber geputzt. Die vielen Menschen, die tagtäglich diesen Aufzug benutzten, hatten keinerlei Spuren hinterlassen.

Oben angekommen schmiegte sich der Hund eng an Blochs Hosenbein. Bloch zog es sachte weg. Der Hund winselte wieder. Laut. Kläglich. Aber vielleicht war das eine völlig unzulässige Interpretation. Vielleicht klagte der Hund gar nicht. Vielleicht bedeutete sein Winseln etwas völlig anderes.

Churchill steuerte ohne Zögern auf Hoffmanns Büro zu und legte sich quer vor die versiegelte Tür.

Können Hunde todtraurig gucken?

Churchill konnte es.

Wahrscheinlich hatte Hoffmann nur dieses hässliche Tier zum Freund gehabt. Welche Inhalte hatte Hoffmanns Leben gehabt? Bloch spürte überdeutlich, dass er solchen Fragen nicht ausweichen konnte, sonst würde er diesen Fall niemals lösen können. Er wusste nicht, warum er solche inneren Widerstände hatte.

Welche Inhalte hatte sein Leben gehabt?

Ehrgeiz.

Eitelkeit.

Armer Hund.

Bloch musste noch einige Telefongespräche führen. Es war viel zu tun, obwohl es bereits spät war. Die Löble folgte ihm, ohne Widerstand zu leisten. Sie schien beinahe erleichtert, dass sie die Nacht in Untersuchungshaft und nicht einsam zu Hause zubringen musste.

17

Topsannah hat mir beigebracht, wie man aus dünnen Rindenstreifen oder aus langen Grashalmen Schnüre herstellt. Ich sitze auf dem Boden meines Zimmers. Diesen Raum habe ich schon lange nicht mehr verlassen. Wie viele Tage bin ich schon hier? Die Zeit verschwimmt. Ich gehe nur noch aus dem Zimmer, um die Toilette zu benutzen. An das letzte Mal kann ich mich nicht mehr erinnern. Die Tür muss nicht abgeschlossen werden. Sie wissen, dass ich nicht weglaufen werde. Wahrscheinlich bin ich dafür inzwischen zu schwach.

Ich lehne meinen Rücken an das leere Bettgestell. Die Schnur, an der ich arbeite, habe ich zwischen meine Zehen geklemmt, um sie straff zu halten.

Ich freue mich.

Die Zeit der Vorbereitungen geht zu Ende.

Und damit auch die Zeit der Schmerzen.

Mein Rücken tut weh. Ich weiß, ich sollte mich gerade halten und sitzen, ohne mich dabei anzulehnen. Topsannah kann das. Sie sitzt mir in anmutiger Haltung gegenüber und die Arbeit geht ihr flink von der Hand.

Die Schnur, die ich flechte, ist nicht so glatt und gleichmäßig wie ihre.

Wahrscheinlich ist das so, weil meine Finger zittern. Hunger spüre ich keinen mehr. Manchmal kreisen meine Gedanken um das Essen, aber ich würde keinen Bissen mehr runterbekommen. Sogar meine Zunge liegt dick und schwer in meinem Mund. Meine Zunge ist ein Fremdkörper geworden und meine Lippen sind verschlossen.

Mein ganzer Körper schmerzt vom Liegen auf der harten Erde. Ich schlafe kaum noch, weil ich das Gefühl habe, dass sich meine Knochen durch die dünn gewordene Haut hindurchspießen. Ich muss mich einfach anlehnen und meinen müde gewordenen Rücken ausruhen, auch wenn mich Topsannahs Blick verbrennt. Sie sagt kein Wort.

Nur das Gras raschelt unter ihren geschickten Fingern.

Ich habe Schmerzen.

Es wird bald vorbei sein.

Wahrscheinlich bin ich glücklich.

Heute Morgen ist Adler losgezogen, um den Platz vorzubereiten.

Ob ich den langen Weg schaffen werde? Den Weg zu unserem geheimen Ort?

Es ist ganz erstaunlich, in welcher Geschwindigkeit sich mein Körper von allem Irdischen befreit. Absolut erstaunlich.

Es ist wie eine Geburt.

Bloß umgekehrt.

Also ist es vollkommen normal, dass ich Schmerzen habe. Denn es gibt keine Geburt ohne Schmerzen.

Der Meister muss sehr viel Material zu unserem Ort am Seeufer bringen. Von der großen Weide, in deren hohlen Stamm ich mich als Kind versteckt hätte, von der Weide mit den gelben Libellenflügeln schnitt er 16 frische Zweige ab. Diese Stäbe wird er nun kreisförmig in die weiche Erde stecken, er wird sie biegen und miteinander verbinden. Eine Kuppel wird entstehen, eine Höhle, ein schwangerer Bauch. Der Bauch von Mutter Erde. Wir werden sie auskleiden mit unseren Tierfellen und mit unseren selbst gewebten Decken. Kein Licht wird in ihre Dunkelheit dringen. Der Eingang unseres Inipis wird in Richtung Westen weisen – in die Richtung des Sonnenuntergangs. Der Bau des Inipis folgt strengen, jahrhundertealten Vorschriften, sagt der Meister. Nicht die geringste Kleinigkeit darf er falsch machen, sonst wird die Reinigungszeremonie nicht gelingen.

Es muss gelingen.

Für einen zweiten Versuch fehlt mir die Kraft.

Man muss sich Mühe geben.

Ich muss meinen Rücken gerade halten.

Topsannah ist nicht zufrieden mit mir. Das sehe ich. Sie ist sehr ruhig. Ihre Gestalt ist zart und geschmeidig. Topsannah ist unglaublich diszipliniert und gehorsam.

Sie sollte mein Vorbild sein.

Manchmal denke ich, sie wäre imstande, mir etwas anzutun.

Brigitte war nie ein Vorbild für mich.

Besser ich vergesse sie.

Meine Mutter ist die Erde.

Wenn Adler die flache Grube in der Mitte der Schwitzhütte gegraben hat, wird er schwere Steine hineinlegen. Es dürfen keine Steine sein, die im Wasser gelegen haben. Sie würden beim Aufheizen bersten. So schleppt er die Steine aus großer Entfernung herbei. Das tut er nur für mich.

Da wäre es doch das Mindeste, dass ich es schaffe, meinen Rücken gerade zu halten.

Adler wird uns holen, sobald er mit seinen Vorbereitungen fertig ist.

Ich werde den langen Weg zum letzten Mal in Schuhen gehen. Wenn ich das Ritual durchgeführt habe, werde ich einen neuen Namen erhalten und zukünftig mit nackten Füßen gehen.

Ich werde unverletzbar sein.

Ich werde leben und die Schmerzen werden von mir genommen werden.

Ich muss nur noch eine kleine Weile durchhalten.

Bald ist es soweit.

Bald.

Topsannah blickt auf. Sie legt ihre Arbeit auf die Seite.

Sie sagt: »Wir werden deinen Kopf scheren müssen. Vorher können wir nicht anfangen.«

18

Brigitte erreichte ihn daheim. Die Kaffeemaschine war völlig verkalkt und spuckte nur winzige Spritzer eines pechschwarzen, gallebitteren Gebräus aus. Außerdem musste der Hund raus. Bloch war spät dran und hatte wegen Eva ein schlechtes Gewissen. Gab es überhaupt einen Unterschied zwischen der Liebe zu den eigenen Kindern und einem schlechten Gewissen?

In dem Moment, in dem Eva das Licht der Welt erblickt hatte, war gleichzeitig auch das Schuldbewusstsein geboren worden.

Churchill winselte.

»Gleich, ich komme gleich, jetzt gib doch bitte Ruhe! – Nein, Brigitte, ich habe nicht dich gemeint. Es ist der Hund, der keine Ruhe gibt.«

»Ach, für einen Hund hast du also noch Zeit?« Ihre Stimme klang spitz.

»Das ist zu kompliziert, als dass ich dir das jetzt erklären könnte, Brigitte. Sei mir nicht böse, wir sind mitten in einem Fall und ich habe extrem wenig Zeit.«

»Ich habe Evas Tagebuch gelesen, Erich.«

»Du hast – was?«

»Ich weiß selber, dass man das nicht machen sollte, aber ich war so verzweifelt und ich habe mir keinen Rat gewusst. So hör doch mal, was sie geschrieben hat. Hast du einen kleinen Moment Zeit? Bitte.«

»Also gut. Lass hören.«

Brigitte las: »Das Urteil wurde über mich gesprochen. Ich bin gerichtet. Die anderen sind fort.

Nun endlich sind sie mit mir fertig – nun endlich kann man mich in der allgemeinen großen Buchführung fest eingeben, als – erledigt. Das hat wohl etwas Beruhigendes – für sie.

Ich bemerke eine Haarsträhne, die sich gelöst hat und eilig mit dem Wind von mir fortzustreben sucht. Geduld! Bald wirst du dich aus der mürben Haut lösen können, um mit dem Wind zu spielen.

Mein Mund ist voller Erde, meine Ohren voller Blut. Meine Hände sind leer. Es ist nichts in ihnen, das sich zu fühlen lohnt.«

Bloch spürte einen leisen Anflug von Grauen. Vor seinem inneren Auge tauchte das ausgemergelte Gesicht seiner Tochter auf. Das Gesicht der Mumie schob sich wie in einer Doppelprojektion darüber. Er fror. Churchill winselte.

»Erich, du schweigst?«

»Ja, Brigitte. Ich überlege gerade, wie ernst wir das nehmen sollen. Vielleicht sind es nur erste literarische Versuche?«

»Literarisch?« Brigittes Stimme kippte wieder ins Schrille. »Literarisch nennst du das? Das ist ein Versuch, ja, da gebe ich dir recht. Aber das hat nichts mit Literatur zu tun, das ist die Ankündigung ihres Suizides. Erich, bitte hilf mir. Wir müssen etwas tun!«

Bloch zog die Schublade des Telefontischchens auf und nahm das Foto in die Hand, das dort seit über 20 Jahren lag. Er hatte es schon seit vielen Jahren nicht mehr betrachtet. Es hatte keine Notwendigkeit bestanden. Das Foto – ein aus der Zeit herausgestanztes Stück.

Brigitte saß auf dem Rand des Kaiserbrunnens an der Marktstätte. Das Wasser sprudelte und gleißte um sie herum. Sie trug ihr Haar in der Mitte gescheitelt, ein besticktes Stirnband und Indianerzöpfe. Ein Lächeln, das wohl geheimnisvoll sein sollte, umspielte ihre Lippen. Damals war Brigitte noch viel zu jung gewesen, um geheimnisvoll zu sein. Damals gab es keine Geheimnisse, jedenfalls keine, die sich lohnten. Auf ihrem Schoß hielt Brigitte das Baby, das begeistert mit zwei winzigen, nagelneuen Zähnchen in die Kamera strahlte. Eva bestand nur aus Ringen von Babyspeck und aus einer Unzahl kleiner Lachgrübchen.

Was war Evas Geheimnis?

Wann hatte er sein Kind verloren?

»Einverstanden, Brigitte. Gib eine Vermisstenanzeige auf. Ja, auch in meinem Namen. Aber erwarte nicht zu viel. Ich habe keine Ahnung, wie dieser Tag verlaufen wird. Vielleicht muss ich heute noch raus nach Zürich.« Falls seine Tochter verschwunden wäre, müsste er doch etwas spüren. Eine innere Stimme, eine Art Instinkt oder etwas in dieser Art.

Als er auflegte, war er sich nicht mehr sicher, ob er sich überhaupt von Brigitte verabschiedet hatte.

19

Im Präsidium war der Teufel los.

Professor Gräber hatte Cenk bereits die Hölle heiß gemacht und wandte sich beim Eintreten Blochs in gewohnt cholerischer Weise an ihn.

»Schön, dass Sie es auch mal für nötig halten, zu erscheinen! Meine Mitarbeiterin sitzt in Untersuchungshaft und ich werde nicht informiert. Kollege Zumkeller aus Zürich wurde ebenfalls verhaftet. Ja, haben Sie denn gar nicht darüber nachgedacht, welchen Schaden Sie unseren Instituten zufügen? Gibt es hier niemanden, der einen klaren Gedanken fassen kann? – Ihre Aufgabe ist es doch wohl, den Mörder des verehrten Kollegen Hoffmann zu fassen und nicht uns Forscher mit Dreck zu bewerfen!« Er machte eine Pause und griff sich schwer atmend ans Herz.

»Der verehrte Kollege Hoffmann – sieh mal einer an.« Bloch konnte einen ironischen Zwischenton nicht unterdrücken. »Gestern haben Sie sich da aber noch ganz anders geäußert. Was stellen Sie sich eigentlich vor? Hoffmann hat sich höchstselbst den Schädel mit einer Axt gespalten? Haben Sie gestern etwa nicht durch Ihre eigene Aussage die Assistentin Löble schwer belastet? Was soll dieses Theater, Herr Professor Gräber? – Jetzt denken Sie doch erst einmal nach, bevor Sie uns hier mit Unterstellungen kommen.« Bloch wurde lauter. Er redete sich in Rage. Cenk konnte ein Grinsen nicht unterdrücken. »Sie werden uns schon glauben müssen, dass wir unser Handwerk verstehen und dass wir einen Suizid von einem Mord unterscheiden können. Und wenn es Mord war, dann suchen wir im engsten Umfeld. Und können Sie uns vielleicht jemanden nennen, der Hoffmann näher gestanden ist als seine Assistentin Christina Löble? Sie vielleicht?«

Churchill schnaufte laut. Cenk tätschelte ihn. »Keine Angst, du wirst schon nicht verhaftet.« Cenks Bemerkung entspannte die Situation schlagartig. Gräber setzte sich seufzend auf einen freien Stuhl und fuhr sich mit einem großen, blütenweißen Taschentuch über die Glatze.

»Entschuldigen Sie bitte, ich muss rasend gewesen sein. Aber wenn das an die Presse gerät. Nicht auszudenken! Wir sind erledigt.«

Hatte Bloch das nicht vor einigen Stunden schon einmal gehört? Was waren das für Menschen, die den Beruf und die Karriere über alles stellten. Man sagte wohl zu Recht: ›So einer geht über Leichen‹.

»Um eine Pressekonferenz werden wir heute nicht mehr herumkommen, Herr Professor. Man kann die Journalisten nicht ewig hinhalten. Aber immer noch besser, als wenn die Gerüchte ins Kraut schießen. Wenn die nämlich erst einmal anfangen auf eigene Faust zu ›ermitteln‹, dann kann das für Sie erst recht unangenehm werden.«

Gräbers Elan schien gebrochen.

»Tun Sie, was Sie nicht lassen können«, murmelte er. Und im Hinausgehen hörte Bloch noch: »Und das mir. – Zwei Jahre vor der Rente. – Es ist nicht zu glauben.«

»Halten Sie sich bitte zu unserer Verfügung«, rief er Gräber nach. »Wir werden Ihnen vielleicht noch ein paar Fragen stellen.«

»Sie finden mich in meinem Büro.« Gräber schloss die Tür mit Nachdruck.

Sie wurde aber sofort wieder aufgerissen. Meyer von der Spurensicherung stürzte mit wehendem Laborkittel herein. »Kommen Sie, Herr Bloch. Kommen Sie mal rüber, so was haben Sie lange nicht mehr gesehen!«

Es war ein ziemlich weiter Weg, den sie gingen, treppauf und treppab, durch enge Verbindungsgänge, die nachträglich eingebaut worden waren, bis sie endlich in dem Seitentrakt ankamen, in dem der Kriminaltechnische Dienst untergebracht war. Meyer öffnete die Tür zum Labor. Es war dunkel. Die Rollläden waren heruntergelassen. Meyer tastete mit geübtem Griff nach dem Lichtschalter und führte sie zu einem Abzug. Auf dessen Arbeitsfläche lag flach ausgebreitet der regenbogenfarbige Pullover der Löble. Daneben stand eine Sprühflasche, wie man sie zum Benetzen von Topfpflanzen benutzt.

»Ich werde das Licht nun löschen«, murmelte Meyer geheimnisvoll. Er liebte Experimente und Showeffekte. »Bleiben sie ganz einfach dort stehen, wo sie sich gerade befinden.«

Es wurde wieder dunkel. Bloch spürte einen leichten Schwindel. Er wollte sich an der Tischkante abstützen, erwischte aber Cenks Hand.

»Verzeihung«, murmelte er peinlich berührt und zog die Hand schnell weg.

»Keine Ursache, Chef.« Cenk rührte sich nicht. Cenks Hand war trocken und warm gewesen. Sein Atem ging gleichmäßig.

Mittlerweile hatte sich Meyer an den Abzug herangetastet. »Man sollte das Zeug besser nicht inhalieren«, erklärte er und betätigte dessen Schalter. Dann hörten sie ein leises Zischen, als er mehrmals den Hebel der Sprühflasche betätigte. »Schauen Sie genau hin, gleich ist es soweit.«

Der Pullover flammte in einem intensiven, aber kalten Licht auf. Der Regenbogen aus Wolle war erloschen. Stattdessen prangten dort Schmierspuren und Spritzer einer von innen heraus blau strahlenden Farbe. Es sah wunderschön aus.

»Blut?«, fragte Bloch überflüssigerweise.

»Blut. Und zwar jede Menge!« In Meyers Stimme schwang Triumph. »Damit dürften Sie die junge Dame am Wickel haben, oder?« Er knipste das Licht wieder an.

Bloch wiegte den Kopf. »Ganz so einfach wird es nicht werden«, meinte er bedauernd. »Aber das ist natürlich ein wichtiges Indiz, das Sie uns da bieten. Wie funktioniert das eigentlich?«

Ganz offensichtlich wollte Meyer die Gunst der Stunde nutzen und weit ausholen zu einem wissenschaftlichen Vortrag. Ein Blick in Blochs Augen veranlasste ihn jedoch, sich auf das Wesentliche zu beschränken.

»Luminol«, sagte Meyer und nahm seine Brille ab, um sie am Kittelsaum zu putzen. »Das Zeug heißt Luminol. Es reagiert mit dem Hämoglobin. In völliger Dunkelheit können wir damit Blutflecken zum

Leuchten bringen, auch wenn sie zwölftausendfach verdünnt worden sind. Es ist eine sehr gute Methode zum Nachweis von so genannten unsichtbaren Blutflecken. Wir haben damit schon Glück gehabt, selbst wenn die Sachen ausgewaschen worden sind.«

»Wir bekommen dann Ihren Bericht, Herr Meyer? Bis heute Mittag? Geht das in Ordnung?« Bloch wandte sich bereits zum Gehen.

»Ja, das sollte schon funktionieren, aber da ist noch etwas. Ich weiß nicht, ob wir das so schnell und so eindeutig hinbekommen.« Meyer wippte unruhig von den Fußspitzen auf die Fersen und wieder zurück.

»Und das wäre?«

»Die Auswertung der Blutspuren.«

»Sie meinen die DNS-Analyse, den genetischen Fingerabdruck? Ja, das ist mir schon klar, dass das länger dauert, Herr Meyer.« Wahrscheinlich dauerte es genauso lange wie eine C^{14}-Bestimmung.

»Nein, das ist es nicht. Also, ich meine, wir werden natürlich den genetischen Fingerabdruck bestimmen, ich habe das bereits eingeleitet. Aber es steht doch wohl außer Frage, dass es sich hierbei um das Blut des Ermordeten handelt, das ist also reine Routine. Nein, ich bin mir nicht ganz schlüssig über die Interpretation des Spurenmusters. Sie erlauben?« Meyer löschte das Licht zum zweiten Mal. Mit einem Zeigestab fuhr er über die leuchtend blauen Flecken. »Sehen Sie hier und hier. Das sind ganz eindeutig Wischspuren. Die können entstehen, wenn sich jemand über eine Blutansammlung beugt und dabei die Flüssigkeit sozusagen unbeabsichtigt aufwischt.«

»Ja, genauso hat es uns die Frau Löble auch geschildert«, meinte Bloch. »Wo ist das Problem?«

»Hier.« Der Zeigestab wanderte zu mehreren winzigen azurblau leuchtenden Flecken. »Diese Pünktchen sind zwar kaum sichtbar, aber trotzdem äußerst suspekt.«

Kommissar Bloch und Cenk traten interessiert näher und beugten sich nach vorne. Tatsächlich, der Pullover war übersät mit diesen winzigen Antragungen. Sie befanden sich vor allem auf der rechten Seite.

»Was kann das bedeuten?«, fragte Bloch.

Meyer wiegte den Kopf. Er war ein begeisterter kriminalistischer Jäger, aber trotzdem Wissenschaftler genug, um sich vor einem voreiligen Urteil zu hüten. Die Verdächtigung, die er vorhin gegen die Löble ausgesprochen hatte, war ganz und gar untypisch für ihn gewesen und nur mit einem gewissen Überschwang zu erklären. Offensichtlich wollte er einen solchen Lapsus nicht ein zweites Mal begehen und verhielt sich nun dementsprechend vorsichtig.

»Spritzspuren«, meinte er zögernd.

»Ja – und? Meyer, nun machen Sie es doch nicht so spannend. Wir haben nicht ewig Zeit. Die Presse wartet auch noch.« Bloch sah mit theatralischer Geste auf seine Armbanduhr.

Meyer rang sich zu einer Stellungnahme durch. »Mit aller Vorsicht lässt es sich dahingehend interpretieren, dass die betreffende Person die Blutpartikel nicht nur durch eine Wischbewegung aufgenommen hat. Nein, es muss sozusagen ein aktives Element dazugekommen sein. – Das Blut muss gespritzt sein. Das feintropfige Verteilungsmuster ist da ganz eindeutig.«

»Das heißt also …« Bloch hätte es gern von Meyer gehört. Cenk kam ihm aber zuvor. »Ja, Chef – das heißt also, dass die Löble mit ihrer Vorderseite zum Opfer stand und einen ganzen Schwall Blut abbekommen hat, als sie …«

»Vorsicht, Cenk, Vorsicht! Sie wollten doch nicht etwa sagen: als sie Hoffmann den Schädel spaltete?«

»Doch, Chef. Ehrlich gesagt, genau das wollte ich gerade sagen!« Cenk wirkte nicht im Geringsten zerknirscht. »Spricht denn irgendwas dagegen?«

»Mein Bauchgefühl spricht dagegen!«, brummte Bloch. »Die Frau ist einfach zu ehrlich.«

»Wie bitte? Die begeht seit zwei Jahren systematischen Wissenschaftsbetrug! Chef – Sie kennen doch den schönen Spruch: Wer einmal lügt …«

»… dem glaubt man nicht. Ja, Cenk, den Spruch kenne ich. Trotzdem, Betrug und Mord, das sind zwei Paar Stiefel. Aber wir kommen natürlich an dieser Sache nicht vorbei, das muss ich zugeben. Was Sie uns da gesagt haben, Herr Meyer, das ist natürlich im höchsten Maße suspekt. Ich bin froh, dass ich heute Nacht noch auf Nummer sicher gegangen bin, und Frau Löble mit aufs Revier genommen habe. Aber trotzdem …« Bloch wiegte zweifelnd den Kopf. »Die Pressekonferenz liegt mir am meisten auf der Seele. Ich habe absolut keine Ahnung, was ich den Journalisten erzählen soll, Cenk. Absolut keine Ahnung.«

»Wie wärs mit der Wahrheit, Chef?«

»Cenk, hören Sie doch auf mit diesen billigen Witzen! – Also, Herr Meyer, ich erwarte Ihren Bericht. Und wenn Ihnen noch etwas zu diesem verworrenen Spurenbild einfallen sollte, dann wäre ich sehr dankbar für eine Erklärung. Danke, wir finden alleine zurück!«

20

Alleine würde ich nie mehr zurückfinden.

Es ist so, als ob ich nur noch in mir drin unterwegs bin. Es gibt keine Welt mehr da draußen.

Topsannah hat meinen kahlen Schädel mit einem Tuch umwickelt, damit ich nicht friere. Aber ich friere sowieso ständig.

Nun stehe ich endlich vor der Haustür. Die Treppe hinabzusteigen, hat mich alle Kraft gekostet. Jetzt muss ich noch den langen Weg gehen. Den Weg durch eine versunkene, völlig fremde Welt.

Ich werde langsam einen Fuß vor den anderen setzen und dabei atmen, so wie es der Meister mir beigebracht hat.

Dann schaffe ich es vielleicht.

Topsannah wird mich stützen.

Ihre Nähe ist mir zuwider.

Wir gehen an einem grob geflochtenen Drahtzaun vorbei. Der Wind hat bunte Blätter in seine Maschen geweht. Sie bilden ein Muster. Es sieht aus wie ein Muster aus Buchstaben. Es ist eine Botschaft. Eine Botschaft für mich.

Topsannah zieht mich viel zu schnell vorbei. Meine Füße schleifen durch das raschelnde Laub. »Komm, streng dich ein bisschen an«, murrt sie.

Ich habe die Botschaft nicht entziffern können.

21

»Kennen Sie jemanden, der Ihnen neue Kleidung vorbeibringen könnte?«

Es entstand eine lange Pause.

Bloch suchte einen möglichst unverfänglichen Einstieg in die Vernehmung der Löble. Jetzt nannte er es Vernehmung und nicht mehr Gespräch, wie damals, als sie das erste Mal miteinander redeten. Jetzt war Christina Löble ein Untersuchungshäftling.

Die junge Frau saß ihm bleich und übernächtigt gegenüber. Ihre verklebten Haare standen wirr durcheinander, so, als habe sie sich mit allen zehn Fingern gekämmt. Ihre Augenlider waren geschwollen und gerötet. Ob es vom Weinen kam oder vom mangelnden Schlaf, vermochte der Kommissar nicht zu unterscheiden.

Zwischen ihnen stand ein Diktiergerät. Cenk war so freundlich gewesen, das Abtippen von Blochs handschriftlichen Notizen zu übernehmen. Beide Sekretärinnen hatten sich heute Morgen krank gemeldet.

Virusgrippe.

Ihnen blieb nichts erspart.

»Versuchen Sie es«, hatte Bloch gesagt. »Sie tippen sowieso schneller als ich. Ich bringe es dann später in die richtige Form.« Später, das hieß nach der Vernehmung, aber vor der Pressekonferenz. Dezernatsleiter Graf erwartete das Protokoll noch im Laufe des Vormittags.

Aber wie sollte er rechtzeitig fertig werden, wenn die Löble weiter so hartnäckig schwieg?

Bisher war sie doch recht mitteilungsfreudig gewesen. Aber heute lief sowieso alles schief. Das hatte ja schon mit der kaputten Kaffeemaschine angefangen. Und dann sollte er sich auch noch um das Verschwinden seiner Tochter kümmern.

Bloch drängte den Gedanken an Eva rasch zur Seite. Solche Überlegungen störten ihn jetzt nur bei der Arbeit.

»Wie Sie sehen, haben wir jetzt ein Tonbandgerät. Sie brauchen also keine Angst zu haben, dass etwas Wichtiges verloren geht. Sobald Sie sprechen, werde ich die Aufnahmetaste betätigen.«

»Ja, alles klar.« Die Stimme der Löble klang rau. »Aber Sie können sich vielleicht vorstellen, dass mich dieses Ding auch nicht gerade beruhigt. Haben Sie nicht noch jemand anderen verhaftet – oder musste nur ich dran glauben?«

Bloch drückte hastig die Aufnahmetaste.

»Wen sollten wir denn Ihrer Meinung nach außerdem verhaften, Frau Löble?«

»Weiß nicht, das ist doch nun wirklich Ihr Job, das herauszufinden. Habe ich Ihnen immer noch nicht genügend sachdienliche Hinweise gegeben?«

»Ja, das ist wohl wahr. Hinweise haben wir inzwischen reichlich. Nur – da passt so einiges nicht …«

Er wurde unterbrochen. Cenk streckte seinen maulwurfsbepelzten Kopf durch die Tür. »Chef? Darf ich einen Moment stören? Ich kann eine Sache nicht entziffern. Tschuldigung.« Er grinste entwaffnend. Es war bestimmt ein gutes Gefühl, so jemanden wie Cenk zum Freund zu haben.

Bloch trat hinaus auf den Gang. Cenk hielt ihm das Notizbuch mit seinem eigenen Geschreibsel vor.

Das sollte er geschrieben haben? Er musste wirklich sehr müde gewesen sein. Bloch buchstabierte hin und her und wurde nicht recht schlau aus diesen Hieroglyphen. »Ehrlich ...«, las er. Ehrlich, dachte er, das bin doch ich. Ehrlich, so hat die Eva mich immer genannt, nicht Erich. Verdammt, jetzt konzentrier dich.

»Ehrlich gesagt, er glaubte ...« Bloch steckte schon wieder fest. Die Tür öffnete sich. Das bleiche Koboldgesicht der Löble schaute heraus.

»Ehrlich gesagt, Professor Hoffmann glaubte, dass der Kollege Zumkeller ihm die Mumie untergejubelt hatte. So in etwa habe ich das gesagt, haben Sie es schon vergessen, Herr Kommissar? Haben Sie auch vergessen, den sauberen Zumkeller verhaften zu lassen? Soll ich jetzt immer noch das Opferlamm für die hohen Herrschaften spielen?« Kalte Wut sprach aus ihren Augen.

»Nein, ich meine, ja. – Lassen wir doch diese unsinnigen Diskussionen. Cenk, haben Sie es gehört? Frau Löble hat es deutlich genug gesagt.«

»Geht klar, Chef. Den Rest bekomme ich entziffert. Kein Problem.«

Cenk war der gute Geist in seinem Leben. Cenk machte ihm warm ums Herz. Und die Löble? Bei der Löble schwieg seine innere Stimme. Bei der Löble waren Blochs Gefühle im höchsten Maße unklar.

Das Aufnahmegerät lief noch.

»Frau Löble, erst einmal geht es hier um Sie persönlich und nicht um Professor Zumkeller. Alles zu seiner Zeit, nicht wahr?«

Pure Empörung schlug ihm entgegen. Offenbar zügelte sie ihre Wut nur noch mit Mühe.

»Spielen Sie Schach, Herr Kommissar?« Sie zischte mehr, als dass sie sprach.

»Früher mal. Ja, früher habe ich regelmäßig gespielt.«

Jetzt spiele ich nur noch gegen mich, dachte Bloch. Und selbst das viel zu selten.

»Wissen Sie, was ein Bauernopfer ist?«

»Ja, schon – aber …«

»Kein aber, Herr Kommissar. *Ich* bin das Bauernopfer in diesem miesen Spiel, das ist doch sonnenklar. Begreifen Sie das nicht?«

»Frau Löble, an Ihrer Stelle würde ich mich nicht so weit aus dem Fenster lehnen.«

»Was soll denn *das* heißen?« Hektische rote Flecken erschienen auf ihrer dünnen, trockenen Halshaut und breiteten sich nach unten aus. Sie trug ein verschwitztes, hellgraues T-Shirt, das ihre kräftigen, bleichen Oberarme freiließ. Unerwarteterweise hatte sie eine Tätowierung am linken Oberarm. ›**TOMMY**‹ stand dort in halb zerlaufenen Lettern. Wahrscheinlich eine Jugendsünde.

»Der Pullover, den Sie uns freundlicherweise überlassen haben, weist Blutspuren auf.«

»Das weiß ich längst«, murrte sie gereizt. »Das habe ich Ihnen doch alles heute Nacht schon erzählt – völlig freiwillig übrigens. Und da wollen Sie mir jetzt einen Strick draus drehen?«

»Ich will gar nichts, Frau Löble. Mir bleibt aber nichts

anderes übrig.« Bloch erklärte ihr genauestens, was Kollege Meyer von der Spurensicherung herausgefunden hatte. Das Gesicht der Löble blieb unbewegt. Die roten Flecken auf ihrer Haut verblassten allmählich.

»Das ist eine anerkannte wissenschaftliche Methode«, schloss Kommissar Bloch. »Sie sollten diese Ergebnisse nicht in Zweifel ziehen, sondern sich den Konsequenzen stellen.«

»Ja, ja, die Wissenschaft. Gell, Herr Kommissar, da sind wir wohl beide gebrannte Kinder, oder etwa nicht?« Ein listiger Kobold grinste ihn schelmisch an.

Die hat ja Charme, durchfuhr es Bloch. Die hat wirklich Charme – so, wie ein besonders guter Kumpel, mit dem man nach Feierabend gern ein Bier trinken geht. Ein Kumpel, bei dem man sich aussprechen kann, wenn es daheim nicht mehr so gut läuft.

Rasch versteckte sich der Kobold wieder.

»Heutzutage untersuchen die Wissenschaftler restlos alles.«

Bloch ließ sie einfach reden.

»Restlos alles wird untersucht«, wiederholte die Löble. »Aber verstehen wir deshalb irgendetwas besser? Ich meine, irgendetwas von Bedeutung? – Ich sehe es Ihnen an; Sie wissen auch keine Antwort.« Die Löble atmete heftig aus. »Wir verstehen nämlich nichts«, stellte sie trocken fest. »Absolut gar nichts. Nehmen Sie zum Beispiel die Mülltrennung. Auch so ein Ergebnis wissenschaftlicher Denkweise. Wir trennen alles. Wir bringen uns fast um, um das Geld zu verdienen, mit dem wir uns dann die Dinge kaufen, die unser Leben ausmachen – und dann?«

»Ja, Frau Löble, was dann?« Was hatte das noch mit einer Vernehmung zu tun? Lockte sie ihn aufs Glatteis? War der Aufnahmeknopf noch gedrückt?

Das Gerät spulte gleichmütig die Tonbandkassette weiter.

»Wir zerlegen unser Leben in Einzelkomponenten und entsorgen sie in getrennten Mülltonnen. Dann schmeißen wir es wieder zusammen, wir exportieren es, wir reimportieren es, wir machen Granulat daraus oder pressen es in neue Formen. Aber wir können machen, was wir wollen, es bleibt immer nur das Gleiche. Das ist es, was die Dinge mit uns tun – wir Idioten meinen, wir hätten unser Leben im Griff. In Wirklichkeit ist es aber genau anders herum. Es sind die Dinge, die uns beherrschen. Nur so ist der Wahnsinn erklärbar, dass sich auch die moderne Wissenschaft so ausführlich mit dem Müll beschäftigen musste. – Wissen Sie eigentlich, welcher sachfremde Gegenstand sich am häufigsten im Biomüll findet?«

»Nein, aber Sie werden es mir sicher verraten.«

»Kartoffelschälmesser, Herr Kommissar. Es sind Kartoffelschälmesser. Auch dazu hat es eine groß angelegte Studie gegeben. In den Niederlanden, wenn ich mich nicht irre. Wissen Sie jetzt, was ich von der Wissenschaft halte, Herr Kommissar?«

»Nun?«

»Müll. Wissenschaft ist Müll allerübelster Sorte. Und genau das halte ich auch von Ihrer Spurensuche auf meinem Pullover.«

Ihre Gedankengänge waren zwar ein wenig umständlich gewesen, aber die Schlussfolgerungen waren nachvollziehbar, sozusagen einer wissenschaftlichen Denkweise angepasst – auch wenn die Löble das vermutlich nicht gerne gehört hätte.

Früher, zu den Zeiten, als sie noch Hexen verbrannten, da gab es in Konstanz keine Müllabfuhr. Die Menschen kippten ihren Unrat in die engen Gassen zwischen den Häusern. Der nächste Regen spülte dann alles in den Bodensee. Im Sommer, wenn der Regen wochenlang auf sich warten ließ, muss es entsetzlich gestunken haben. Mit den Müllbergen wanderte wohl auch das eine oder andere unerwünschte Baby mit in den See. Kindermord war schon seit Jahrhunderten ein vollkommen normales Mittel der Familienplanung. Man durfte sich nur nicht erwischen lassen.

»Trotzdem, Frau Löble, auch wenn Sie persönlich das Vertrauen in die Wissenschaft verloren haben, wir als Kriminalisten kommen an diesen Ergebnissen nicht vorbei. Überlegen Sie doch noch einmal genau. Die Wischspuren an Ihrem Pullover können wir zwanglos mit Ihrer Aussage erklären. Das vereinfacht die Sache für Sie zwar nicht unbedingt, aber wir haben zumindest den Ansatz einer Erklärung. Lästigerweise sind da jedoch diese Blutspritzer – wie müssen wir uns das vorstellen? Blut spritzt normalerweise nur aus offenen Wunden, wenn das Opfer noch einen nennenswerten Blutdruck hat. Ergo muss das Herz noch geschlagen haben – also lebte Hoffmann noch, als Sie ihn sahen. Sie müssen zugeben – das ist suspekt. In hohem Maße suspekt.«

Die Löble schwieg. In ihrem Gesicht zuckten verschiedene Muskelgruppen, besonders die Mundpartie war in ständiger Bewegung. Sie hielt den Blick gesenkt und beobachtete ihre Hände, die ein eindrucksvolles Eigenleben führten.

Plötzlich blitzte in ihren Augen wieder der Kobold auf. Beinahe gleichzeitig erschienen auch die hektischen roten Flecken an ihrem Hals. Noch bevor sie etwas sagen konnte, öffnete sich ein weiteres Mal leise und vorsichtig die Tür.

»Chef?«

Als hätte sie nur auf dieses Stichwort gewartet, ließ die Löble ein gigantisches Lachen in den stillen Raum hineinplatzen. Es war wie eine Explosion. Sie warf den Kopf in den Nacken und riss den Mund sperrangelweit auf. Sie wedelte hilflos mit den Armen und ihr großer Busen hob und senkte sich in einem krampfhaften Wellenschlag.

Cenk sprang hastig ins Zimmer. Offensichtlich dachte er, dass die Löble einen Krampfanfall hatte und kurz davor war, zu ersticken. Seine Hilfe war aber vollkommen unnötig. Die Löble beruhigte sich und wischte sich die Lachtränen aus den Augen. Das Tonband lief weiter.

»Das ist doch einfach zu blöd«, japste sie kurzatmig, noch immer unterbrochen von kurzen Kicheranfällen. »Zu blöd.«

»Können Sie uns das bitte näher erklären?« Manchmal fiel es selbst Bloch schwer, seine überparteiliche Ruhe und Ausgeglichenheit zu bewahren.

»Erklären? Aber gerne! Das Dumme ist nur – wahrscheinlich werden Sie mir wieder kein Wort glauben.«

Der verzweifelte Ernst ihrer Situation war der Löble ganz offensichtlich nicht bewusst.

»Es war der Hund.«

22

Topsannah hat mir gesagt, sie wird nicht in unser Inipi mit hineinkommen.

Wahrscheinlich ist sie unrein.

Ich habe schon seit vielen Monaten meine Tage nicht mehr bekommen.

Topsannah entkleidet mich. Ihre Hände sind hart und kalt.

Der Meister ist bereits im Inneren der Schwitzhütte. Ich höre sein monotones Singen. Es klingt nur gedämpft nach draußen. Dumpf wie der Ton seiner Handtrommel.

Ich friere.

Im Röhricht ist es still. Kein Windhauch. Der Himmel ist so weit über dem stillen Wasser. Er ist sehr hell, fast weiß. Es ist besser ich senke den Blick.

Ich betrete die kuppelförmige Hütte.

Nun befinde ich mich im Bauch von Mutter Erde.

Ich muss während der ganzen Zeremonie stumm bleiben. Das hat mir Topsannah eingeschärft.

Ich könnte sowieso kein Wort herausbringen. Die Hitze nimmt mir den Atem.

Der Meister sieht mich nicht an. Er singt mit tiefer Stimme die uralten Gebete. Sein Körper glänzt vor Schweiß.

Er wiegt sich vor und zurück.
Vor und zurück.
Ohne Pause.
Vor und zurück.
Um mich herum schwankt es.
Der Boden atmet.
Ein Herz schlägt.
Ich befinde mich im Bauch von Mutter Erde.
Ein Herz schlägt.
Etwas atmet in mich hinein.

Der Leib der Erde bewegt sich. Ich lege mich hin und lasse mich tragen. Der Meister murmelt Segenssprüche und bespritzt die heißen Steine mit Wasser. Nebel hüllt mich ein. Ich ziehe die Schenkel an die Brust und krümme mich zusammen.

Churchill sah so missmutig aus, wie ein Hund nur aussehen kann, den man brutal aus seinem Vormittagsschläfchen herausgerissen hat. Er stand auf der ziegelroten Arbeitsfläche in Meyers Labor. Sein Fell war mit einer farblosen, aber für Hundenasen ungemein widerlich riechenden Flüssigkeit besprüht worden. Churchills Nase war so flach, dass er sie nicht rümpfen konnte. Also nieste er vernehmlich.

Meyer betätigte den Lichtschalter.

»Das ist doch nicht möglich«, entfuhr es Kommissar Bloch.

»Super-Effekt, Herr Meyer! Das muss der Neid Ihnen lassen – die reinste Lightshow!« Cenk konnte die Euphorie in seiner Stimme nur mühsam zügeln.

Meyer trat vorsichtig näher.

Churchills linke Körperhälfte erstrahlte in einem fast überirdischen Azurblau. »Das müssen wir unbedingt fotografieren. Cenk, holst du mal rasch die Kamera?«

»Sie brauchen nicht runterzulaufen, ich habe alles hier.« Meyer zog eine Schublade auf, holte eine winzige Digitalkamera heraus und kramte nach einem Stativ. »Ich bin gleich so weit.« Er zog dem Stativ die teleskopartigen Spinnenbeine auseinander und schraubte die Kamera fest.

Churchill beobachtete das aufgeregte Treiben mit tiefem Misstrauen. Er wäre wohl am liebsten heruntergesprungen, aber die Arbeitsfläche war so hoch, dass er sich, ungelenk und fettleibig wie er war, bei dieser Aktion sicher alle Beine gebrochen hätte. So blieb ihm nichts anderes übrig, als sich schnaufend hinzulegen und diesen widerwärtigen Menschen sein Hinterteil zuzukehren.

Meyer hatte endlich die Kamera ausgerichtet. Churchill schnarchte, dass die vor ihm stehenden Reagenzgläser leise klirrten.

»Churchill – hopp! Aufstehen und lächeln! Du wirst fotografiert!« Cenk klatschte in die Hände.

Churchill schnarchte. Die Reagenzgläser klirrten.

Auch Churchills Hinterteil leuchtete azurblau.

»Dann nehmen wir ihn erst mal von dieser Seite auf«, entschied Kommissar Bloch. Meyer betätigte den Auslöser. Churchill zuckte beim leisen Surren der Kamera kurz mit den Stummelohren, bewegte sich aber ansonsten nicht im Geringsten.

»Es wird uns wohl nichts anderes übrig bleiben, als ihn hochzuheben. Hilfst du mir, Cenk? – Und Sie machen dann so schnell wie möglich die Fotos, Herr Meyer?«

»Wird gemacht.« Meyer ging in Positur.

Cenk krempelte sich die Ärmel hoch. »Geht die blaue Farbe ab?«

»Nicht der Rede wert. Wie Sie wissen, können wir selbst in zwölftausendfacher Verdünnung Blutspuren nachweisen.«

»Halten Sie den Kopf, Chef – oder soll ich?«

»Der Kopf ist vielleicht der edlere Körperteil, Cenk. Meinst du, der beißt?«

»Ach was, der hat noch keiner Seele etwas zuleide getan. Der hat doch sogar dabei zugeschaut, wie sein Herrchen abgemurkst wurde, ohne Krach zu schlagen.«

»Na, nehmen wir mal an, du hast recht, Cenk. Also, ich den Kopf und du den Hintern.«

Sie packten zu. Churchill war weitaus schwerer als erwartet. Er ließ ein leises, aber gut vernehmliches Knurren hören.

Bloch ließ sofort los.

»Also, beißen lasse ich mich nicht.«

Cenk redete begütigend auf Churchill ein. Der hörte zwar auf zu knurren, bewegte sich jedoch immer noch nicht.

»Wahrscheinlich stinkt das Zeug, mit dem wir ihn eingerieben haben, entsetzlich, Chef. Hunde haben ja viel empfindlichere Nasen. Jetzt ist er eben misstrauisch.«

»Wir brauchen die Fotos aber unbedingt. Komm Cenk, versuchen wir es eben noch mal. Jetzt du von vorne und ich hinten.«

Wieder zogen und zerrten sie mit vereinten Kräften. Das Ergebnis war negativ. Meyer verließ die Kamera und trat zur Arbeitsfläche.

»Guter Hund«, sagte Meyer und nestelte in seiner Kitteltasche herum. Stanniolpapier knisterte. Churchill stellte beide Ohren auf. Sein Atem ging rascher, er schnarchte nicht mehr, sondern gab jappende Geräusche von sich. Meyer holte ein Schokoladenbonbon aus der Kitteltasche und wickelte es langsam aus. Churchill begann zu schmatzen.

»Komm schon, alter Junge«, lockte ihn Meyer. Ein leichter Schokoladenduft überlagerte die chemischen Ausdünstungen des Labors. Mit Todesverachtung, ohne Bloch und Cenk auch nur eines Blickes zu würdigen, rollte sich Churchill herum und nahm gnädig das Bonbon aus Meyers Hand entgegen.

»Toll, Herr Meyer. Sie können wirklich mit Hunden umgehen.« Bloch hoffte, dass es nicht zu ironisch klang.

Meyer hastete zurück zur Kamera.

»Ich habe selber einen, Herr Bloch«, antwortete er und kontrollierte die Blende. »Und zwar einen Dackel, der hat auch so einen miesen Charakter. Praktisch nicht erziehbar. Kann man nur bestechen. – Ja, so ist es gut. So muss er einen Moment stehen bleiben.« Churchill wandte sein schokoladenfarbenes Gesicht hochnäsig zur Kamera. Meyer betätigte den Auslöser.

»Sehr schön. Am besten noch mal.«

Churchill hielt still. Er hatte das Schokoladenbonbon nicht auf einmal verschlungen, sondern lutschte immer noch daran herum.

Churchill war ein Genießer.
Churchill war korrupt.
Aber das war ja nichts Neues.

»Sollen wir ihn abwaschen, Chef?« Cenk betrachtete nachdenklich den Hund, der, nachdem die Deckenbeleuchtung wieder eingeschaltet war, seine normale, cremeweiße Färbung angenommen hatte.

»Ich glaube, das besorgt der selber«, sagte Bloch und wie auf Verabredung fing Churchill an, sich abzulecken.

»Das Zeug ist übrigens nur schwach giftig«, meinte Meyer, während er damit beschäftigt war, die Bilder auszudrucken.

»Das ist wirklich wie Zauberei«, bemerkte Cenk und nahm ein Foto aus dem Drucker. »Auch wenn man genau weiß, dass nur ein wenig Chemie dahinter steckt. Der Effekt ist einfach toll.«

Bloch nahm ihm das Bild aus der Hand und legte es auf den Tisch. »Scheint so, dass die Löble zu guter Letzt doch recht behält«, brummte er.

Cenk brachte die restlichen Bilder.

»Wenn der Hund rechts neben Hoffmanns Stuhl gelegen hat, als der Mörder den Raum betrat, dann hat er folgerichtigerweise das meiste Blut links abbekommen.«

»Wenn er sich nicht bewegt hat, Chef.«

»Ja, richtig, wenn er sich nicht bewegt hat. Aber wir haben eben selber bemerkt, wie schwierig es ist, dieses Tier in Bewegung zu setzen, oder?«

»Richtig. Wahrscheinlich hat er den Mord sowieso verschlafen.«

Churchill hörte einen Moment mit Schlecken und Lutschen auf und schaute aufmerksam von einem zum anderen, ganz so, als könnte er dem Gespräch folgen.

»Ich darf doch?« Bloch setzte sich an Meyers Computer.

»Sicher, jederzeit. Sie wollen den Ablauf rekonstruieren?«

»Genau.«

Bloch zog eine CD-Rom aus der Jackentasche. Hier waren die Ergebnisse der dreidimensionalen Tatortrekonstruktion gespeichert. Er schob die silberne Scheibe in das Laufwerk und wartete. Der Bildschirm flackerte und forderte dann sein Passwort. Bloch tippte ›EHRLICH01‹ und im Laufwerk begann es, leise zu surren. Das Bild baute sich auf. Es war unverkennbar Hoffmanns Büro. Obwohl digitalisiert und vereinfacht, wirkte es immer noch unaufgeräumt, überladen und chaotisch.

»Gehen wir mal von der Eingangstür aus«, sagte Kommissar Bloch und bewegte den Mauszeiger. Die Perspektive veränderte sich entsprechend. »Dieser Anblick muss sich in etwa dem Mörder geboten haben, als er den Raum betrat«, erklärte Bloch.

»Und der Hund?« Cenk schaute ihm gebückt über die Schulter, zog sich dann aber einen Stuhl heran. Bloch rückte zur Seite, sodass sie gemeinsam vor dem Monitor saßen. Meyer beobachtete die beiden aus einiger Distanz. Churchill setzte sich neben Meyer und schaute flehend.

»Nichts da, alter Freund«, sagte Meyer und zeigte seine leeren Hände. »Ich habe nichts mehr für dich.«

»Also, der Täter steht hinter Hoffmann und spaltet ihm den Schädel. Hoffmann hat wahrscheinlich keinen Muckser mehr gemacht. – Und jetzt der Hund. Probieren wir mal aus, in welcher Position er sich wohl befunden hat.« Ein paar rasche Mausklicks und die Gestalt eines Hundes erschien auf dem Bildschirm. Es war ein schematisierter Normhund, eckig, aus Kuben und Rhomben aufgebaut und deutlich schlanker als Churchill. Irgendeine Promenadenmischung mittlerer Größe.

»Die Beine, Chef. Wir müssen die Beine noch kürzen. Moment mal.« Cenk griff über Blochs Arm hinweg und zauberte ein wenig auf dem Bildschirm herum. Der Hund veränderte seine Gestalt, schrumpfte, wurde wieder länglich und war auf einmal eine Schattierung dunkler.

»Jetzt lass doch diese Spielerei, Cenk.« Bloch war selber über seinen gereizten Tonfall verwundert. »Zum Ausprobieren ist es gut genug.«

Bloch platzierte das Computertier an der rechten Seite von Hoffmanns Stuhl. »Jetzt simulieren wir mal das Blut. In welche Richtung spritzt es? Wie viel Blut trifft den Hund?«

»So geht es nicht, Chef. Wenn der Hund so sitzt, dann bekommt er alles auf den Rücken oder ins Gesicht.«

Warum störte ihn Cenks Widerspruch?

Er hatte doch recht.

Churchill ließ sich mit einem resignierten Seufzer auf die Seite fallen. Offensichtlich war kein zweites Schokoladenbonbon zu erwarten. Also widmete er sich seiner Lieblingsbeschäftigung. Cenk wandte den Blick über die Schulter.

»Genauso könnte es gewesen sein, Chef. Schauen Sie mal, wie er jetzt liegt.« Auch Kommissar Bloch sah hinüber zum Hund.

»Er hat auf der rechten Seite gelegen«, frohlockte Cenk und griff zur Computermaus. »So, so und so.« Zufrieden klickte und schob er ein wenig an dem Bild herum. »Jetzt stimmt es, Chef.«

Ja, es stimmt, dachte Bloch. Ich weiß es genau. Er liegt immer auf der rechten Seite. Auch nachts in meinem Bett. Dann bohrt er mir nämlich alle vier Pfoten in den Bauch.

»Jetzt haben wir es. Der Hund bekommt einen ganzen Schwall Blut ab und zwar nur auf der linken Seite. Er wird wach, schaut wahrscheinlich noch in aller Gemütsruhe dabei zu, wie der Mörder verschwindet und setzt sich dann erst mal hin.«

»Genau, und zwar mitten in die Blutpfütze«, ergänzte Meyer. »Sein Hintern war ja auch von einem beeindruckenden Blau.«

»So weit so gut, dieser Teil wäre also geklärt, Chef. Nur, wie kommt das Blut vom Hund zur Löble?«

»Das ist eigentlich ganz einfach, Cenk. Wir gehen dafür mal in die Vogelperspektive.«

Das Bild änderte sich. Sie sahen nun von oben auf die schematisierte Leiche Hoffmanns. Ein großer Blutfleck hatte sich sowohl auf der Tischplatte als auch rechts von ihm auf dem Boden ausgebreitet. Mittendrin saß der Schemahund. Eine Gestalt erschien in der Tür.

»Nehmen wir an, das ist die Löble, Cenk. Wir nehmen es jetzt einfach mal an und verzichten auf kosmetische Anpassungen, OK?«

»Schon gut, Chef«, brummte Cenk und starrte gebannt auf den Bildschirm. »Machen Sie weiter.«

»Also, die Löble betritt das Zimmer. Was tut sie wohl zuerst?«

»Sie läuft zum Schreibtisch«, meinte Cenk.

»Der Hund, sie geht zuerst zum Hund«, mutmaßte Meyer.

»Ist das eigentlich wichtig für unsere Ermittlungen?«

Cenk zuckte die Schultern. Meyer schüttelte den Kopf.

»Also, nehmen wir mal an, sie geht zuerst zum Hund.« Bloch bewegte die Figur in direkter Linie zum Hund. Es sah aus, als liefe sie auf unsichtbaren Schienen.

»Was macht sie dort? Wie verhält sich Churchill?«

Der Hund zuckte kurz mit den Ohren, als er seinen Namen hörte.

»Der Hund sitzt ja bereits«, überlegte Cenk. »Vielleicht springt er an ihr hoch?«

»Der, und springen?« Meyer konnte ein Grinsen nicht unterdrücken. »Der ist wahrscheinlich in seinem ganzen Leben noch nie gesprungen.«

»Nein, er macht etwas ganz Typisches. Etwas, das alle Hunde tun, wenn sie nass geworden sind.«

»Er schüttelt sich«, rief Meyer aufgeregt. »Na klar, er schüttelt sich, das macht mein Wotan auch immer. Und er wartet immer – aber auch hundertprozentig wirklich immer – so lange, bis jemand neben ihm steht, den er dann von oben bis unten nass spritzen kann. Ich sagte es ja schon, diese Sorte Hund hat einen ganz miesen Charakter.«

Churchill nahm diese Anschuldigung gelassen und schnarchte ungerührt weiter.

»Wotan?« Bloch war irritiert. »Ich dachte, Sie haben einen Dackel, Herr Meyer?«

»Ganz recht. Jetzt glauben Sie nur nicht, dass ich ein verkappter Rechtsradikaler bin, Herr Bloch. – Nein wirklich ...« Er grinste verlegen. »Das war so eine Schnapsidee meines jüngsten Sohnes. 15 Jahre ist er. Sie wissen schon, voll im pubertären Wahnsinn. Mein Sohn fand, wenn wir uns schon einen kleinen Spießerhund zulegen, dann soll er wenigstens einen urdeutschen Namen tragen, einen Namen, wie ein Deutscher Schäferhund oder so. War vielleicht nicht ganz glücklich diese Namenswahl, aber was soll ich machen? Wotan ist der einzige Name, auf den er hört – zumindest manchmal.«

»Nur eine Frage.« Cenk schaute unschuldig. »Welchen Namen hatten Sie denn vorgeschlagen, Herr Meyer?«

»Ich? Nun ...« Meyer wand sich. »Piefke. Sie müssen nämlich wissen ...« Bloch und Cenk prusteten gleichzeitig los. Meyer war richtig beleidigt. »Ach, was solls. Tut auch nichts zur Sache. Also, der Hund schüttelt sich und was weiter?«

Er würdigte den Bildschirm keines Blickes, ging in die Knie und zupfte Churchill am Ohr. »Schau mal, was ich hier habe«, flüsterte er verschwörerisch und fummelte ein Schokoladenbonbon aus der Hosentasche.

Offenbar hatte Meyer einen guten Draht zu Hunden mit schlechtem Charakter. Wenn der weiter so mit Schokolade um sich wirft, dachte Bloch, dann wird Churchill mich sitzen lassen. Er verspürte einen deutlichen Stich von Eifersucht.

»Ich habe eine Idee, Chef. Wir müssen lediglich die Körperhaltung der Löble ändern.« Wieder griff Cenk über Blochs Arm hinweg nach der Maus. Und wieder ärgerte sich Bloch darüber – und sagte nichts.

»Genau so.« Cenk hatte die Figur der Löble in eine kniende Position gebracht. »So dürfte es stimmen.«

Meyer war von hinten an sie herangetreten.

»Ja«, meinte er bedächtig und wiegte den Kopf hin und her. »So könnte es tatsächlich gewesen sein. Der Hund steht halbseitlich vor ihr und schüttelt sich genau in dem Moment, in dem sich die Löble zu ihm hinabbeugt. Dann bekommt sie die volle Ladung auf den Pullover. Das erklärt auch zwanglos das feintropfige Verteilungsmuster. – Ja, in der Tat, so könnte es gewesen sein.« Meyer zog die Stirn in Falten.

Bloch sah auf die Uhr. In zwei Stunden war die Pressekonferenz angesetzt. Die Zeit lief ihnen davon.

»Dann ist die Löble also aus dem Schneider?« Cenk blickte in die Runde. »Haben wir etwa die Falsche verhaftet?«

Wieder wiegte Meyer den Kopf hin und her.

»Man muss natürlich vorsichtig sein«, meinte er. »Aber …« Er zögerte schon wieder.

»Was ist denn sonst noch?« Blochs Stimme hatte einen gereizten Unterton. Er hatte nicht den Schimmer einer Ahnung, was er auf der Pressekonferenz sagen sollte. Dezernatsleiter Graf würde toben.

»Wie lange bleibt Blut flüssig, Herr Kommissar?«

»Keine Ahnung«, brummte Bloch. »Dafür sind Sie doch wohl der Fachmann, oder?«

»Nun ja, die Fibrinausscheidung und die Thrombozytenaggregation beginnen schon wenige Minuten nach Beginn der Blutung. Dieser Vorgang läuft teilweise auch außerhalb des Körpers ab – außer bei Menstruationsblut.«

»Das scheidet hier ja wohl ganz eindeutig aus«, murrte Bloch. »Herr Meyer, bleiben Sie doch bitte bei der Sache.«

»Fünf Minuten«, sagte Meyer. »Maximal zehn Minuten waren seit dem Mord vergangen, als die Löble mit Blut bespritzt wurde. Das ist zumindest meine erste, vorsichtige Einschätzung. Ich müsste in der Fachliteratur nachschlagen und in entsprechenden Gutachten. Vielleicht gibt es vergleichbare Fälle. Es ist, wie gesagt, eine erste Annahme.«

»Das bedeutet also«, bemerkte Cenk trocken. »Die Löble ist noch lange nicht aus dem Schneider.«

»Ja, so kann man es ausdrücken. Tut mir leid.« Meyer zuckte die Schultern.

»Aber das heißt selbstverständlich auch«, sagte Bloch, der die ganze Zeit nachdenklich auf den tief schlafenden Churchill gestarrt hatte, »dass die Löble unter Umständen sogar dem Mörder begegnet ist, als sie das Museumsgebäude betreten hat. Das muss ja unmittelbar nach dem Mord gewesen sein. Es gibt eigentlich nur diese beiden Möglichkeiten: Entweder war sie es selber oder sie hat noch etwas mitbekommen.«

»Der Türke«, meinte Cenk nachdenklich. »Ich meine, der Mann vom Reinigungsdienst. Der heißt Özdemir, ist aber ein waschechter Deutscher«, wandte er sich erklärend an Meyer.

»Ein deutscher Putzmann, der Özdemir heißt«, wunderte sich Meyer.

»Man bekommt einen deutschen Pass, wenn man nur lange genug hier ist«, brummte Bloch und klickte auf dem Bildschirm herum.

Cenk schwieg.

»Hat er denn ein Motiv – dein deutscher Türke, meine ich. Cenk, ich spreche mit dir. Gibt es irgendwelche Verdachtsmomente?«

Cenk schüttelte den Kopf. »Er ist zwar ein schräger Vogel, aber auf den ersten Blick kommt er eher nicht in Frage. Aber man weiß nie.« Wieder zuckte er die Schultern. »Er sagte lediglich, dass er das Büro der Löble an diesem Tag ganz besonders gründlich putzen wollte und deshalb länger geblieben ist.« Cenks Gesicht hellte sich auf: »Jetzt fällt es mir wieder ein. Er sagte, Professor Hoffmann habe sich in seinem Büro eingeschlossen und wollte nicht gestört werden.«

»Das wird ja immer undurchsichtiger.« Bloch stöhnte auf. »Eingeschlossen – na, so was. Kann unser Mörder jetzt auf einmal durch verschlossene Türen gehen? Wer hat denn überhaupt einen Schlüssel zu Hoffmanns Büro? Etwa die Löble? Der Reinigungsdienst hat doch einen Generalschlüssel? Und Professor Gräber als Institutsleiter doch auch. Der hat zwar heute Morgen eine bühnenreife Szene geboten, aber meiner Meinung nach, müssen wir ihn noch mal ganz genau unter die Lupe nehmen.«

Cenk verdrehte die Augen. »Es ist zum Verzweifeln, Chef. Irgendwie scheint die Lösung zum Greifen nah – aber nichts passt so richtig zusammen.«

»Nicht verzweifeln, Cenk. Arbeiten.« Bloch ließ die CD-Rom aus dem Laufwerkschacht gleiten und stand auf. »Dann gehen wir uns mal nützlich machen, Cenk«, seufzte er, während er seinem Assistenten auf die Schulter klopfte. »Wenn wir Glück haben, können wir auf der Pressekonferenz wenigstens ein paar Hinweise präsentieren, sonst dreht Graf noch völlig durch.«

Sie gingen die Treppe hinunter.

»Cenk?«

»Ja, Chef?«

»Hast du dir die Hände von diesem Türken – wie hieß der noch? – angesehen?«

»Özdemir heißt der, ja, das habe ich. Ich schaue mir meistens die Hände an. Warum?«

»Auf der Axt waren die Abdrücke einer kleinen, bis mittelgroßen Hand. Passt das zu dem Türken, Cenk?«

»Nein, das passt ganz und gar nicht. Der Mann hat regelrechte Pranken. Der sieht aus wie ein Holzfäller. Ein richtiger Riese ist das.«

»Dann kommt er wohl nicht in Frage.«

»Das meine ich auch.«

»Wir müssen ihn aber noch mal befragen. Da kommen wir nicht drum herum.«

»Geht in Ordnung, Chef. Ich werde ihn anrufen. – Übrigens, Chef?«

»Hm?«

»Sind wir neuerdings per du?«

»Ich wüsste nicht. Wie kommst du darauf, Cenk?«

Cenk grinste schief.

»Ich glaube, Sie haben es noch gar nicht bemerkt, Chef. Aber seit wir oben in Meyers Labor an dem Hund herumgezerrt haben, duzen Sie mich ununterbrochen.«

»Ist das wahr?«

»Nicht, dass es mich grundsätzlich stören würde, nur …« Cenk machte an einem Treppenabsatz Halt und starrte aus einem vergitterten Fenster in den trostlos grauen Himmel. In einem großen Betonkübel wucherte eine widerstandsfähige Büropflanze mit harten, gezähnten Blättern, die aufrecht standen wie gezückte Schwerter.

Diese Pflanze stand schon damals dort, als Bloch noch ein junger Polizeianwärter war.

»Sie haben eben so abfällig über Türken gesprochen, Chef.«

»Abfällig, Cenk? Ich? Das hast du wohl …« Bloch stutzte und verbesserte sich. »Das muss ein Missverständnis gewesen sein. Das lag jedenfalls nie in meiner Absicht. Ich habe nämlich keine Vorurteile, musst du wissen. In unserem Beruf sind Vorurteile sowieso nur hinderlich.«

Cenk starrte weiter aus dem Fenster. Die Pflanze schwieg starrsinnig. Ihre Zähne waren gelblich und hatten vertrocknete Spitzen.

»Es ist einfach so – ich fühle mich da unheimlich schnell angesprochen, Chef. Bin vielleicht auch überempfindlich. Na ja, ist schon klar, da ist ein Gefälle zwischen uns. Ich bin der Jüngere, ich habe nur wenig praktische Erfahrung – ist schon klar.« Cenk ließ die Schultern nach unten sacken.

Bloch betrachtete Cenks Rücken. Ein verstockter Rücken war das, einer mit weit hochgezogenen Schultern. Dieses Bild war ungewohnt. Normalerweise war Cenk sehr locker – ein mediterranes Naturell eben.

»Ach, das habe ich sicher nicht böse gemeint. Muss mir so rausgerutscht sein. Sie sind ein klasse Kollege und ein umsichtiger Ermittler. Ich hatte in all den Jahren nie einen besseren Assistenten. Wirklich nicht.«

»Aber trotzdem kann man mich einfach duzen, ohne mich zu fragen.« Cenk sprach zu der leeren Fensterscheibe. »Ist doch klar, da kann man sehr gut sein in der Schule oder im Job, man kann in Deutschland geboren sein und eure Sprache besser sprechen, als irgend so ein blonder Hinterhofgermane – aber trotzdem ist das … immer wieder … ich kriege es halt immer wieder gezeigt …«

»Wer zeigt dir was, Cenk?«

Bloch war versucht, ihm seinen Arm um die Schultern zu legen.

»Dass ich niemals genauso viel wert bin wie ihr. Dass ich nicht auf Augenhöhe bin mit euch – genau das kriege ich immer wieder gezeigt. Ich bin doch bestenfalls euer Alibi-Türke, ein Beispiel für gelungene Assimilation – aber dazugehören – dazugehören werde ich wohl nie. Das ist es. Verzeihen Sie mir meine Offenheit, Chef.«

Cenk drehte sich um. Sein Gesicht war blass. Seine Augen waren trocken.

»Wir können gehen.«

Bloch legte ihm beide Hände auf die Schultern und hielt ihn mit gestreckten Armen auf Distanz.

»Übrigens, Cenk«, sagte er. »Ich heiße Erich.« Ein Lächeln glitt um seine Mundwinkel. »Ab jetzt sind wir beide per du. Ist das in Ordnung für dich, Cenk?«

Jetzt glitzerte es in Cenks Augen. Abrupt drehte er sich aus Blochs Griff.

»Vollkommen in Ordnung, Erich«, sagte er. »Vollkommen.«

Und während sie weiter die Treppe hinabstiegen, sagte Cenk mehr zu sich selbst: »Und wenn wir diesen Fall gelöst haben, dann werden wir einen drauf trinken. Dann lade ich dich zu einem Bier ein – Erich.«

23

Auf Blochs Schreibtisch türmten sich die Akten. Zwei knallgelbe Gesprächsnotizen klebten auf dem höchsten Stapel. ›Wichtig‹ war dort angekreuzt und ›Bitte um Rückruf‹. Bloch wählte die ellenlange Telefonnummer mit Schweizer Vorwahl. Es war Staatsanwalt Bürgi aus Zürich. Einer von sechs Staatsanwälten der Abteilung B. Abteilung B stand für Rechtshilfe bei Strafverfolgung Erwachsener. Bei grenzüberschreitenden Fällen hatten sie schon oft zusammengearbeitet. Der Name Bürgi war Bloch unbekannt. Wahrscheinlich war er neu im Team.

Schon nach dem ersten Freizeichen knackte es im Hörer. Bürgis Sekretärin stellte ihn sofort durch, nicht ohne zuvor einige höfliche Floskeln einzuflechten. Höflich sind sie ja, diese Schweizer, dachte Bloch. Immer höflich und korrekt. Wahrscheinlich sogar dann, wenn sie ein Verbrechen begehen. Die Fassade muss stimmen. Flüchtig dachte er an Zumkellers Designerstühle im Büro.

Die Stimme des Bezirksanwaltes Bürgi klang frisch und unverbraucht. Jeder Satz, den er in schmetterndem Tonfall rapportierte, klang wie ein persönlicher Triumph.

Professor Zumkeller, dieser sinistre Gerichtsmediziner aus der Zürcher Schattenwelt, hatte gestanden. Die Schweizer Kollegen von der Kriminalpolizei, Abteilung Dezernat Leib und Leben, hatten ihn offensichtlich bis in die frühen Morgenstunden vernommen.

Er war aber erst in dem Moment zusammengebrochen, als er mit der Aussage der Löble konfrontiert worden war. Der Sektionsgehilfe, Oberpräparator Binder, steckte offensichtlich auch bis zum Hals mit in diesem Sumpf. Binder wurde verhaftet, als er dabei war, einen Karton mit menschlichen Überresten unbestimmter Herkunft in den Kofferraum seines Autos zu laden.

Die Mumie blieb beschlagnahmt. Sie würde jetzt noch einmal gerichtsmedizinisch untersucht werden.

»Diesmal jedoch richtig. Sie verstehen?«

Bloch verstand vollkommen. »Diesmal keine Untersuchung in Zürich, nehme ich an. Das wäre ein klarer Fall von Interessenkonflikt.«

»Genau«, bestätigte Bürgi. »Wir werden am besten deutsche Stellen hinzuziehen. Die Mumie wurde ja auch auf deutschem Boden gefunden, wenn ich recht informiert bin.«

»Richtig, auf deutschem Boden. Es war sowieso unsere Intention, die Folgeuntersuchungen in Deutschland durchzuführen. Unsere Institute sind dementsprechend ausgerüstet.« Hatte er einen zu spitzen Tonfall vermeiden können? Manchmal waren die Schweizer Kollegen sehr empfindlich, was nationale Anspielungen anging. Wir sind uns im Grunde genommen zu ähnlich, dachte Bloch. Der hässliche Deutsche, der

Sauschwab, wie sie es mehr oder weniger deutlich sagten und die Stadtzürcher – viel zu ähnlich, aber dennoch niemals auf Augenhöhe. So sehr sie sich auch bemühten, sie erblickten im Gegenüber jeweils nur das ungeliebte Spiegelbild. Das konnte einem Angst einjagen. Da musste man eben die Unterschiede betonen, auch wenn sie noch so spärlich waren. Bürgi gegenüber vermied Bloch auch nur den geringsten Anklang an den regionalen Dialekt und sprach ein gewähltes Hochdeutsch: »Eigentlich war es doch von vornherein nicht normal, dass die Mumie mit großem Aufwand in die Schweiz geschafft wurde. Nichts für ungut, Herr Bürgi.«

Die Schweizer nannten die Sprache, die Bloch gewählt hatte ›Schriftdeutsch‹ und hatten Mühe damit. Bürgi schien jedoch zusätzlich unter großem Zeitdruck zu stehen.

»Ich verstehe Sie durchaus«, unterbrach er Bloch mit vor Ungeduld schnarrender Stimme »Nur wird es leider ein noch viel größerer Aufwand werden, die Mumie wieder nach Deutschland zurückzuschaffen. Wir benötigen seuchenmedizinische Gutachten, die Leiche muss in einen Zinksarg eingelötet werden. Das ganze leidige Procedere, auch wenn es nur ein paar Kilometer Luftlinie sind. – Ich sehe da jedoch ein noch viel grundsätzlicheres Problem, Herr Bloch.«

»Und das wäre?« Bloch wusste die Antwort schon, bevor sie ihm die frisch gewaschene Stimme aus dem Telefonhörer entgegenkrähte.

»Zumkeller ist ein Betrüger, soviel steht fest. Aber ist er auch ein Mörder? Das glaube ich nicht. Herr Kollege Bloch, mit ziemlicher Sicherheit haben wir es hier mit zwei voneinander unabhängigen Fällen zu tun.«

Nicht nur Bürgi stand unter Zeitdruck. Auch für Bloch wurde es eng. Nur noch 90 Minuten bis zur Pressekonferenz.

»Chef?« Cenk streckte seinen Kopf durch die Tür. »Erich – kannst du mal kurz zuhören?«

»Jetzt nicht, Cenk. Kann das noch zehn Minuten warten?«

»Zehn Minuten? Ja, das geht in Ordnung.« Cenks Kopf verschwand wieder.

»Cenk? – Cenk, nicht so schnell – wart mal g'schwind.«

Die Tür blieb geschlossen.

Mist, dachte Bloch. Ich hätte ihm sagen sollen, dass er dringend die Listen mit vermissten jungen Frauen durchgehen soll. Eventuell müssen wir noch heute Interpol einschalten.

»Herr Kollege«, plärrte es aus dem Hörer.

»Ja, Herr Kollege Bürgi, hier bin ich.« Bloch hoffte, dass es seiner Stimme nicht anzumerken war, unter welchem Druck er stand. Ohne den Bezirksanwalt zu Wort kommen zu lassen, redete er übergangslos weiter – fast wie im Selbstgespräch: »Sie meinten wohl, dass wir jetzt eine unbekannte weibliche Leiche haben, aber es fehlt uns eine passende Vermisstenmeldung. Dann haben wir zweitens den Mord an Hoffmann. Wir haben dazu jede Menge verdächtiger Subjekte, die alle irgendwie Dreck am Stecken haben, aber trotzdem scheinen diejenigen, die wir da so eifrig verhaftet haben, letztendlich doch nicht als Mörder in Frage zu kommen. – Und ganz nebenbei haben wir sogar einen Fall von Wissenschaftsbetrug aufgeklärt. War es das, was Sie mir eben gerade erklären wollten?«

Die Stimme im Hörer blieb eine Weile stumm.

»Ja, genau – so ungefähr.« Das Krähen und Plärren klang verwaschener, irgendwie stumpf. Der Bezirksanwalt legte wieder eine Pause ein. Im Hörer rauschte und knackte es. Oder kam das Rauschen aus seinen eigenen Gehörgängen? Bloch hatte vor Kurzem gelesen, dass ein Übermaß an negativem Stress einen Hörsturz auslösen könne oder zumindest eine chronische Form des Ohrenrauschens, die einem Menschen das Leben zur Hölle machen kann.

Verdammt, was sollte er nur auf der Pressekonferenz sagen. Konnte man die Journalisten noch einmal vertrösten?

Cenk öffnete die Tür. Zögernd. Er blickte auf den Telefonhörer in Blochs Hand.

»Erich, ich glaube, jetzt ist es wirklich dringend. Das war jetzt schon der zweite Anruf aus dem Wollmatinger Ried. Du weißt schon, das Naturschutzgebiet direkt am See. Die Kollegen sind schon draußen, aber sie meinen, wir sollten unbedingt dazukommen. Sie brauchen jemand Erfahrenen von der Kripo – ob du nicht, ob wir nicht, ich meine …«

»Entschuldigen Sie, Herr Bürgi. Nur eine kurze Unterbrechung. Ich bin gleich wieder bei Ihnen.« Bloch hielt die Hand über die Sprechmuschel. »Brennt es denn tatsächlich so sehr, Cenk?«

»Ja – und ich glaube, es brennt in diesem Fall tatsächlich. Ich meine, ein echtes Feuer. Irgendetwas ist mitten im Naturschutzgebiet in Brand geraten und es gibt wohl Verletzte. Es ist nicht ganz klar, die Infos sind noch widersprüchlich – vielleicht gibt es auch Tote. Der Meyer und sein Trupp von der Spurensicherung sind jedenfalls schon unterwegs.«

»Na, dann müssen wir wohl. Ich komme. – Herr Bürgi, Sie entschuldigen, ein Einsatz. Ich muss los. Also, wenn ich mich nicht verzählt habe, dann haben wir hier drei Fälle und nicht zwei. Nichts für ungut. Ich melde mich wieder.«

Er knallte den Hörer auf die Gabel. Das Ohrenrauschen verschwand augenblicklich. Es war wohl doch ein technisch erklärbares Rauschen gewesen und kein Echo eigener seelischer Prozesse. Dies beruhigte ihn ungemein. Im Hinauslaufen versuchte er, diesem Gefühl von Beruhigung und Entlastung kurz nachzuspüren. Es gelang ihm aber nur unvollkommen, da er sich vergeblich bemühte in seinen Jackenärmel zu schlüpfen, der sich ziehharmonikaartig ineinander geschoben hatte. Cenk half ihm.

Sie stiegen beide in das Polizeiauto.

»Blaulicht«, kommandierte Bloch. »Kein Martinshorn. Los gehts.«

Der Motor sprang mit beruhigender Zuverlässigkeit an. Cenk lenkte den Wagen auf die große Ausfallstraße. Jetzt, am späten Vormittag, floss der Verkehr nur spärlich und sie kamen zügig voran. Sie würden das Martinshorn nicht brauchen.

War Churchill heute eigentlich schon draußen gewesen?

Bloch konnte sich nicht mehr erinnern.

»Cenk, wenn wir wieder zurück sind, dann müssen wir die Vermisstenlisten durcharbeiten. Wenn unsere Mumie neueren Datums ist – und die Zürcher Kollegen gehen mittlerweile fest davon aus –, dann müssen wir herausfinden, ob sie irgendeinem Vermisstenfall in den letzten Monaten oder Jahren zuzuordnen ist.«

»Eine junge Frau, die verschwunden ist«, Cenk saugte an der Innenseite seiner Wange. »Hier in der Region ist mir nichts bekannt. Zumindest nichts Neueres. Wahrscheinlich müssen wir sowieso überregional suchen.«

»Oder sogar international«, ergänzte Bloch. »Das wird unter Umständen eine reine Fleißarbeit – da werden wir Verstärkung brauchen. Ich hoffe nur, dass die betreffende Frau auch tatsächlich als vermisst gemeldet wurde. In der heutigen Zeit gibt es ja immer mehr Menschen ohne jegliche soziale Bindungen. Ich habe vor kurzem von einem Vater gehört, der seine zwölfjährige Tochter zum Bahnhof brachte, ihr ein paar 100 Euro in die Hand drückte und ihr sagte, dass sie sich nie mehr daheim blicken lassen soll. Unglaublich, oder?«

Cenk ließ die Backentasche vernehmlich zurückschnalzen. »In so einem Fall hätten wir natürlich Pech, Chef. So einen Menschen vermisst niemand.«

Bloch dachte an das fein geschnittene Gesicht der Toten. War es möglich, dass ein so junger Mensch, ein so schöner Mensch wie Abfall entsorgt wurde? Nein, wenn man die umständliche Art der Bestattung in Betracht zog, dann schien das zumindest in diesem

Fall ganz und gar unmöglich. Irgendjemand hatte sich Mühe gegeben mit dieser jungen Frau – offensichtlich sehr viel Mühe. Irgendjemand würde sie vermissen, da war Bloch sich ganz sicher.

»Hoffentlich können wir noch genügend genetisches Material sicherstellen, um eine zweifelsfreie Identifizierung durchzuführen. Zumkeller hat die Mumie wohl mit Absicht ziemlich stark verwesen lassen.«

Die Straße wurde einspurig. Ein silberner Geländewagen mit Schaffhauser Kennzeichen drängelte sich rüde zwischen die vor ihnen fahrenden Autos.

»Da kennen die nichts«, stellte Cenk kopfschüttelnd fest. »Der muss doch unser Blaulicht gesehen haben. Aber wenn die im Ausland unterwegs sind, dann fühlen sie sich unverwundbar.«

»Na ja, die Verkehrsbußen sind ja auch in Deutschland längst nicht so saftig wie in der Schweiz«, gab Bloch zu bedenken.

»Trotzdem ...« Cenk machte ein gekränktes Gesicht. »So direkt vor den Augen des Gesetzes, da gehört doch einiges dazu, oder?«

Bloch schwieg. Der silberne Geländewagen preschte davon und überfuhr das gelbe Licht der Ampelanlage an einer weitläufigen Kreuzung. Cenk brachte den Wagen zum Stehen. Das Blaulicht zuckte und schien sich im aufsteigenden Nebel zu brechen und zu spiegeln. Sie näherten sich dem Wasser. Die Luft wurde schwer und dunstig.

»Ich stelle mir gerade vor, wie das ist, wenn jemand verschwindet, den man gut gekannt hat. Jemand aus der Familie zum Beispiel – oder ein guter Freund. Und dann sucht man und man wartet – vielleicht jahrelang. Die Leute wissen ja nicht, woran sie sind. So jemand hofft vielleicht noch nach Jahrzehnten.«

Bloch kannte solche Fälle. Als er Kind war, hatte eine Nachbarin immer von ihrem in Russland vermissten Mann erzählt. Sie erzählte immer so, als ob der Mann noch lebe. Das hatte dem kleinen Erich Bloch Angst eingejagt. Manchmal kam es vor, dass ein fremder Mann an ihrem Haus stehen blieb. Der schaute dann an der Fensterfront nach oben. Ein anderes Mal zündete er sich im Schutz der hohlen Hand eine Zigarette an. Wenn der kleine Erich ihn bemerkte, dann tat er nur noch so, als sei er in sein kindlich harmloses Spiel versunken. In Wirklichkeit passte er auf. Vielleicht war es der vermisste Mann der Nachbarin? Vielleicht war er gekommen, hatte das Haus beobachtet und war dann wieder gegangen, ohne sich zu erkennen zu geben? In Gedanken war der kleine Erich damals viele verschiedene Szenarien durchgegangen. Mit den Jahren hatte dieses Spiel seinen Reiz verloren und war durch andere ersetzt worden.

›Die Nachbarin kann sich einfach nicht mit seinem Tod abfinden‹, hatte Erichs Mutter immer gesagt. Und sie tat so, als sei dieses Sich-Nicht-Abfinden-Können ein Zeichen unentschuldbarer Schwäche.

Mit dem Tod ihres eigenen Mannes hatte sich Ilse Bloch offensichtlich sehr schnell arrangiert.

Welche Bedeutung hatte der Begriff schnell in der Wahrnehmungswelt eines Kindes?

»Das ist schon unheimlich hart, wenn ein Angehöriger stirbt«, sinnierte Cenk weiter. »Aber so zu leben, mit dieser ewigen Ungewissheit, mit dieser unsinnigen Hoffnung, die sich dann doch nicht erfüllt. Das ist so, als ob das Leben stehen bleibt. Man hat ja noch nicht einmal ein Grab.«

Cenk sprach, als kenne er sich in solchen Angelegenheiten bestens aus.

Warum waren eigentlich Cenks Eltern damals nach Deutschland gekommen? Das musste in den 70er-Jahren gewesen sein. War es nur wegen der Arbeit gewesen? Welche Gräber hatten Cenks Eltern zurückgelassen?

Ilse Bloch lag in einem Grab im Münsterland. Beruhigend weit weg. Sie lag neben ihrem früh verstorbenen Mann in harter, vorwinterlich gefrorener Erde.

Ihre Knochen ruhten hoffentlich in Frieden.

Das gelbe Verkehrsschild signalisierte die Abzweigung zum Naturschutzgebiet Wollmatinger Ried.

Cenk setzte den Blinker.

Das Blaulicht zuckte unruhig.

Ilse Bloch ruhte aus von einem Leben voll unverständlicher Mühen. Erich Bloch konnte nur hoffen, dass sie für immer unter der Erde blieb.

24

Der Rettungswagen stand schon auf dem Parkplatz.

Brandgeruch lag fett über dem Röhricht. Bloch bückte sich unter dem rot-weißen Absperrband hindurch und betrat den schmalen Pfad, der zwischen steif-starren, übermannsgroßen Halmen zum Seeufer führte. Im Röhricht huschte und knisterte es. Unsichtbare Wellen schwappten träge und verliefen sich auf dem sumpfigen Grund.

Bloch traute dem Boden nicht. Der knisterte silbrig unter jedem Schritt und trug nur deswegen, weil er leicht gefroren war.

»Wenn das hier auftaut, dann steht man bis zu den Waden im Schlamm«, bemerkte er zu Cenk, der sich ebenso vorsichtig einen Weg suchte.

Cenk zog witternd die Luft ein. »Dieses Jahr wird es früh Winter. Es riecht schon nach Schnee.«

»Es stinkt nach verbranntem Müll«, sagte Bloch. »Dass das Zeug überhaupt brennt, bei dieser Feuchtigkeit?«

Sie betraten eine hölzerne Plattform, die aus unordentlich zusammengeschobenen Europaletten bestand. Von dort aus hatten sie eine gute Sicht auf die Szene am Ufer. Ein junger, bärtiger Mann im khakifarbenen Anorak gab einem eifrig mitschreibenden

Polizisten Auskunft. »Das ist bestimmt dieser ehrenamtliche Mitarbeiter des BUND«, mutmaßte Cenk. »Der hat den Rauch gesehen und sofort die Polizei verständigt. Zuerst haben sie gedacht, dass da jemand mitten im Naturschutzgebiet ein Lagerfeuer angezündet hat. Aber dann, na ja, Sie sehen es ja selber …«

Rechts von ihnen kokelten die schwarz verfärbten Reste einer kuppelförmigen Hütte. Es stank nach verbrannten Haaren. Vor der Hütte bemühten sich zwei Sanitäter um eine leblose Gestalt, die in eine goldfarbene Rettungsfolie eingehüllt war. Der kleinere der beiden Sanitäter, ein drahtiger, rothaariger Mann, hockte dicht neben dem Gesicht der Gestalt und hantierte mit einem Beatmungsbeutel herum. Seine weißen Schuhe versanken im Schlamm. Einmal wandte er den Blick vom Gesicht seines Patienten zu den Schuhen. Als er die braunen Dreckränder sah, huschte ein Ausdruck aufrichtigen Bedauerns über sein sommersprossiges Gesicht. Aber sofort wandte er sich wieder mit professioneller Aufmerksamkeit seiner Arbeit zu.

Der andere, ein bulliger, strohblonder Typ, hatte gerade eben eine Infusion angelegt, stand auf, hielt die Infusionsflasche hoch und beobachtete, wie die wasserklare Flüssigkeit im Arm des Patienten verschwand. Ein nackter Arm, puppenhaft schmal und schwarz verfärbt von Ruß, ragte steif aus dem knisternden Gold der Folie. Dort, wo die Infusionsnadel steckte, hatten sie die Haut zuvor gereinigt. Es war ein bleicher Fleck in all dem Schwarz.

Bei der ausgestreckten Gestalt handelte es sich um eine aufs Äußerste abgezehrte junge Frau. Ihr abgemagerter Körper zeichnete sich kaum unter der Umhüllung der Folie ab. Ihr Kopf war kahl geschoren.

Kommissar Bloch trat näher.

Der Rettungsassistent hob kurz die Atemmaske vom Gesicht der Gestalt.

Ihre Augen waren geschlossen.

Ein trotziger Zug lag um ihren Mund.

Diesen Ausdruck kannte Erich Bloch nur zu gut.

In Blochs Ohren begann es zu rauschen und zu tönen.

Es war wie Wasser, das sich einen Weg sucht.

»Rauchvergiftung«, sagte der kleinere Sanitäter und setzte die Maskenbeatmung fort. »Der Guru, der auch mit in der Hütte war, hat es alleine rausgeschafft. Ihm ist nichts passiert. Aber die hier …« Er wies mit dem Kinn auf Evas Gesicht. »… die war zu schwach, um alleine rauszukommen. Aber sie hat keine Verbrennungen. So gesehen hat sie noch Glück gehabt.«

»Ja«, sagte Bloch. »So gesehen hat sie natürlich Glück gehabt.«

Der Sanitäter plauderte weiter, während er ruhig und in regelmäßigem Rhythmus den Beatmungsbeutel zusammenquetschte. Sein Kollege begann, den großen silberfarbenen Aluminiumkoffer wieder zusammenzupacken. »Sieht wahrscheinlich schlimmer aus, als es ist. Die Sauerstoffsättigung ist schon wieder akzeptabel.«

Er hatte große, fast quadratische Hände. Rot und aufgescheuert vom zu häufigen Waschen und Desinfizieren.

Warum trug er eigentlich keine Handschuhe?

Fass sie nicht an, wollte Bloch sagen.

Lass sie in Ruhe.

Was weißt du schon. Es ist alles viel schlimmer, als es aussieht.

Cenk tippte ihm auf die Schulter.

»Was ist los, Chef? – Wir sollten uns auch mal um die beiden da drüben kümmern.« Er nickte hinüber zu einem abgerissen wirkenden Paar. Bloch erkannte sie sofort.

»Ich denke, sie ist jetzt transportfähig.« Der rothaarige Sanitäter nahm den Beatmungsbeutel von Evas Gesicht. Ruß und Dreck machten ihre Züge fast unkenntlich.

Aber sie war es.

Sie atmete.

Bloch lauschte auf das Rauschen des Wassers.

Das ist meine Tochter, wollte er sagen. Aber er unterließ es.

»Ich kann jetzt nicht, Cenk. Sprich du mit ihnen.«

Bloch folgte der Trage, die langsam schaukelnd durch das Röhricht getragen wurde. Cenk starrte ihm kopfschüttelnd nach.

Dann wandte er sich zu dem Mann, der völlig in sich versunken, teilnahmslos vor sich hin starrte. Die Sanitäter hatten ihm eine graue Decke um die Schultern gelegt. »Herr Adler?«

Adler zog sich die filzige, schwere Decke über den Kopf und antwortete nicht. Seine neben ihm sitzende Frau schnalzte verächtlich mit der Zunge.

Sie tragen Eva – aber sie wissen nicht, wer sie ist.

Ich sollte es ihnen sagen. – Aber habe ich ein Recht dazu?

Weiß ich denn, wer sie ist?

Eva schwebt über dem Nebel.

Sie ist eingehüllt in pures Gold.

Eva braucht viel Wärme. Sie hat schon als kleines Kind viel zu oft gefroren.

Wann habe ich Eva zuletzt in meinen Armen gehalten?

Ich erinnere mich an einen Abend, als ich sie gebadet hatte. Ich hatte ihr Butterbrote geschmiert und Kakao gekocht. Und danach saßen wir auf dem Sofa und schauten irgendwelche idiotischen Zeichentrickfilme an und wir haben die ganze Zeit gelacht. Sie hatte einen neuen Pyjama an, auf den sie sehr stolz war. Ich glaube, es waren kleine Pferdchen drauf. Oder waren es Elefanten? Der Frotteebademantel war eigentlich schon viel zu klein. Deshalb hatte ich eine Decke um sie herumgewickelt. Damit sie es warm hatte. Wir lachten so sehr und sie verschüttete etwas von ihrem Kakao. Danach musste sie noch mehr lachen.

Damals hatte sie eine Zahnlücke. Vorne, beide Schneidezähne waren ihr kurz hintereinander ausgefallen. Sie war sehr stolz auf diese Zahnlücke.

Wenn sie beim Lachen ihren kleinen Mund weit aufriss, konnte ich die ungekaute Brotrinde sehen und ihre winzige rosafarbene Zungenspitze, wie sie durch die Zahnlücke stieß.

Wahrscheinlich war sie damals glücklich.

Ich denke, sie muss damals glücklich gewesen sein.

Wenn nicht damals, wann dann?

Es muss sehr lange her sein.

Damals habe ich sie ins Bett getragen. Mit Bademantel und Wolldecke und allem.

Ich mach mich ganz schwer, hat sie gesagt. Ich bin schon groß und bald bin ich so schwer, dass du mich nicht mehr tragen kannst.

Bloch blieb stehen.

Dort vorne verluden sie den in Gold gehüllten Körper seiner Tochter in den Rettungswagen.

Sie atmete.

Nichts war gut.

Ich sollte Brigitte informieren.

Ich sollte mich besser um den Hund kümmern.

Wie kalt es hier ist. Kalt und feucht. Cenk hat recht. Es wird früh Winter.

Bloch wandte sich zur Seite. Er ging nicht zurück zum Brandplatz, sondern schlug die entgegengesetzte Richtung ein. Er überquerte die Straße und hielt sich am Ufer. Er ging lange. Er war blind und taub. Das Seeufer war immer das Gleiche. Herbststarre. Skelettfingriges Röhricht.

Von ihren Erbauern aufgegebene Spinnweben, deren Fäden unter der Last der Feuchtigkeit schlapp durchhingen.

Stumme Natur.

Wortlose Stille.

Selbstgespräche.

Ein Duft tat sich auf. Ein Geruch wie von Kindertee oder Hustenbonbons. Bloch blieb stehen.

Er war weit gelaufen. Die Füße taten ihm weh. Sein Handy war tot.

Er schaute auf die Uhr. Die Pressekonferenz würde ohne ihn stattfinden.

Er war zu weit gegangen.

25

Es roch nach Kindertee und Hustenbonbons. Bloch stand am Rande eines nebelfeuchten Fenchelfeldes.

Reichenau – die reiche Au. Seit dem Beginn der menschlichen Besiedelung wurden im milden Klima dieser Insel Gemüse und Heilkräuter angebaut. Jetzt wurde die letzte Ernte eingefahren. Bald würde es November sein und dann kam die Totenruhe der Natur.

Die Glashäuser waren leer geräumt, die wachstumsfördernden Plastikfolien zerrissen. Nur noch fette Kohlhäupter standen dort, die auf das krumme Messer warteten. Winterkohl. Schädelstätte.

Leere Felder, auf denen die Krähen sitzen und frieren. Winterfelder.

Da faulte ein Haufen schwarz verfärbter Tomaten.

In einer Schubkarre lagen bunt durcheinander warm leuchtende Zierkürbisse. Jeder Kürbis hatte seinen Preis. Bloch studierte sorgsam die handgeschriebenen Etiketten.

Als ob es darauf jetzt noch ankäme. 30 Cent, las er, 50 Cent. Einige wenige kosteten 1,50 €. Er fand die Preisunterschiede erstaunlich, da die Kürbisse sich äußerlich kaum voneinander unterschieden. Und sie wuchsen doch alle mit großer Mühelosigkeit. Warum also diese Unterschiede?

Er hätte auch kein Kleingeld dabei gehabt.

Ein paar Brombeeren verschimmelten an widerspenstigen Ranken.

Die Pappeln am Ufer stanken fade.

Bald würde man damit beginnen, das alte Laub zu verbrennen.

In Naturschutzgebieten war offenes Feuer verboten. Wenn der Naturschützer nicht das Feuer gemeldet hätte, wäre Eva jetzt tot.

Bloch kehrte um.

Cenk wartete am Auto auf ihn.

»Die junge Frau – war das nicht Eva?«

Auf der Rückfahrt sprachen sie kein Wort.

26

Mir ist kalt.

Die Zeit hat nicht aufgehört.

Sie haben mein Gesicht zugedeckt. Als sie das taten, da dachte ich, ich bin gestorben.

Wenn man gestorben ist, dann sieht man sich von oben.

Ich habe nichts gesehen.

Die Zeit läuft weiter.

Also bin ich nicht tot.

Meine Hand hängt runter und streift das Gras. Es ist nass und kalt. Die Grashalme sind wie Messer. Jemand hebt meine Hand hoch und legt sie neben mich.

Mein Vater ist nicht hier.

Es ist dunkel. Schwierig, die Augen aufzubekommen.

Mir ist kalt.

Wenn mein Vater mich sehen könnte, würde es ihm wehtun.

Ich friere und habe überall Schmerzen.

Also gibt es mich noch.

Die Zeit ist nicht stehen geblieben.

Ich war immer ein böses Kind, hat meine Mutter gesagt.

Wo ist meine Mutter.

Man muss mich einsperren, um mich vor mir selbst zu schützen, hat sie gesagt.

Sie tragen mich. Auch mein Vater hat mich manchmal getragen, als ich noch klein war. Ich erinnere mich nur undeutlich. Um mich herum schwankt es. Die Zeit schwankt hin und her.

Die Zeit schwankt vor und zurück.

Der Oberkörper des Meisters. Vor und zurück. Ich erinnere mich.

Ich atme und will es nicht.

Vielleicht werden sie mich wieder einsperren. Wo bin ich? Ich bin nicht bei mir.

Mutter, ich will zu Mutter.

Ich will nicht bleiben in diesem Tunnel.

Hier ist es so kalt und es stinkt nach Desinfektionsmitteln.

Die Pressekonferenz war auf unbestimmte Zeit verschoben worden. Trotzdem lungerten einige unermüdliche Journalisten vor dem Eingang des Polizeipräsidiums herum. Fast alle rauchten. Wenn eines der Mobiltelefone fiepte, warfen sie ihre Kippen hastig auf den Boden und registrierten auch während des Gespräches aufmerksam jeden Neuankömmling. Die Nachricht vom neu hinzugekommenen Fall mit der brennenden Indianerhütte im Naturschutzgebiet hatte sich bereits herumgesprochen und es waren genügend Gerüchte im Umlauf, um die professionelle Neugier der schreibenden Zunft zu wecken.

»Sollten wir nicht vielleicht lieber durch die Tiefgarage gehen?« Cenks Blick streifte Bloch seitlich.

»Nein, lass mal, Cenk. Das wird schon gehen. Wir wissen ja selber noch nicht viel mehr als die da draußen. Was hätten wir denen schon zu sagen?«

DAS wissen sie nicht, dachte Bloch. Das nicht.

»Jetzt nicht, meine Herren«, wehrte Cenk die hastig herandrängenden Journalisten ab. Noch mehr Kippen flogen in den feinen Kies, mit dem der Vorplatz bedeckt war. Rauch stand vor den Mündern. Ob es Zigarettenrauch war oder er durch die Kälte kam, konnte Bloch nicht erkennen. Jemand hielt Cenk ein silberglänzendes Diktiergerät direkt vor das Gesicht. Er schob es mit einer harschen Handbewegung weg.

»Wir wissen auch nicht viel mehr als Sie. Glauben Sie mir doch – Sie werden rechtzeitig und umfassend informiert werden.«

Das mit Eva und mit mir. DAS wissen sie nicht, dachte Bloch.

»Um 16 Uhr ist aber Redaktionsschluss«, brüllte ein stark übergewichtiger Kerl, der sich mit einer schweren Tasche abschleppte und trotz des nasskalten Wetters unter seiner weit offenen Jacke nur ein dünnes Hemd trug. Die dichten, dunkel gelockten Haare standen ihm wirr um den Kopf. Bloch hatte ihn noch nie gesehen. Unangenehmer Typ. Der sah so aus, als ob er selbst eine banale Kneipenschlägerei zu einem blutrünstigen Geschehen aufblähen würde.

Eva ist erledigt, dachte Bloch. Sind wir doch mal ehrlich. Endlich mal ehrlich. Eva ist erledigt. Nicht ich. Ich hatte mein Leben schon.

»Wo steckt eigentlich dieser Hund?«, fragte Cenk, während er die schwere Glastür mit der rechten Schulter offen hielt. »Dieser Churchill, den habe ich schon länger nicht mehr gesehen.«

Ein Hundeleben hatte ich, dachte Bloch.

»Keine Ahnung, Cenk«, sagte er laut. »Wahrscheinlich steckt er bei Meyer im Labor und frisst Schokolade.«

Er würde Brigitte anrufen müssen und er würde ihr sagen, Eva gehe es den Umständen entsprechend …

Bloch hasste Floskeln.

Ging es Eva den Umständen entsprechend gut oder ging es ihr den Umständen entsprechend schlecht?

Er würde einen Kollegen damit beauftragen, Brigitte anzurufen.

Er ertrug es nicht, wenn ihr Tonfall wieder ins Hysterische umschlug. Später könnte er das vielleicht besser durchstehen.

Nicht jetzt.

Er würde im Krankenhaus anrufen, um sich zu erkundigen.

»Hast du eine Ahnung, wohin sie Eva gebracht haben?«, fragte Bloch Cenk. »Ins Klinikum oder …?« Seine Stimme machte einen merkwürdigen Schlenker nach oben. Er räusperte sich.

»Du meinst, vielleicht auf die Reichenau, Erich?«

Die Reichenau. Da war die Psychiatrie. Das Irrenhaus.

Da gehe ich nicht hin, hatte Brigitte gekreischt. Damals, kurz vor der Trennung. Dorthin, wo die Bekloppten sind, da bekommst du mich nicht hin.

Niemals, hatte sie gesagt.

Und: Eher verrecke ich.

Damals war sie kurz vor dem Verrecken gewesen. Sie hatte überaus präzise und konkrete Vorbereitungen für den eigenen Selbstmord getroffen. Er war an allem schuld gewesen. Das jedenfalls hatte sie ihm unmissverständlich mitgeteilt. Jetzt sollte er ihr wenigstens dabei helfen, einen Ausweg aus ihrer Situation zu finden.

Wenigstens einmal kannst du mir ja helfen, hatte sie gesagt. Wenigstens das.

Er müsse doch nur kurz rausgehen und die Dienstwaffe in der Schublade des Küchentisches vergessen.

Den Rest würde sie dann schon selber erledigen.

Da war er gegangen.

Aber für immer.

Eva hatte er da gelassen.

Und die Pistole auch.

Er war so feige gewesen, so unglaublich feige.

Er hätte sich selber ins Gesicht spucken können – damals ertrug er wochenlang noch nicht einmal den Blick in den Spiegel.

Die Waffe hatte schnell wieder den Weg zurück zu ihm gefunden. Niemand hatte etwas gemerkt.

Warum hatte sie es nicht getan?

Falsche Frage, entschied Bloch. Was hatte sie stattdessen getan?

Was hatte sie Eva angetan?

27

Auf einer zerkratzten, mit Brandlöchern übersäten Holzbank saß Topsannah. Sie trug einen langen, dunklen Rock mit Fransen und hatte ein Wolltuch mit lehmfarbenen, geometrischen Mustern um ihren Oberkörper geschlagen. Ihre Haare lagen wie eine Kappe eng am Kopf an und waren in zwei lange, straffe Zöpfe geflochten. Offensichtlich hatte sie die Haare mit irgendeinem streng riechenden Öl eingeschmiert. Sie glänzten unnatürlich fettig. Schnuppernd zog Cenk die Luft ein. »Die riecht immer noch extrem nach Rauch.«

»Ja«, bestätigte Bloch. »Das hängt unter Umständen noch wochenlang in den Kleidern.«

»Zumindest dann, wenn man sich so selten wäscht wie die.« Cenk bemühte sich um einen einigermaßen ernsthaften Gesichtsausdruck. Es wollte ihm nicht recht gelingen.

Topsannah verbarg ihre Hände unter dem Wolltuch und starrte auf den Boden. Bloch konnte nicht erkennen, ob sie Handschellen trug. Galt sie als Zeugin oder stand sie unter Tatverdacht?

Neben Topsannah saß ein junger, kräftiger Polizeibeamter, der gähnend seine Fingernägel inspizierte.

Bloch verlangsamte seine Schritte.

»Erich«, Cenk zupfte ihn am Ärmel. »He, Chef – wenn das da eben Eva war, die sie aus der Hütte rausgeschleppt haben, dann ist es sicher keine besonders gute Idee, wenn du die Vernehmung machst.«

Weiß Gott, dachte Bloch. Das ist wirklich keine besonders gute Idee.

Er lenkte seine Schritte zur Bank.

Endlich blickte Topsannah auf.

Diesen Blick kannte Bloch nur zu gut.

Am liebsten wäre er fortgelaufen.

»Was habt ihr meinem Kind angetan?«

Der junge Polizist neben Topsannah widmete sich nicht mehr seinen Fingernägeln, sondern blickte erstaunt von Topsannah zu Bloch. Schaute dann hinüber zu Cenk, der den Kopf schüttelte und mit den Schultern zuckte. Dann rückte er ein Stück zur Seite und versuchte so auszusehen, als ob er nicht vorhanden wäre.

»Dein Kind?« Topsannah lächelte ein verfallenes, weitgehend zahnloses Lächeln. »Die war niemandes Kind. – Und ganz sicher war sie kein Vater-Kind.«

Doch, dachte Bloch. Doch, ganz sicher, sie war immer ein Papa-Kind. Immer.

Und dann, dachte er, habe ich sie allein gelassen.

Was, wenn Brigitte damals mit der Pistole auf sie gezielt hatte? Eva in ihrem Gitterbettchen und Brigitte in der Tür stehend, die Pistole in der Hand. Hatte Eva geweint oder versucht, sich unter der Decke zu verstecken?

Eva war doch viel zu klein gewesen, um fortzulaufen.

Aber nicht zu klein, um zu verstehen. Nein, das nicht.

Was machen Kinder in einer solchen Situation? Halten sie sich die Augen zu und meinen dann, sie sind verschwunden?

»Bitte«, sagte Bloch. »Bitte, sagen Sie nicht so etwas.«

»Warum denn nicht?«, griente Topsannah.

Konnte sie etwa Gedanken lesen, diese alte, abgetakelte Frau? Konnte sie Gedanken lesen?

»Denk mal lieber drüber nach, was Männer den Kindern so alles antun. Bist ja wohl im richtigen Beruf, um über solche Sachen Bescheid zu wissen, oder?«

»Erich.« Diesmal war es kein Zupfen am Jackenärmel; diesmal griff Cenk beherzt zu und zog ihn zur Seite. »Tu dir das nicht an. Lass doch die Kollegen …«

Bloch schüttelte ihn ab wie ein lästiges Insekt.

»Was reden Sie da, Frau Adler. Was reden Sie nur für einen Unsinn. Sie haben, soweit ich weiß, doch gar keine Kinder und dann wollen Sie über andere Eltern urteilen?«

»Doch«, sagte Topsannah.

Bloch war irritiert: »Was wollen Sie damit sagen, Frau Adler?«

»Ich habe ein Kind. Nein, ich hatte eins.« Ihr Blick verschleierte sich. Sie gewann aber rasch die Fassung zurück. »Vielleicht habe ich ja noch mein Kind«, sagte sie mit heiserer Stimme, fast flüsternd. »Wer weiß. Vielleicht habe ich noch mein Kind. Man sagt immer, die Hoffnung stirbt zuletzt. Stimmts, Herr Kommissar?« Aller Spott war aus ihrer Stimme verschwunden. Ihre Haltung war nun fast bittend. Sie holte ihre Hände unter dem Tuch hervor, hob die Handflächen zum

Gesicht und betrachtete sie lange, als ob dort etwas geschrieben stünde. Dann ließ sie die Hände in den Schoß sinken. Dort lagen sie wie müde, überflüssige Gegenstände. Topsannah trug keine Handschellen.

»Was hat er ihr nur angetan«, klagte sie mit dieser ungewohnten, heiseren Stimme. »So etwas können nur Männer tun.«

»Meinen Sie etwa Ihren Ehemann, Frau Adler? Was hat Ihr Mann Ihrer Tochter denn angetan?«

War dies eine Vernehmung? Dann sollte sie nicht auf dem Gang stattfinden. Dann sollte er mit ihr in ein Büro gehen. Ein Aufnahmegerät sollte bereitstehen und Frau Adler müsste über ihre Rechte aufgeklärt werden. Wieder wechselten Cenk und der junge Polizeibeamte ratlose Blicke.

Dies war lediglich ein Gespräch, entschied Bloch.

Was hatte dies alles mit Eva zu tun?

»Wollen wir nicht ins Büro gehen? Erich?« Cenks Stimme war fast zaghaft, gewann dann aber an Festigkeit. »Ohne Ihren Rechtsanwalt brauchen Sie gar nichts zu sagen, Frau Adler«, wandte er sich dann direkt an Topsannah. Die lächelte wieder ihr müdes, eingefallenes Lächeln.

»So eine wie ich braucht sowieso keinen Anwalt. Mit eurem System habe ich nämlich schon lange nichts mehr zu schaffen.«

»Was soll denn das? Sie leben hier mitten in Deutschland, Frau Adler. Wie können Sie da sagen, Sie haben mit diesem System nichts zu schaffen?«

»Es geht eher um Geistiges«, antwortete Topsannah. »Ihr würdet in eurer Sprache vielleicht Werte sagen. Wenn diese Welt an ihr Ende kommt, werden wir ja sehen, wessen Werte überdauern.«

Die Sätze hörten sich an wie abgelesen und auswendig gelernt.

»Wir gehen ins Büro«, entschied Bloch.

Den jungen Kollegen schickte er Kaffee holen. Topsannah verlangte lediglich ein Glas Wasser.

Bevor Cenk als Letzter den Raum betreten wollte, flüsterte ihm Bloch zu: »Versuch doch bitte mal rauszufinden, wie es Eva geht. Machst du das für mich?«

Cenk nickte.

Warum rufe ich nicht selber an, dachte Bloch, während er sich wieder Topsannah zuwandte, die in sich selbst versunken am Tisch saß und wieder die Innenfläche ihrer Hände betrachtete. Sie hatte für eine Frau ziemlich große Hände, die aber gleichzeitig wohlproportioniert und feingliedrig waren. Ihre Schönheit wurde durch die abgebrochenen und verschmutzten Fingernägel jedoch aufgehoben. Es sah aus, als ob Topsannah mit bloßen Händen im Dreck gewühlt hätte. Auffällig waren auch die stark zerfurchten Handteller, in denen sie nun tatsächlich zu lesen schien wie in einem Buch.

»Hier, schauen Sie«, sagte sie, ohne aufzublicken. »Hier steht alles geschrieben.«

Zögernd trat Bloch an ihre Seite. Topsannah öffnete behutsam ihre linke Hand wie eine Blüte, die sich allmählich entfaltet. Bloch drückte hastig die Taste des Aufnahmegerätes. Er wartete schweigend.

»Hier, die Kopflinie ist bei mir nur schwach ausgeprägt.« In Topsannahs Stimme schwang etwas wie ein

Lächeln mit. »Ehrlich gesagt, ich war auch nie besonders gut in der Schule. Aber damals hat sich niemand die Mühe gemacht, in meiner Hand zu lesen. – Was solls.«

Bloch wartete weiter und schwieg.

»Jetzt schauen Sie mal hier, das sieht doch ganz anders aus, oder?«

Scheu blickte Topsannah schräg nach oben, wandte ihre Augen jedoch sofort wieder ab.

»Ja«, bestätigte Bloch. »Das sieht in der Tat vollkommen anders aus.« Er konnte nichts erkennen. Lediglich eine schwielige, verarbeitete Handfläche, in der sich ein Gewirr von rußgeschwärzten Linien überkreuzte und an den Rändern fransig auslief. Es sah aus wie ein Stadtplan. Oder wie ein Schnittmuster, dachte Bloch. Es sieht ein wenig aus wie Ilse Blochs Schnittmuster. Damals hatte sie ihm die ganze Garderobe selber genäht. Ist billiger so, hatte sie immer gesagt, auch wenn er sich noch so in dem umgeänderten und mehrfach gewendeten Zeug schämte, das ihn zum Gespött der Klassenkameraden machte.

Von seinem ersten selbst verdienten Geld hatte er sich eine enge Jeans geleistet. Heimlich. Nicht auszudenken, was seine Mutter zu solch unsolidem, neumodischem Zeug gesagt hätte.

»Die Herzlinie, sehen Sie sich mal die Herzlinie an. Sie ist bei mir überdurchschnittlich stark ausgeprägt. Das sagt jeder.«

Jeder?, dachte Bloch, mit wem spricht die denn überhaupt noch außer mit sich selbst?

Topsannahs Zeigefinger fuhr durch einen dunkel verfärbten Graben in der Mitte ihres Handtellers.

Bloch hätte zu gern seine eigene Herzlinie angeschaut.

Der junge Polizist öffnete leise die Tür. Kaffeeduft wehte herein.

»Jetzt nicht«, zischte Bloch und die Tür schloss sich hastig.

»Was eine solche Herzlinie bedeutet, fragen Sie?«

Bloch hatte nichts gefragt. Bloch wartete.

»Ich nehme mir wahrscheinlich viele Dinge sehr zu Herzen – das sagte jedenfalls der Meister. Ich empfinde sehr tief. Ich habe ein großes Herz.«

Wen meinte sie mit dem Meister? Doch nicht etwa ihren eigenen Mann?

»Liebe?«, warf Bloch versuchsweise ein. War vielleicht Liebe das richtige Stichwort?

»Liebe.« Topsannah blickt erst gar nicht hoch. »Ja, vielleicht. Vielleicht auch das.« Sie machte eine lange Pause. »Vielleicht aber auch das Gegenteil.«

Cenk betrat leise das Vernehmungszimmer. Er schob Bloch einen Zettel zu, auf dem stand: ›Eva wird leben‹.

Was heißt das, dachte Bloch und sagte: »Danke Cenk.«

Was ist das: Leben?

Cenk zog sich mit vorsichtigen Bewegungen einen Stuhl an den Tisch und setzte sich, ohne dabei überflüssige Geräusche zu machen. Mit seiner offensichtlichen Rücksichtnahme störte er Bloch mehr, als er vor sich selbst zugeben wollte.

»Da ist noch eine dritte Linie«, sagte Topsannah. »Das ist die Schicksalslinie. Hier.« Sie zog sie vorsichtig nach. Ihr Finger wanderte bis zum Handgelenk, auf dem sich weitere dünne Linien überkreuzten.

Waren es Narben oder Hautfalten? Bloch konnte es nicht genau erkennen.

»Die Schicksalslinie. Manche Menschen sagen auch Lebenslinie dazu«, meinte Topsannah. »Aber ihre Länge sagt nichts darüber aus, wie lange jemand leben wird. Das ist purer Aberglaube. Diese Linie zählt keine Jahre.«

»Nein?«

»Nein, sie berichtet über das Schicksal.« Nun wurde Topsannahs Stimme lebhafter.

»Darf ich?« Völlig überraschend griff sie nach Blochs schlaff herabhängender Hand. Er überließ sie ihr widerstandslos.

»Ein eher schwacher Charakter«, erklärte Topsannah in fast schon dozierendem Tonfall. Bloch schoss das Blut ins Gesicht. Er wagte nicht den kleinsten Seitenblick in Cenks Richtung. Sicher fand Cenk dies alles unglaublich komisch und war vollauf damit beschäftigt, nicht laut herauszulachen.

»Mehrere tiefe Einkerbungen«, erklärte Topsannah weiter und beugte sich noch tiefer über Blochs Hand. Ihre Finger waren kalt und hart, ihr Griff, obwohl nicht besonders kräftig, wirkte dennoch wie eine unnachgiebige Klammer. »Hier, Mitte 20, da war eine schwere Krise – oder ein Verlust.« Topsannah konnte aus Händen lesen wie Archäologen aus Tonscherben. Mit 26 Jahren hatte er Brigitte verlassen.

Topsannahs Stimme gönnte ihm keine Pause zum Nachdenken. »Und danach wird die Linie ganz dünn, ja sie verschwindet fast. Man könnte sagen ...« Sie sah auf und schaute Bloch direkt in die Augen. Ihr Blick war völlig ausdruckslos. Sie las nur das ab, was Bloch selber in seine Hände hineingeschrieben hatte. Topsannah traf keine Schuld an dem, was da stand.

»Man könnte sagen, Sie haben Ihr ganzes Leben lang an einer chronischen, auszehrenden Krankheit gelitten. Ihnen wurde aus irgendeinem Grund, den Sie wahrscheinlich besser kennen als ich, ständig Ihre Lebenskraft entzogen. Etwas ganz Wichtiges fehlt Ihnen seit vielen Jahren.«

Ich weiß, was es ist, dachte Bloch. Ich weiß, was mir fehlt. Hoffentlich sagt sie jetzt nichts zur Herzlinie.

Ein Hundeleben war das.

Topsannah schwieg zur Herzlinie. Ihr Zeigefinger wanderte mit zarten, wischenden Bewegungen bis zu seinem Handgelenk. Blieb dort liegen, wo es hart und hastig klopfte.

»Die Zukunft«, fragte sie leise. »Willst du deine Zukunft wissen?«

Bloch entzog ihr seine Hand.

»Mich würde viel mehr interessieren, Frau Adler«, sagte er mit rauer Stimme, »was in Ihrer Schicksalslinie geschrieben steht.«

Cenk erhob sich. »Ich weiß nicht, wie es euch geht«, meinte er. »Aber ich brauche jetzt erst mal einen Kaffee.«

Es gab eine kurze Unterbrechung. Topsannah trank nur wenig Wasser mit kleinen vorsichtigen Schlucken. »Ich bin es nicht mehr gewohnt«, sagte sie entschuldigend. »Normalerweise trinke ich kein totes Wasser aus der Leitung, müssen Sie wissen.«

Totes Wasser, lebendiges Wasser, was für ein Unsinn, dachte Bloch und erinnerte sich mit Schaudern an die undefinierbaren Partikel im Trinkgefäß, das ihm Topsannah damals im Haus angeboten hatte.

Topsannah vertiefte sich wieder in die Lektüre ihrer Handinnenfläche. »Es sind zwei«, sagte sie zögernd. Ihre Stimme wurde zum Flüstern.

»Was meinen Sie mit zwei, Frau Adler?« Auch Bloch dämpfte unwillkürlich seine Stimme. Das Surren des Aufnahmegerätes war auf einmal deutlich hörbar.

»Zwei Linien. Es sind zwei Linien, die sich umeinander winden. Es sieht aus wie ein geflochtener Zopf und ich weiß genau, es ist meine eigene Linie und die meiner Tochter. Hier sehen Sie ...« Ihr Finger verweilte an einer bestimmten Stelle. »Ab hier sind es zwei Linien. Da war ich Anfang 20. Da ist sie auf diese Welt gekommen. Damals hat sie ihren sterblichen Körper erhalten.«

»Wo ist Ihre Tochter, Frau Adler?«

Topsannah blickte auf. Ihre Augen waren tiefe, schwarze Löcher.

»Ich weiß es nicht«, flüsterte sie. »Wenn ich es doch nur wüsste. Es ist so, als ob mir jeden Tag bei lebendigem Leib ein Stück Fleisch herausgeschnitten würde. Ich habe es einfach nicht mehr ausgehalten. Hier.« Wieder wanderte ihr Finger an eine bestimmte Stelle.

Bloch beugte sich über ihre Hand, als könne auch er etwas erkennen. Es war aber vielmehr so, dass er einen möglichst unauffälligen Weg suchte, seinen Blick zu verbergen. Seine Augen hätten ihn verraten. Diese Frau sah zu viel.

»Hier kommt der Bruch, sehen Sie nur, ein brutaler Abbruch – oder ein Riss. Nennen Sie es, wie Sie wollen. Hier trennen sich unsere Linien. Aber sie trennen sich nur, das sieht man doch, es verschwindet keine der Linien. Sie trennen sich nur und hier …« Ihr Finger glitt weiter in Richtung Handgelenk. »Hier vereinigen sie sich wieder. Es ist also nur eine vorübergehende Trennung – ich werde sie wiedersehen. Er hat es mir ganz fest versprochen.«

»Wer?«

»Der Meister. Er sagte, dass sie eine unbestimmte Zeit lang zwischen Himmel und Erde verbringen muss, um sich ihrer verunreinigten, sterblichen Hülle zu entledigen. Wenn sie zurückkehrt, wird sie ein überirdisches Kleid tragen. Ihre Seele wird sich nach außen gekehrt haben. Ach, wie soll ich Ihnen das nur erklären? Sie verstehen ja nichts von unserem Glauben. Man kann das nicht zusammenfassen.«

»Könnten Sie es wenigstens versuchen, Frau Adler?«, bat Bloch. »Vielleicht können wir Ihnen oder Ihrer Tochter ja in irgendeiner Weise helfen!«

Wohin führte ihn dieses Gespräch? Cenk, sag was, dachte er. Nein, sag lieber nichts.

Cenk blieb still. Das Aufnahmegerät surrte.

»Ihr Name ist Sacajawea – das heißt Vogelfrau«, begann Topsannah. »Als ich den Meister kennenlernte, war sie zehn Sommer alt. Er liebte sie wie sein eigenes Kind.«

»Lebten Sie damals schon in Deutschland?«

»Nein, natürlich nicht. Sie hätte hier zur Schule gehen müssen und wäre diesen ganzen verderblichen

Einflüssen ausgesetzt gewesen. Es gibt genügend Länder in der Europäischen Gemeinschaft, in denen niemand so genau nachfragt. Und wenn schon – dann waren wir schnell wieder woanders. Nein, Sacajawea hatte eine glückliche Jugend. Sie lebte mitten in der Natur. Das, was sie wissen musste, haben wir ihr beigebracht. Wir sind erst zurückgekommen, als der Meister den Auftrag erhielt.«

»Welchen Auftrag?«

»Das weiß ich nicht so genau. Es geht um diese alte Hopi-Prophezeiung. Es würde wirklich zu weit führen, wenn ich Ihnen das jetzt erklären würde. Aber wir wussten schon seit Langem, dass wir in der Endzeit leben und dass es auch uns treffen kann, Verantwortung zu übernehmen. Verantwortung für den Fortbestand der Menschheit, ja, so kann man das wohl ausdrücken.«

Topsannah hatte ihre Hände wieder unter dem Umschlagtuch verborgen und blickte starr vor sich auf die zerkratzte Tischplatte.

»Eine Nummer kleiner ging es nicht?«, konnte sich Bloch nicht verkneifen zu sagen. »Ist das nicht ein bisschen viel verlangt – Verantwortung für den Fortbestand der Menschheit?«

Bloch sah hinüber zu Cenk. Der saß hinter Topsannahs Rücken und vollführte mit dem Zeigefinger kreisende Bewegungen an der rechten Schläfe. Vollkommen übergeschnappt, sollte das wohl heißen. Bloch war ganz seiner Meinung. Aber da war doch eine Spur der Logik und Klarheit in Topsannahs wirrem Gerede. Eine halb verschüttete Spur zwar, vielleicht würde sie ihn, wenn er Glück hatte, auch ein Stück weit zu Eva führen. Davon war Bloch fest überzeugt.

Überzeugt? Nein, es war eher eine vage Hoffnung. Das war wohl bei Polizisten nicht anders als bei Ärzten, die Angehörigen unheilbar Kranker auch immer wieder Mut zusprachen. Eine allzu billige Berufsweisheit, geboren aus der Not des Unvermeidlichen: ›Die Hoffnung stirbt zuletzt‹.

Ob Churchill wirklich bei Meyer war? Ich bin einfach nicht in der Lage, Verantwortung zu übernehmen, dachte er. Für nichts und niemanden.

Nie.

Eigentlich schade.

»Ich habe ja auch eingesehen, dass ich das nicht kann«, meinte Topsannah fast ein wenig kleinlaut. »Er hat also seine Seminare angeboten und mit den Menschen gearbeitet, die seine Hilfe suchten. Und ich habe mich um den Teil der Menschheit gekümmert, der mir am nächsten stand.« Ein winziges Lächeln irrlichterte um ihre Augen und verschwand sofort wieder.

»Um Ihre Tochter?«

»Ja. Um meine Tochter. Der Meister hat uns dabei geholfen. Es ging vor allem darum, diesen ganzen irdischen Dreck abzulegen und Reinheit zu gewinnen, damit man später zu den Auserwählten gehört. Es sind sehr viele Regeln, die man einhalten muss, wissen Sie. Es ist eine Art eigene Wissenschaft, um es in Ihrer Sprache auszudrücken.«

»Haben Sie denn auch«, Bloch räusperte sich, »irdischen Dreck abgelegt, Frau Adler?« Er vermied den Blick auf Topsannahs schmutzige Hände.

»Ja, sicher.« Jetzt strahlte sie beinahe verklärt. Ihr Blick kehrte sich nach innen. »Ja, sicher. Schon damals, während unserer Zeit in Spanien. Da war Sacajawea noch zu jung. Sie hätte es nicht durchgestanden. Aber ich habe es getan. ER hat mir geholfen und seitdem kann mir diese ganze äußere Welt nichts mehr anhaben, verstehen Sie? Ich lebe im Zustand der immerwährenden Klarheit.« Sie schwieg einen Augenblick, wie um sich zu sammeln, und setzte dann hinzu: »Wenn ich das Ritual nicht abgeschlossen hätte, dann hätten wir nie mehr in dieses Land zurückkehren können. Zu viele Versuchungen, verstehen Sie. Viel zu viel Dreck. – Einem Außenstehenden kann man das vermutlich gar nicht richtig erklären. Sie haben ja niemals diese tiefe Verbundenheit mit der Natur empfunden, so wie wir. Wir sind eine große Gemeinschaft, müssen Sie wissen. Viel größer, als Sie vielleicht denken.«

Bloch dachte an das verkommene Haus und das zugemüllte Grundstück, dachte flüchtig an seine kaputte Kaffeemaschine und das dreckverkrustete Geschirr, das sich schon seit Tagen in seiner Spüle stapelte. Er kam zu keinem klaren Ergebnis und schob diese Bilder wieder beiseite.

»Was ich nicht verstehe, Frau Adler«, nahm er einen erneuten Anlauf. »Was ich nicht verstehe, ist, was Eva – das junge Mädchen von heute Vormittag – mit dieser ganzen Sache zu tun hat. Sie ist ja nicht Ihre Tochter. Aber, wenn ich recht verstanden habe, dann hat dieses junge Mädchen ein solches Reinigungsritual durchlaufen. Stimmt das?«

»Ja.« Topsannahs Mund wurde ein schmaler, bitterer Strich. »Ja, auch sie wollte Reinigung erlangen. Der Meister sagte zu mir, sie sei ein Ersatz für Sacajawea. Es war ein großer Schmerz, als ich erkennen musste, dass der Meister nicht unfehlbar ist in seinem Urteil. Denn diese da war unwürdig. – Niemand kann mir meine Tochter ersetzen.«

Cenk war auf einmal hellwach. Er stützte beide Hände auf die Oberschenkel und beugte sich weit nach vorne. Topsannah schien nichts von seiner Anspannung zu bemerken. Ihre Haltung veränderte sich nicht im Geringsten. Sie saß auf ihrem Stuhl wie eine altertümliche Statue. Cenks Blicke begegneten denen von Bloch. Mach weiter, hörte Bloch, obwohl Cenk kein Wort sagte. Mach weiter.

»Erzählen Sie mir, was mit Ihrer Tochter geschehen ist, Frau Adler.«

»Er war es. Er hat Schuld. Ganz allein.«

»Der Meister?« Bloch vermied das Wort Ehemann. Offensichtlich standen die beiden in einer anderen Beziehung zueinander wie normale Eheleute.

»Nein, nicht der Meister. Der Meister gab sein Bestes. Nachdem Sacajawea in den tiefen Schlaf gefallen war, habe ich lange und geduldig an ihrem Lager gewartet. Ich habe darauf gewartet, dass sie ihre Augen wieder aufschlägt und ihr neues Leben beginnt.«

Bloch fühlte einen unangenehmen Schauder. War diese Frau noch bei Sinnen?

»Es dauerte lange«, berichtete Topsannah mit tonloser Stimme. »Viel länger als bei mir. Sie begann …« Topsannah suchte nach den passenden Worten. »Sie begann sich zu – zu verändern. Wie soll ich Ihnen das erklären?«

Diese Art von Veränderung kannte Bloch nur zu gut. Die hatte er bereits an unzähligen Leichenfundorten gesehen.

Topsannahs Stimme klang ruhig, fast monoton. »Dass die Wärme, ihr Lebensfunke, sich in ihr Inneres zurückgezogen hatte, das hat der Meister mir erklärt und das hatte ich verstanden. Ich konnte aber nicht verstehen, dass …«, wieder verstummte sie.

Welch eine Knochenarbeit musste es sein, das allzu Offensichtliche so stark zu verdrängen.

»Ich konnte nicht verstehen, warum sie mir auch äußerlich so fremd wurde. Es kam mir vor, als ob sie sich von mir zurückziehen wollte. Das konnte ich nicht ertragen.« Topsannah blickte auf. Eine fettige Haarsträhne hatte sich gelöst und hing ihr ins Gesicht. Sie bemerkte es nicht. Ihre weit aufgerissenen Augen sahen etwas, das sie mühsam zu beschreiben versuchte. »Das konnte ich nicht verstehen – und, ehrlich gesagt, das wollte ich auch nicht. Wir waren noch nie im Leben voneinander getrennt gewesen – meine Tochter und ich. Wir waren doch wie eins.«

Topsannah ergriff das Wasserglas, gab es unschlüssig von einer Hand in die andere und stellte es wieder auf den Tisch zurück. Ihre Hände hinterließen einen zarten Dunstschleier auf dem Glas, der sich nur langsam verflüchtigte. Bloch starrte auf Topsannahs Hände und auf das Wasserglas. Er vermied den Blick in ihr Gesicht.

Sie sprach weiter: »Dann musste ich mit ansehen, wie ihre Haut sich verhärtete. Es war ja am Anfang kaum sichtbar. Es geschah so unmerklich. Es – war nur so ein kleines Zurückweichen, ein Einsinken, ihr Gesichtsausdruck. Ich weiß nicht, wie ich es sagen soll.« Topsannahs Stimme zitterte. »Sie war doch so schön.«

Sie ist auch jetzt noch schön, dachte Bloch und sah das Gesicht der Mumienfrau wieder deutlich vor sich. Die Oberlippe ein klein wenig, wie im skeptischen Lächeln, über die Ränder der Schneidezähne hochgezogen. Die schmalen Bögen der Augenbrauen, wie staunend. Die vertrocknete Nasenspitze, der schmale Grat des Nasenrückens. Fremd musste das gewesen sein für die Augen der Mutter. Der Nasenrücken wie eine Messerschneide, die das Gesicht in zwei symmetrische Hälften zerteilt. Die Augäpfel eingesunken und ausgetrocknet. Kein Gesichtsausdruck, außer dieser vollständigen Zurückgezogenheit. Kein Mienenspiel. Nichts, was sie wiedererkannt hätte.

»Es dauerte zu lange, meinte der Meister. Ich störe ihre Ruhe, sagte er und beschimpfte mich sogar. Meine Tochter sei wie eine Schmetterlingspuppe, die man auch nicht ständig betasten und hin und her wenden dürfe, weil dann der Schmetterling in ihr nicht die nötige Ruhe zur Entwicklung findet. Ja, das waren seine Worte. Er überredete mich also, Sacajawea an einen Ort zu bringen, an dem sie den notwendigen inneren Frieden finden würde und in Ruhe ihre spirituelle Entwicklung abschließen könnte.«

Cenk stand auf und sagte: »Ich geh mal rüber und frage, wie die Kollegen mit der Vernehmung weiterkommen.« Er schob ihm einen Zettel über den Tisch. ›Das klingt verdammt noch mal nach einer Beerdigung, wenn du mich fragst‹, stand auf dem Zettel. Cenk ging raus.

Das klang verdammt noch mal nach einer Beerdingung. Bloch hatte wörtlich dasselbe gedacht.

Was hätten sie mit Eva gemacht, wenn sie auch nur eine halbe Stunde später gekommen wären?

»Er fand den Platz durch Auspendeln. Er hielt das Pendel über den Stadtplan von Konstanz und fand so einen guten Platz für mein Mädchen«, erzählte Topsannah mit tonloser Stimme weiter. »Er sagte mir nicht, wo. Aber es sei ein guter Platz. Ein alter Ritualort, der schon seit vielen Generationen benutzt würde.«

Dann hatte es den angeblichen Indianer jedoch kalt erwischt. Hoffmanns Hexenstern war nämlich genauso falsch wie Adlers Hungerrituale.

»Zuerst dachte ich, es wäre vielleicht ein Friedhof. Entschuldigen Sie bitte, es macht mich immer noch traurig, obwohl ich ja eigentlich nicht traurig sein dürfte.« Topsannah griff nach dem Wasserglas und warf es fast um. Mit hastigen Schlucken leerte sie es und betrachtete es dann nachdenklich, als habe sie einen großen Fehler begangen.

»Wie sollte ich wissen, ob er nicht ein Betrüger ist?«, fragte sie in klagendem Tonfall.

Bloch schwieg und vermied den Blick in ihr Gesicht.

»Aber verstehen Sie doch – ich musste es glauben. Es war die einzige Chance, dass meine kleine Tochter wieder zu mir zurückkommen würde. Wenn ich den Glauben daran aufgegeben hätte, hätte ich sie verraten. Das verstehen Sie doch, oder?«

Wieder dieser Blick, der Bloch fast davonlaufen ließ.

»Ja sicher, Frau Adler. Ich verstehe Sie. Erzählen Sie nur weiter.«

»Ich begann also, sie auf den Friedhöfen zu suchen. Ich wollte sie ja gar nicht stören. Ich wollte nur ganz still in ihrer Nähe sitzen, damit sie nicht allein ist, wenn sie aufwacht. Das Erste, was sie sehen sollte, wenn sie ihre Augen aufschlägt, sollte das Gesicht ihrer Mutter sein. Ich hatte keine Ruhe mehr. Tag und Nacht hatte ich keine Ruhe mehr. Der Meister beschimpfte mich und wollte mich einsperren. Er sagte, ich hätte keinen Glauben. Das war das Schlimmste für mich. Ich hatte den Glauben – ganz sicher hatte ich ihn. Aber ich konnte mein Kind doch nicht allein lassen. Wir waren noch nie voneinander getrennt gewesen, verstehen Sie. Da konnte ich sie auf gar keinen Fall allein lassen.«

Cenk betrat wieder den Raum.

»Können wir mal kurz draußen sprechen, Erich?«

Sie traten auf den Gang.

»Er hat im Prinzip alles gestanden, Erich. Aber ich glaube, er macht auf unzurechnungsfähig. Auch er erzählt irgendwas von Reinigungsritual und Wiederauferstehung. Wirres Zeug, genau wie die Frau. Im Übrigen sagt er, dass alle, die sich seinem Hokuspokus unterzogen haben, unterschrieben hätten, dass sie das freiwillig und auf eigenes Risiko tun. Vollkommen unzurechnungsfähig ist er dann doch nicht gewesen, der alte Indianer. Scheint ganz so, dass er deiner Eva erzählt hat, dass das Ganze, eine Art Therapie sein soll. Ich hoffe bloß, sie hat ihm nicht auch noch Geld dafür gegeben.«

»Doch«, sagte Bloch. »Mindestens 200 Euro hat sie ihm gegeben. Die hat sie nämlich ihrer Mutter gestohlen. Das wäre ja noch richtig ›billig‹ gewesen. Gott sei Dank hat sie von mir nichts bekommen. Ich würde mir ewig Vorwürfe machen.«

Ich mache mir sowieso Vorwürfe, dachte er. Mit diesem Kind wurde mein schlechtes Gewissen geboren. Aber sie war kein Kind mehr. »Die Eva ist eigentlich alt genug, um für sich selber zu entscheiden«, sagte er langsam. »Sie ist doch erwachsen. Habe ich zumindest immer angenommen. Und nun hör mal, wie diese Frau Adler von ihrer Tochter spricht. Da würde auch niemand denken, dass diese Saja ... Sacajawea – so ein idiotischer Name – also, dass diese Tochter schon über 20 Jahre alt gewesen ist. Die redet ja von ihr wie von einem Kleinkind.«

»Krank das Ganze«, schloss Cenk. »Absolut krank.«

Ja, dachte Bloch. Da magst du wohl recht haben. Aber vielleicht steckt diese Krankheit auch mir in den Knochen.

»Hast du Churchill gesehen, Cenk?«

»Ja, wie du angenommen hast. Schläft bei Meyer im Labor. Willst du nicht wissen, wie es Eva geht?«

»Glaubst du mir, wenn ich dir sage, dass ich mich nicht traue, zu fragen? Dass ich Angst vor der Antwort habe? Ganz egal, ob sie negativ ist oder positiv? Ich habe eine Scheißangst vor der Antwort, und wenn ich mich mit meiner beschissenen Angst beschäftige, dann kann ich mich nicht auf meinen Job konzentrieren. Und im Augenblick helfe ich Eva am besten, wenn ich mich um diesen Fall hier kümmere. Danach werde ich dich fragen. Erst danach. Verstehst du das, Cenk?«

»Ja, Erich. Das akzeptiere ich total. – Wir sollten sie da drinnen nicht zu lange warten lassen.« Er nickte in Richtung der Tür, hinter der Topsannah saß.

»Pass auf, Cenk, du gehst jetzt noch mal rüber und sagst den Kollegen, sie sollen den Indianer damit konfrontieren, dass es nicht irgendeine exotische Therapiesitzung war, die er da durchgezogen hat, sondern dass das ganz klar ein Mordversuch war. Er muss begreifen, dass er seine Stieftochter durch diesen Hokuspokus umgebracht hat. Die arme Frau hat ja später ihr Kind überall gesucht, weil sie dachte, sie schläft nur. Wir brauchen hier ganz sicher einen Psychologen, der mal sehr genau hinhört, ob der gute Herr Adler auch unter Realitätsverlust leidet oder ob das nur seine Masche ist, um sich rauszureden. Wer weiß, was der mit der jungen Frau alles angestellt hat. Vielleicht hatte er allen Grund sie umzubringen? Ich wäre auf jeden Fall erst mal sehr zurückhaltend mit dem Begriff der Unzurechnungsfähigkeit. Bitte sag ihnen das.«

»Wird gemacht. Da ist ein Kollege auf der Reichenau, den sie immer bei solchen Fällen hinzuziehen. Ich kümmere mich persönlich darum. Bin gleich wieder da, Erich.«

›Reichenau‹, hatte Cenk gesagt. Das Wort schmerzte noch immer. Irrenhaus. Dort, wo die Bekloppten sind. Cenk hatte gesagt ›Erich, das akzeptiere ich total‹, als er nicht Genaueres über Evas Zustand wissen wollte. Er hatte nicht gesagt, dass er ihn verstand. Aber das fiel Bloch erst auf, als er schon wieder Topsannah gegenübersaß. Es fiel ihm leicht, nicht weiter darüber nachzudenken.

»Sie haben Ihre Tochter also gefunden, Frau Adler?«

Ihre Stimme wurde immer leiser. »Leider nicht rechtzeitig. Ich bin zu spät gekommen«, flüsterte sie. »Viel zu spät.«

Bloch sprach nun zu ihr wie zu einem Kind.

»Das tut mir aufrichtig leid, Frau Adler. Glauben Sie mir, ich verstehe Ihren Schmerz. Aber ich verstehe noch immer nicht genau, was eigentlich passiert ist. Da müssen Sie mir ein wenig mehr helfen.«

»Es sind zwei Dinge passiert. Das Erste war, dass auf einmal Eva auftauchte. Jung wie meine Tochter, groß gewachsen, schlank – von Weitem hätten sie Schwestern sein können. Wahrscheinlich hat er gedacht, ich lasse mich auf den Tausch ein.«

»Eva gegen Sacajawea? Meinen Sie das?«

Wieder wurde ihr Mund zu einem schmalen Strich.

»Ja, genau. Irgend so etwas hatte er sich vorgestellt. Da musste ich erkennen, dass er sich zwar Meister nennt, aber dass er vielleicht doch ein Betrüger ist.«

Cenk betrat den Raum und setzte sich. Alles erledigt, signalisierten seine Augen.

»Diese ganze Prophezeiung ist das nicht …«, begann Bloch vorsichtig. Topsannah fuhr ihn in wildem Zorn an:

»Sagen Sie nichts gegen die große heilige Prophezeiung. Sagen Sie ja nichts gegen diese ewige Wahrheit! Davon stimmt jedes einzelne Wort! Die Prophezeiung wurde von Generation zu Generation weiter gegeben und fast alle Zeichen sind bereits erfüllt.« Sie begann an den Fingern aufzuzählen und sprach mit fremder, psalmodierender Stimme: »Und das erste Zeichen ward erfüllt, als der weiße Mann den amerikanischen Kontinent eroberte und die Tiere mit dem Donner erschlug. Das zweite Zeichen war das Kommen drehender Räder, die mit Stimmen gefüllt sind.«

Bloch blickte fragend zu Cenk.

»Automobile«, flüsterte der.

Natürlich – so kann man es auch sehen, dachte Bloch. Topsannah hatte währenddessen nicht mit ihrer Litanei innegehalten: »Das Land wird kreuz und quer durchzogen von Flüssen aus Stein und ihr werdet als siebtes Zeichen sehen, dass das Meer sich schwarz färbt und viele lebende Wesen deswegen sterben.«

Ölpest, dachte Bloch. Wir nähern uns also der Neuzeit.

Topsannah sah kurz auf.

»Und jetzt hören Sie genau zu«, meinte sie. »Das geht nämlich uns an. Das achte Zeichen wird sein, dass ihr viele junge Menschen sehen werdet, die die Haare lang tragen und die zu uns, den Indianern, kommen, um unsere Weisheit und unsere Lebensweise zu erlernen. – Alle diese Zeichen haben sich mittlerweile erfüllt«, schloss Topsannah und sah beinahe zufrieden aus.

»Ja, und?« Bloch war ratlos. »Geht das denn irgendwie weiter?«

»Ja, natürlich. Wir warten alle auf das neunte und letzte Zeichen. Nach der Prophezeiung der Hopi-Indianer hat es schon mit dem ersten Irak-Krieg und den brennenden Türmen begonnen, sich zu erfüllen. Wir leben in der Endzeit. Bald werden alle Zeremonien ihren Abschluss finden und das Menschengeschlecht wird ausgelöscht werden. Nur diejenigen werden überleben, die gelernt haben, nach den ewigen Gesetzen der wahren Menschen, im Einklang mit der Natur zu leben.«

»Und das alles haben Sie vom Meister gelernt?«

»Ich meinte es. Wie gesagt, die Lehre ist wahr. Nur scheint es mir inzwischen so, dass er ein falscher Prophet ist. Ich fühle mich sehr unsicher.« Sie schlug die Hände vor das Gesicht. »Ich habe ihm vollkommen vertraut. Ich habe ihm mein Kind anvertraut.«

»Er hat sie getötet?« Bloch lauschte dem Klang seiner Stimme nach.

Topsannah legte den Kopf schräg, so, als müsse auch sie einem fernen Klang lauschen.

»Nicht getötet«, flüsterte sie. »Er hatte wohl zu wenig Geduld. Das stimmt. Er hat sie nicht lange genug auf ihrem Bett liegen gelassen. Vielleicht war er auch eifersüchtig und hat sie deshalb fortgeschickt von mir. Dann hat er mich mit Eva betrogen. Das war sein Fehler. Beide haben dafür bezahlt. – Leider nicht ganz so, wie ich es wollte. Aber sie haben bezahlt.«

»Moment mal«, Cenk konnte nicht mehr an sich halten. »Moment mal – das heißt also, *Sie* haben die Hütte angezündet, Frau Adler?«

»Ja, natürlich – wer denn sonst? Denken Sie vielleicht, eine Hütte gerät bei solchem Nebel von alleine in Brand? Adler und Eva haben mich betrogen. Sie mussten dafür bezahlen – das müssen Sie doch verstehen.«

Hatte Bloch noch irgendwelche Gefühle? In ihm war alles taub. Eva und Adler? Auch er fühlte sich betrogen – er war nicht der Richtige für diese Vernehmung. Er sollte alles abgeben, nach Hause gehen und sich die Decke über den Kopf ziehen. Wo war er zu Hause? In der Wohnung, in der Eva damals auf dem Sofa gesessen hatte? In der Wohnung, in der er die Pistole in der Küchentischschublade vergessen hatte? Auch er hatte seine Tochter einmal beinahe getötet.

Blochs Stimme klang für ihn selbst unerwartet sachlich.

»Frau Adler, ich komme noch einmal auf meine Frage zurück. Hat Adler, ich meine, hat der Meister Sacajawea getötet?«

Topsannahs Blick war vollkommen klar.

»Mein Kind getötet? Nein, das war nicht Adler. Getötet hat sie der andere.«

»Welcher andere?« Bloch und Cenk tauschten verdutzte Blicke.

»Na ja, das ist die zweite Sache, von der ich Ihnen die ganze Zeit erzählen wollte. Sie lassen mich ja nie ausreden.« Topsannahs Stimme war jetzt sehr sanft und sie seufzte ein wenig, ganz so, als müsste sie einem kleinen, ungeduldigen Kind etwas zum hundertsten Male erklären.

»Die Sache fing an mit dieser Zeitungsmeldung. Ich

sah sie zufällig – oder was soll ich sagen, die Schlagzeile war so riesig, dass selbst ein Blinder sie nicht übersehen hätte.«

Plötzlich wusste Bloch, auf was sie hinauswollte.

»›Ötzi-Hexe vom Bodensee‹, das war der Titel, wenn ich mich nicht irre. ›Mumienfund am Stadtrand von Konstanz‹.« Topsannahs Stimme brach. »Sie können sich nicht vorstellen«, flüsterte sie, während sie sich eine Hand auf den Mund presste. »Nicht vorstellen – wie schrecklich – es war doch mein Kind …« Ihr Kinn begann hemmungslos zu zittern und sie holte mit einem stöhnenden Laut Luft. Zog die Luft lang und schmerzlich ein, so, als widerstrebe es ihr, weiter zu atmen. Ihre Augen blieben jedoch trocken.

»Dieser Professor hat sie auf dem Gewissen«, klagte sie. »Dieser Hoffmann. Er hat ihren Schlaf gestört und ihr endgültig jede Hoffnung auf Beendigung des Rituals genommen. Er war es, der mein Kind getötet hat. Er hat sie auf dem Gewissen. – Aber er hat dafür bezahlt.«

Sie schloss ihre Augen und schwieg. Mit leisem Knacken sprang das Aufnahmegerät auf Stopp. Cenk stand auf und schob vorsichtig eine neue Kassette ein.

»Ich sage nichts mehr.« Topsannahs Stimme klang müde und trotzig zugleich.

Epilog

Es war ein klarer, frostiger Wintermorgen. Ein sibirischer Tiefausläufer wälzte eine arktische Kaltluftwelle nach Westeuropa. In den Tageszeitungen zählte man mit unterdrücktem Schaudern erfrorene Obdachlose.

Kommissar Bloch hatte ein paar Tage frei genommen. Trotzdem verließ er seine Wohnung noch vor acht Uhr in gewohnter Hast.

Es wäre an der Zeit gewesen, Ordnung zu schaffen, aber gerade heute ertrug er den Anblick der kalkfleckigen Dusche nicht, ertrug auch nicht die Schimmelflecken, die sich in bizarren Mustern oberhalb des Badezimmerfensters ausbreiteten. Ganz zu schweigen vom Chaos in der Küche. Erst als er vor der Haustür stand, wurde sein Atem wieder ruhiger.

Churchill schnoberte an einem vergitterten Kellerfenster herum. Er hatte in den letzten Wochen weiter zugenommen. Während der Weihnachtstage, die Bloch, wie üblich, im Büro verbracht hatte, war der Hund von wohlmeinenden Kollegen mit Süßigkeiten geradezu gemästet worden.

Bloch lehnte seinen Rücken an die schwere, mit Schnitzwerk verzierte Haustür und schaute die Kreuzlinger Straße hinauf und hinunter. Es war eine laute, lebhafte Straße, in der sich regelmäßig der Verkehr staute, eine Straße mit hohen, vernachlässigten Gründerzeitfassaden, die sich durch den Dreck aus unzähligen Auspuffrohren von Jahr zu Jahr immer dunkler färbten.

Diese Straße war eine Durchgangsstraße, in vielerlei Hinsicht, Durchfahrt in Richtung Schweizer Zoll oder Durchgangsstation für Immigranten aus aller Herren Länder. Ein buntes Völkergemisch tummelte sich hier, wogte in immer neuen Wellen heran, eröffnete kleine Läden oder Werkstätten, bekam Kinder, die auf der Straße lärmten, und, kaum herangewachsen, wieder wegzogen. Es gab nur wenige Menschen, die in dieser Straße endgültig Wurzeln geschlagen hatten. Meist waren es die ganz Alten, die bereits seit dem Zweiten Weltkrieg hier lebten. Bloch hatte sich schon öfters gefragt, warum gerade er es nicht schaffte, von hier wegzuziehen.

Jetzt, wenige Tage nach dem Jahreswechsel, strömte der Nomadenzug der Shopping-Touristen wieder über die Grenze. Das neu eröffnete Einkaufszentrum lockte mit Sonderrabatten und auch in den Läden der Altstadt wurde der ›Winterkehraus‹ exzessiv zelebriert. Trotz dieser Anstrengungen erschien der Frühling fern wie nie.

Bloch zog vorsichtig an der Hundeleine. Churchill verließ das Kellerfenster und ging ungewohnt folgsam an Blochs Seite.

»Wir gehen zum See, alter Freund. Ich hoffe, du schaffst es auch wieder zurück. Zum Tragen bist du mir nämlich zu schwer.« Bloch sprach in die Luft, ohne Churchill anzusehen. Vor seinem Mund bildete sich eine dichte, weiße Wolke. Der Hund schnaufte, aber er hielt Schritt.

In wenigen Wochen würde das Verfahren eröffnet werden. *Die* Hauptverfahren. Das Verfahren gegen Zumkeller und Binder wegen Störung der Totenruhe und wegen Wissenschaftsbetruges war abgetrennt worden und wurde auf Schweizer Seite verhandelt. Sie hatten Zumkeller zwar nachweisen können, dass er seit Jahren einen regen Handel mit Leichenteilen und Präparaten aus der rechtsmedizinischen Sammlung betrieben hatte. Aber er konnte den Ermittlern genauso plausibel machen, dass ihn keinerlei Schuld am Tod der jungen Frau traf. Obwohl sehr viele Indizien dafür sprachen, dass er die ihm anvertraute Mumie bewusst in einen Zustand gebracht hatte, der die wenigen noch vorhandenen Spuren weitgehend vernichten würde. Man konnte ihm allenfalls Schlampigkeit nachweisen, Vorsatz und Planung sicher nicht. Oberpräparator Binder war bereits wieder auf freiem Fuß und auch Zumkeller würde mit einer Geldstrafe davonkommen.

Die Ermittlungen gegen Adler und Topsannah erwiesen sich hingegen als außerordentlich kompliziert. Entweder machten die beiden verwirrende und sich widersprechende Aussagen, oder sie schwiegen tagelang. Selbst die Tatsachen, die klar schienen, hatten sich zu einem dichten, verwirrenden Geflecht miteinander verwoben, in dem nicht ersichtlich war, an welcher Stelle der Straftatbestand anfing und wo der schiere Wahnsinn.

Professor Hoffmanns Fall war am klarsten. Der Archäologe war Anfang und Endpunkt, sozusagen der Kettfaden dieses Gewebes. Ein solider Wissenschaftsbetrüger, der sein Unwesen jedoch in längst untergegangenen Reichen und verstaubten Epochen trieb. Eigentlich ein harmloser Spinner, der zu Lebzeiten sicher nie einem Mitmenschen auch nur ein Haar gekrümmt hätte. War es denn wirklich so eminent wichtig, ob es im mittelalterlichen Konstanz ein paar Hexen mehr oder weniger gegeben hatte? Wahrscheinlich taugte dieses Thema sowieso nur für einen entlegenen Historikerstreit. Je länger er darüber nachdachte, desto mehr Parallelen entdeckte Bloch zwischen trockener Geschichtsschreibung und Zeugenaussagen. Es gab so viele Spielarten der Wahrheit, wie es Zeugen gab. Erinnerungen waren immer subjektiv und verzerrt.

»Bei uns Kriminalern mag vielleicht jedes Detail wichtig sein«, sagte er laut. Eine junge Frau mit Kinderwagen, die vorüberging, schüttelte den Kopf. Bloch beachtete sie nicht.

»Aber mal ganz ehrlich – die mittelalterliche Stadtgeschichte von Konstanz? Jedes Detail – wen interessiert das heutzutage noch?«

Renaissance, hörte er die spröde Stimme der Christina Löble. Es handelt sich um die Geschichte der Renaissance und die der Reformationszeit, Herr Kommissar. Ihr dozierender und gleichzeitig spöttischer Tonfall klang ihm so lebhaft im Ohr, dass er sich unwillkürlich umdrehte, ob er ihre Gestalt, gekleidet in einen regenbogenfarbigen Wollpullover, nicht um eine Straßenecke verschwinden sähe. Aber da war nichts. »Alles nur Einbildung«, murmelte er und zog an der Leine.

Im Grunde genommen konnte Hoffmann kaum als echter Wissenschaftler bezeichnet werden. Sicher fehlte es ihm nicht an fundiertem Fachwissen. Aber ganz offensichtlich mangelte es ihm an einer gehörigen Portion Demut – einer Eigenschaft, die ihn befähigt hätte, auch einmal etwas Unvorhergesehenes anzunehmen. Hoffmann hatte jedoch zeitlebens die Impulse seiner Arbeit ausschließlich aus eigenen Entwürfen bezogen. Ein Drudenfuß mit fünf Schädeln an den Strahlenspitzen! – Auf eine solche Idee musste man überhaupt erst mal kommen! Bloch schnalzte beinahe anerkennend mit der Zunge und Churchill legte fragend den Kopf schief. »Nicht du, alter Freund. Du bist nicht gemeint. Hopp – es geht weiter!«

Sie bogen in eine ruhige Seitenstraße ein. Die Fassaden wurden bunter. Der Himmel war wie hellblaues, vollkommen glatt gebügeltes Seidenpapier. Die Kälte war mörderisch. Bloch schätzte sie auf mindestens 10 Grad unter null. Eine trockene, saubere Kälte. Klärend für Kopf und Seele.

Der Einzige, der eigentlich mit dem Verlauf der ganzen Geschichte hoch zufrieden sein konnte, war der cholerische Professor Gräber. Es würde nun die Krönung seines Lebenswerkes werden, das Chaos aufzuräumen, das Hoffmann in den archäologischen Sammlungen angerichtet hatte.

Die Löble war sofort aus der Stadt verschwunden, nachdem sie gegen Kaution auf freien Fuß gesetzt worden war. Als Bloch sie bei einer Zeugeneinvernahme noch einmal zu Gesicht bekam, hatte sie ihr Äußeres stark verändert. Sie trug einen schmal geschnittenen, schwarzen Hosenanzug, der ihre Figur vorteilhaft zur Geltung brachte. Durch den Ermittlungsstress und die Strapazen des hastigen Untertauchens schien sie erheblich abgenommen zu haben. Ihre Haare trug sie immer noch kurz, aber offensichtlich war das, was sie nun zeigte ihre natürliche Haarfarbe, ein fades, gleichförmiges Aschblond. Ihre Augen hatte die Löble hinter einer riesigen Sonnenbrille verborgen. Es bestand kein Zweifel, sie hatte ihr Möglichstes getan, um ihr Aussehen stark zu verändern.

Zum Prozessbeginn im Mordfall Hoffmann würde man sie wieder als Zeugin laden. Das Verfahren wird natürlich unter reger Anteilnahme der Bevölkerung stattfinden, da war sich Bloch sicher. Die Löble wäre also gezwungen, ihre rundum erneuerte Gestalt den Medien und der Öffentlichkeit zu präsentieren. Auch wenn sie nichts mit dem Tod ihres Chefs zu tun hatte, stand sie doch im Brennpunkt des allgemeinen Interesses. ›Professoren-Liebchen‹ wurde sie in den Schlagzeilen tituliert. ›Schädel-Hexe‹ war ein anderer Ausdruck und was dergleichen zweifelhafte Bezeichnungen mehr waren.

Blochs Gedanken wanderten zurück zu Professor Hoffmann. Hoffmanns letzte Kreation war ein Stern gewesen – ein Stern, verziert mit Schädeln, auf Sand gebettet. In der Stuttgarter Staatsgalerie befanden sich abwegigere Kunstinstallationen.

Schade, dachte er. Schade, der Mann hat glatt seinen Beruf verfehlt. Als Künstler hätte er wahrscheinlich mehr Erfolg gehabt.

Bloch kannte sich nicht aus mit dem Dasein eines Künstlers.

Von seiner Tochter Eva hatte es immer geheißen, sie habe künstlerisches Talent. Schon in der Schülerzeitung hatten ihre gewagten Fotostrecken Aufsehen erregt. Es hatte sogar einmal eine kleine Ausstellung mit Fotos und Collagen in einem Kulturcafé gegeben – und eine Art Förderpreis. Oder nannte sich das Stipendium?

Bloch konnte sich nicht genau erinnern. Er hatte die Ausstellung heimlich besucht. An einer Wand hingen Fotos von Kindern in altmodischer Kleidung, wie man sie in den 50er-Jahren getragen hatte. Bordürenverzierte Kleidchen und Hängerchen bei den Mädchen. Karierte Hemden und Lederhosen bei den Buben. Straffe Zöpfe die Mädchen, Wasserscheitel die Buben. Die Kinder sahen aus wie Puppen. An der gegenüberliegenden Wand hingen Fotos von zerbrochenen Zelluloidpuppen. Zerschlagene Köpfe und verrenkte Glieder. Bordürenverzierte Kleidchen und karierte Hemden. Die Puppen sahen auf eine erschreckende Weise aus wie Kinder.

Ihm war übel geworden und er hatte das Café überhastet verlassen.

In dieser Zeit hatte er kaum noch Kontakt zu seiner Tochter gehabt, obwohl – und das gestand er sich nur widerstrebend ein –, er gerne einmal stolz auf sie gewesen wäre. Auf diese Fotos jedoch konnte er nicht stolz sein. Sie waren nur peinlich.

Damals hatte er sich jedoch aufgerafft und die Initiative ergriffen. Er hatte sich durchgesetzt, als Eva von diesem Unsinn einer künstlerischen Laufbahn faselte. Damals hatte er seine Vaterrolle wirklich einmal ernst genommen und auch Brigitte mit seinen Argumenten überzeugen können.

Fotografieren, das sei ein schönes Hobby – so hatte er entschieden –, ein Hobby, aber keinesfalls mehr. Ihren Lebensunterhalt sollte Eva unbedingt auf andere Weise verdienen.

Den Ausbildungsplatz zur Verwaltungsfachangestellten hatte sie dann ziemlich schnell. Das Landratsamt, ihr zukünftiger Arbeitsplatz, lag dem Polizeipräsidium schräg gegenüber.

Damals hatte Bloch sich sogar gefreut. Man könnte gelegentlich miteinander zum Mittagessen gehen, hatte er sich überlegt. Er kannte Eva ja kaum. Seit ihrer Pubertät hatte sie sich immer mehr von ihm zurückgezogen und der sowieso nur sporadische Kontakt war völlig abgerissen.

Wenn sie die Ausbildung gemacht hätte – vielleicht hätten sie dann die Möglichkeit gehabt, das Versäumte nachzuholen? Zum gegenseitigen Kennenlernen und zum Wiederaufbau einer Vater-Tochter-Beziehung war es aber nicht mehr gekommen; kurz nach Beginn der Ausbildungszeit hatten Evas undurchsichtige Krankheiten begonnen.

So blieben sie sich weiterhin fremd.

Bloch überquerte die Hauptstraße vor dem Bahnhof und bewegte sich mit raschen Schritten in Richtung Hafen.

Das barbusige, grotesk überdimensionierte Standbild der Imperia war gegen die sibirische Kälte immun.

Imperia, die kaiserliche Hure oder die göttliche Liebhaberin. Es kam ganz auf den Blickwinkel an, unter dem man die Figur des Bildhauers Lenk sehen wollte. Diese viel belächelte und viel gehasste Darstellung strotzender Weiblichkeit spreizte ihre Röcke und zeigte ihre hohen, blassen Schenkel. Unmerklich drehte sie sich um die eigene Achse, lächelte tumb ins Altstadtgewirr oder ließ sich das Gesicht und die Brüste vom steifen Ostwind bespringen, der ungebremst über die weite offene Seefläche fegte.

Verhutzelt und in sich zusammengesunken saßen die Repräsentanten männlicher Macht auf ihren ausgestreckten Handflächen, Kaiser und Papst. Bloch wandte den Blick ab. Zu oft und zu schmerzlich hatte er sich schon selbst in den froschbäuchigen Gestalten wiedererkannt.

Eva war seit wenigen Tagen in einer Rehabilitationsklinik in Norddeutschland. Während ihrer Zeit in der Psychiatrischen Klinik Reichenau hatte sie sich geweigert, ihren Vater zu sehen. Die behandelnde Ärztin auf der Reichenau meinte, körperlich sei bei ihr kein bleibender Schaden festzustellen. Es sei aber fraglich, ob Eva in absehbarer Zeit wieder in den normalen Arbeitsprozess eingliederbar sei. Sie würde sehr wahrscheinlich noch länger Unterstützung selbst in Alltagsangelegenheiten benötigen.

Bei diesem Gespräch war auch Brigitte anwesend gewesen. Während die Ärztin sprach, hatte Bloch geradeaus geschaut. An der Zimmerwand hinter dem Rücken der Ärztin hing eine Grafik von Miro.

Als die Ärztin aufhörte zu sprechen, schloss Bloch die Augen. Da sah er die wilden Pinselstriche und Kreise des Gemäldes in Fehlfarben auf der Innenseite seiner Augenlider abgebildet. Mehr war da nicht.

Brigitte schwieg.

Bloch war wie betäubt. Er fühlte sich leer. Amputiert.

Vor der Klinik waren er und Brigitte ohne ein Wort des Abschieds auseinander gegangen.

Danach hatte Bloch ein paar Tage frei genommen. Es wäre an der Zeit gewesen, sich ein wenig zu erholen. Bloch konnte sich nicht im Geringsten daran erinnern, wann er sich zum letzten Mal erholt gefühlt hatte.

In diesem Winter herrschte eine ungewöhnliche Trockenheit. Das Wasser des Bodensees hatte sich stark zurückgezogen. Über weite Strecken lag der Seegrund nackt und bloß. Organismen, die zum Überleben auf den ständigen Wellenschlag angewiesen waren, starben in Massen ab. Das einzig Erfreuliche war, dass es im nächsten Sommer weniger Stechmücken geben würde; auch ihre Brut erlag der Kälte und der Trockenheit. Vor dem Konstanzer Hafen erhoben sich plötzlich flache Inseln, auf denen sich Kolonien von Wasservögeln drängten, die hier ihr Winterquartier nahmen. Kormorane spreizten ihre knochigen Flügel, Scharen von Schellenten flogen mit panisch klingelndem Flügelschlag auf und weiter draußen wogte ein dichter Teppich zierlicher Blässhühner. Alle hatten ihre Schnäbel in den Wind gedreht. Jeder Vogel erschien als die perfekte Kopie des nächsten.

Churchill winselte und zog an der Leine.

Bloch tat ihm den Gefallen und ließ ihn zwischen den klobigen Steinen herumschnüffeln, die am Fuße der Hafenmauer lagen. Nun befanden sie sich weit unterhalb der normalen Wasserlinie, die sich als bleicher Strich an der hohen Hafenmauer abzeichnete.

Ein alter Mann saß dort unten und starrte regungslos zum Horizont.

Churchill steckte seine Nase in die Ritzen und Spalten zwischen den Steinen, auf denen eine festgefrorene Schicht aus Moos und Algen klebte. Immer wieder kehrte er zu dem alten Mann zurück, der aber keinerlei Reaktion zeigte. Er hatte eine schmuddelige Wollmütze tief in die Stirn gezogen und den roten Schal mehrfach um den Hals gewickelt. Er trug einen altmodischen Wollmantel mit Fischgrätmuster. Der Mantel war ihm zu groß, trotzdem wirkte er wie ausgestopft. Offensichtlich trug der Mann mehrere Schichten Kleidung darunter.

Plötzlich griff der Mann in die Manteltasche.

»Komm her, Churchill«, rief Bloch. »Lass den Mann in Ruhe.«

Aber Churchill hörte nicht auf ihn. Erwartungsvoll und mit bittender Miene hatte er sich vor dem Mann mit dem Fischgrätmantel niedergelassen. Sein Hinterteil schwebte dabei einige Zentimeter über dem gefrorenen Boden; auch Churchill fror erbärmlich.

Schnorrer, dachte Bloch. Er ließ den Verschluss der Leine auf- und zuschnappen und ging langsam auf die beiden zu.

Der Mann hatte mit zitternden Händen ein Päckchen Tabak sowie Zigarettenpapierchen aus der Manteltasche gefischt. Er trug graue Wollhandschuhe mit abgeschnittenen Fingern. Seine Fingerkuppen waren nikotinfleckig, die Nägel ungepflegt und schmutzig.

Der alte Mann versuchte, mit froststarren Fingern vergeblich eine Zigarette zu drehen. Nach einer Weile gab er auf. Er steckte den Tabak wieder zurück und begann in der anderen Manteltasche zu graben.

Churchill schöpfte neue Hoffnung und gab einen leise winselnden Laut von sich.

Aber es war nur ein Flachmann, den der Mann hervorzog. Prüfend schüttelte er das Fläschchen, drehte leise vor sich hin murmelnd den Verschluss ab, und trank mit weit in den Nacken zurückgelegtem Kopf. Seine nackte, graustoppelige Halshaut tauchte aus dem Rot des Wollschals auf, hastig ruckte der Adamsapfel und dann zog sich der Hals wieder ziehharmonikaartig zusammen.

Hühnerhaut, dachte Bloch ohne jegliche emotionale Beteiligung.

»Churchill, komm jetzt endlich. Hopp!« Bloch schnalzte mit der Zunge. Der Hund hatte offensichtlich eingesehen, dass hier nichts zu holen war, trottete frustriert zu Bloch und ließ sich widerstandslos anleinen. Bloch stieg wieder hoch zur Uferpromenade und ging in Richtung Stadtgarten.

Auf dem Kinderspielplatz herrschte ungewohnte Stille.

Ein in Winterkleidung dick eingemummeltes Mädchen schwang leise und vorsichtig eine großäugige Puppe auf einer Schaukel hin und her. Bloch schaute ihr zu. Die Kleine musterte ihn, wandte ihren Blick aber jedes Mal ab, wenn er versuchte ihr zuzulächeln.

Die Puppe war mit einem Sommerkleidchen aus dünnem, geblümtem Stoff bekleidet. Ihre steif ausgestreckten, rosafarbenen Plastikbeine waren vollkommen nackt.

»Friert deine Puppe nicht?«, fragte Bloch.

Das Mädchen nahm mit einer hastigen Bewegung die Puppe in den Arm. Sie war höchstens acht Jahre alt. Eher noch jünger. Sie rannte weg, ohne sich auch nur einmal nach ihm umzusehen.

Eigentlich war es ja wie ein schlechter Witz und ein unglaublicher Zufall obendrein, dass gerade der kühl planende Professor Hoffmann dem falschen Schamanen Adler in die Quere kam.

Dieser frisch angelegte Ritualort samt Schädeln und Hexenstern kam für Adler gerade zum richtigen Zeitpunkt. Kein Zweifel, er hatte davon in der Zeitung gelesen – und was lag näher, als die in ewigen Schlaf versunkene Sacajawea dort aufzubewahren.

Trotz vieler Gespräche, auch unter Hinzuziehung eines erfahrenen Psychologen, war es immer noch nicht klar, wie glaubwürdig Adler war.

Folgte man seiner Version und der seiner Frau, so hatten beide fest daran geglaubt, dass nach Ablauf einer nicht näher bestimmbaren Frist Sacajawea wieder zu neuem Leben erwachen würde. Ihnen sei absolut nicht bewusst gewesen, dass die junge Frau schon seit Monaten tot war. Verhungert und verdurstet im Rahmen eines bizarren Reinigungsrituals, das angeblich indianischen Ursprungs war.

Ein Ritual, dem um ein Haar auch Eva zum Opfer gefallen wäre.

Eigentlich könnte er sich mit Cenk verabreden. Seit Langem wollten sie einmal auf ein Glas Bier in die Altstadt gehen. Auch Cenk hatte frei. Sein Handy jedoch reagierte nicht. Eine synthetische Stimme erklärte Bloch, dass der Teilnehmer zurzeit nicht erreichbar sei. Er hinterließ keine Nachricht auf der Mailbox.

›Aufbewahrung über einen längeren Zeitraum an einem kühlen und luftigen Ort‹. So hatte der Rechtsmediziner Zumkeller den Zustand der Mumie erklärt. Oder war es Binder gewesen, der ewig enttäuschte Oberpräparator? Den luftigen Ort hatten sie schnell gefunden, es war das Bett Sacajaweas; ein einfaches Holzbett, aus dem die Matratze herausgenommen worden war. Die Leiche der jungen Frau hatten sie dann auf dem Lattenrost gelagert. Sacajawea war im Herbst des vorigen Jahres gestorben. Es war noch warm gewesen, aber nicht so warm, dass die Fäulnis sofort begonnen hätte. Da im Haus sämtliche Fenster Tag und Nacht offen standen, ging ein beständiger Luftzug, der die Leiche allmählich austrocknete und mumifizierte. Normalerweise wären um diese Jahreszeit die Fliegen gekommen. Fliegen haben ein feines Sensorium dafür, ob etwas noch lebt oder nicht. Sie legen ihre Eier in Minutenfrist ab und die Leiche hätte eigentlich von Maden wimmeln müssen. Sacajawea zeigte jedoch keinen Madenbefall. Lediglich in ihrem Körperinneren hatten sich ein paar Speckkäfer eingenistet und es fanden sich die dürftigen Gespinste von abgestorbenen Lebensmittelmotten.

Das grenze an ein Wunder, war Bloch herausgerutscht, als sie in der Konstanzer Pathologie die mittlerweile stark verwesten Reste der Mumie mit angehaltenem Atem betrachteten. Immerhin hatte er schon zahllose Wohnungsleichen gesehen, von denen keine einzige komplett frei von Maden gewesen war. Der Rechtsmediziner hatte es wesentlich nüchterner erklärt. War es nicht so, dass die Mutter ununterbrochen am Lager ihrer Tochter saß und auf sie achtete? Topsannah hatte offensichtlich alle Fliegen verjagt, die sich auf Sacajaweas Körper niederlassen wollten. Das war die einfachste und gleichzeitig plausibelste Erklärung, beschlossen sie einvernehmlich.

Sie hatten Topsannah mit dem fehlenden Madenbefall konfrontiert. Topsannah hatte die Vernehmungsbeamten angesehen, als seien diese nicht bei Verstand. Es sei doch absolut klar, warum die Fliegen den Körper Sacajaweas gemieden hätten. Warum sie nicht selber darauf kommen könnten und sie mit solchen widerlichen Fragen quälen müssten? Das Mädchen habe zu diesem Zeitpunkt ja noch gelebt – niemals würden Fliegen ihre Eier auf etwas legen, das noch lebe –, das müssten gerade sie, sozusagen als Fachleute, doch wissen. Gerade der fehlende Madenbefall sei ein Beweis dafür, dass Sacajawea erst in dem Moment gestorben sei, als der Professor ihre Totenruhe störte.

Geschlossenes Wahnsystem, so nannte es der Psychologe von der Reichenau.

Litt auch Eva unter einem geschlossenen Wahnsystem?

Hatte sie das Gefühl, dass ihr Vater sie um eine wichtige spirituelle Erfahrung betrogen hatte? Wäre sie glücklicher gewesen dort, wo sie hinwollte?

Wollte sie deshalb nicht mehr mit ihm sprechen?

Bloch spielte mit dem Handy in seiner Jackentasche. Später würde er Cenk noch mal anrufen. Später. Es war eigentlich viel zu früh am Tag, um ein Bier zu trinken. Und viel zu kalt.

Aus der Perspektive des geschlossenen Wahnsystems betrachtet, erschien der Fortgang der Geschichte durchaus logisch. Gemeinsam mit Adler, dem Meister, hatten sie in endlosen Befragungen rekonstruieren können, dass das Mädchen etwa ein Jahr auf die beschriebene Weise aufbewahrt worden war. Topsannah war nicht in der Lage, genaue Zeitangaben zu machen. Adler jedoch, dieser Naturmensch und Schamane, war überaus präzise. War das etwa ein Hinweis darauf, dass zumindest er nicht verminderte Schuldfähigkeit für sich in Anspruch nehmen konnte? Hier stritten sich die Gutachter noch.

Nach einem Jahr war die Leiche vollkommen mumifiziert und auch Topsannah, erschöpft von ihrer ewigen Totenwache, war inzwischen dem Tode näher als dem Leben. Da hatte der Meister sich entschlossen, einen Schlussstrich zu ziehen, wie er sich ausdrückte. Er wickelte die Mumie in große, weiche Lederstücke und Topsannah befestigte als letzte Liebesgabe ein mit Türkisen besetztes Amulett auf der Brust der Toten.

Wie er die Leiche unbemerkt zum Ritualort, zur Baustelle unter der Brücke geschafft hatte, ob er Hilfe hatte – eventuell von anderen Schülern, wie Bloch mutmaßte –, darüber konnten sie Adler kein Wort entlocken. Fest stand auf jeden Fall, dass er Professor Hoffmann längere Zeit vorher bei dessen ebenfalls nächtlichem Treiben beobachtet hatte. ›Ich dachte, das ist auch so einer wie ich‹, hatte er freimütig erzählt. Den Drudenfuß kenne doch jeder, der sich mit magischen Ritualen beschäftige. Adler, der Meister, hatte also gesehen, wie Hoffmann in allergrößter Heimlichkeit zuerst den Stern zusammenfügte und später die Schädel an den Sternspitzen deponierte. Adler hatte angenommen, dass Hoffmann, gleich ihm, einen Begräbnisplatz für die Opfer dunkler Rituale schuf. An gefälschte archäologische Ausgrabungen dachte er nicht im Geringsten. Und als sie ihm erklärten, was es mit dem fünfzackigen Stern auf sich gehabt hatte, hatte er die Vernehmungsbeamten zuerst lange und prüfend angeschaut und war dann in minutenlanges, irres Gelächter ausgebrochen. ›Und ich dachte, das ist so einer wie ich‹, war das Einzige, was er unter Keuchen und Prusten herausbrachte. Als er sich wieder beruhigt hatte, erklärte er, dass er damals die Mitte des Sterns als idealen Ruheplatz für Sacajawea ausgewählt und gehofft hatte, dass sich Topsannah wieder beruhigen würde, wenn die Mumie erst einmal aus dem Haus sei.

Das Gegenteil war leider der Fall gewesen. Adler erzählte es mit aufrichtigem Bedauern. Bei Indianern herrsche eine traditionelle und äußerst rigide Rollentrennung. Niemals würde sich ein Mann mit Haushaltspflichten beschäftigen. Aber gerade dazu war Adler nun gezwungen, denn seine Frau machte sich auf eine irre Suche durch Konstanz, trieb sich tagelang herum, kam kaum mehr nach Hause und vermutete ihre Tochter an den unmöglichsten Orten. Adler war gezwungen, sich das Essen selber zuzubereiten, zu putzen, zu waschen und was derlei unwürdige Tätigkeiten mehr sind. Seine tiefe Kränkung über diese Situation schilderte er den Vernehmungsbeamten mit bewegten und eindringlichen Worten.

Es kam, wie es kommen musste. Topsannah erfuhr vom Fund der Mumie aus der Zeitung. Es brachte sie beinahe um die letzten Reste ihres Verstandes, als Sacajawea über die Grenze in die Rechtsmedizin nach Zürich gebracht wurde. Sie würden sie dort aufschneiden, hatte sie geheult und getobt. Ihr Herz schlüge noch und ihr Lebensfunke sei nicht erloschen. Dort würden sie das Kind umbringen.

Wahrscheinlich war sie sogar ein oder mehrere Male in Zürich gewesen. Hierzu schwieg Topsannah. Die Angestellten der Rechtsmedizin meinten, sich an eine abgerissene Gestalt zu erinnern. Aber in Zürich gab es viele Obdachlose und exotisch gekleidete Drogenabhängige, da war Topsannah nur eine unter vielen seltsamen Gestalten.

Es war unmöglich, Sacajawea zu sehen, geschweige denn, sie zu retten.

Topsannah versank in tagelanges Brüten. Sie aß und trank kaum noch und Adler hoffte, dass sie nun endlich eine echte Trauer um ihr Kind begänne und sie ein Stück weit loslassen könne.

Sie jedoch sann Tag und Nacht auf Rache. Ihre ganze Wut richtete sich mittlerweile auf Professor Hoffmann, der den Schlaf ihrer Tochter gestört und sie brutal aus ihrem Sandbett herausgerissen hatte. Ihn wollte sie strafen.

Ein Museum ist nicht die Gerichtsmedizin. Hier stehen alle Türen offen, Gäste sind stets willkommen. Topsannah löste lediglich eine Eintrittskarte.

Es war nicht schwer, herauszufinden, in welchem Gebäudetrakt Hoffmanns Büro lag. Es war auch nicht schwer, den Schlüssel von Özdemirs Reinigungswagen zu nehmen. Er war nämlich vollauf damit beschäftigt gewesen, das Büro der Löble zu putzen.

Topsannah war mit leeren Händen gekommen. Zur Not hätte sie es wohl auf einen Kampf ankommen lassen. Die tödliche Waffe, das Steinzeitbeil, fand sie in dem Durcheinander auf einem Tischchen direkt neben der Tür. Hoffmann war so sehr in seine Arbeit versunken gewesen, dass er den leichten Schritt Topsannahs nicht wahrnahm. Erst als sie direkt hinter ihm stand, hob er irritiert den Kopf.

Da war es aber schon zu spät gewesen.

Bloch hatte das Ende des Stadtgartens erreicht. Bahngleise zur Linken, den ausgetrockneten Graben, der sich Schwanenteich nannte, zur Rechten. Die Schwäne hatten sich weit zurückgezogen. Im Frühjahr, wenn das Wasser wiederkam, würden sie ihre Nester zur Belustigung des Publikums direkt am Ufer bauen. Im letzten Jahr war ein Mann, der sich schwimmend einem solchen Nest näherte, von den Schwänen mit Schnabelhieben beinahe getötet worden.

Wenn er weiter geradeaus ginge, würde er bald das Archäologische Landesmuseum sehen. Dahinter lag das Polizeipräsidium. Ganz in der Nähe das Landratsamt.

Bloch atmete tief. Dann wählte er den Rückweg durch den Stadtgarten, so wie er gekommen war.

Nun ging er rascher. Die verlassenen Spielgeräte würdigte er keines Blickes. Er musste sich aufwärmen. Wenn es schon kein Bier wäre, das sie gemeinsam trinken würden, dann könnten sie doch wenigstens mit einer Tasse heißen Tees, verfeinert mit Rum, auf den gelösten Fall anstoßen. Wo, zum Teufel, steckte dieser Cenk? Sein Handy war immer noch abgeschaltet.

Auf den klobigen Steinen, weit draußen im ausgetrockneten See, leuchtete es rot.

Bloch kniff die Augen gegen das diffuse Winterlicht zusammen. Dann leinte er Churchill an einer Bank fest und stieg zum zweiten Mal an diesem Vormittag hinunter auf den trockengelegten Seegrund.

Der Obdachlose war von seinem Sitzstein aufgestanden und hatte sich auf den Weg gemacht. Wollte er zum Wasser gehen oder hatte er einfach nur die Richtung zum Stadtufer verfehlt? Jedenfalls hatten ihn seine Kräfte verlassen und er war zusammengebrochen. Sein Fischgrätmantel klaffte und darunter war der rote Schal sichtbar, den sich der Mann sehr fest kreuzweise um die Brust gewickelt hatte.

Der Alte stank erbärmlich. Bloch berührte vorsichtig die hühnerstoppelige Halshaut. Dort klopfte es, zart wie der Flügelschlag eines Schmetterlings, es stolperte, verlosch, flackerte wieder auf.

Bloch tippte die Notrufnummer in sein Handy und wartete.

Er hoffte, dass sie schnell genug kommen würden. Eine Mund-zu-Mund-Beatmung bei diesem Menschen erschien ihm unzumutbar.

Er rollte den Bewusstlosen in die stabile Seitenlage und versuchte ihn mit seiner eigenen Jacke so gut es eben ging, vor der Kälte zu schützen.

Als die weiß gekleideten Sanitäter ihm über die Steine entgegenstolperten, war Bloch bereits völlig durchgefroren. Er schilderte den Fall kurz und präzise. Der Obdachlose war für die Sanitäter ein alter Bekannter. Es war nicht das erste Mal, dass sie ihn aus solch einer Situation retten mussten. Sie luden ihn auf eine Trage und schnallten ihn fest. Eine Fuselfahne umwehte sie. Bloch nahm mit spitzen Fingern seine Jacke entgegen. Das Handy fiel klappernd auf die Steine. Er steckte es wieder ein.

»Irgendwann«, sagte der eine Sanitäter. »Irgendwann hat er mal kein Glück. Bis jetzt ist er immer rechtzeitig gefunden worden, aber das kann auch mal ins Auge gehen.«

»Komm mach schon, es ist kalt«, murrte sein Kollege. Er nickte Bloch grüßend zu und dann schwankten sie mit ihrer Last in Richtung Ufer.

Bloch ging ihnen langsam hinterher. Als er wieder auf der Promenade stand, war der Rettungswagen bereits abgefahren und das kleine Häuflein Neugieriger hatte sich verlaufen. Churchill begrüßte ihn mit einem Winseln.

»Wird Zeit, dass wir uns ein Plätzchen zum Aufwärmen suchen, was, alter Freund?« Churchill widersprach ihm nicht.

Diesmal ging er quer durch die Altstadt. Auf der Marktstätte bauten sie die letzten Buden des Weihnachtsmarkts ab. Der Kaiserbrunnen war stillgelegt. Auf dem großen Bronzepferd saß ein junges, hübsches Mädchen – Anfang 20, schätzte Bloch. Attraktiv, lange, dunkle Haare. Sie sah ein wenig aus wie Brigitte, damals, als sie noch jung war. Bloch sah genauer hin.

Er kannte die junge Frau. Cenk hatte ihm vor einigen Tagen stolz ihr Foto gezeigt. Wie sie hieß, hatte Bloch vergessen. Aber dass sie studierte, daran erinnerte er sich noch – ihre Studienfächer hatte er sich gemerkt, da ihm die Namen gefielen, Limnologie und Ichthyologie.

Die Lehre von den fließenden Gewässern und den Fischen darin.

Das klang fast schon poetisch.

Schräg vor dem Bronzepferd stand Cenk und machte Fotos von ihr. Zum Fotografieren benutzte er sein Handy. Er gab ihr Anweisungen und sie posierte und lachte und ließ ihre Haare ins Gesicht fallen. Cenk fotografierte mit dem Handy, das Bloch so viele Male vergeblich versucht hatte anzurufen.

Cenk stanzte kleine Stücke aus der Zeit.

Sie war jung. Sie studierte fließende Gewässer. Es ist das Recht der Jungen, die Welt in Besitz zu nehmen.

Sie beobachtet Fische. Fische versuchen, ein Leben lang unter Wasser zu atmen.

Sie versuchen es wenigstens.

Bloch trat in die nächste Kneipe und bestellte ein Bier.

Nachbemerkungen

An dieser Stelle ist es mir ein Anliegen, allen zu danken, die zum Gelingen dieses Buches beigetragen haben:

Als Erste möchte Ilse Geigges nennen, die mir fundierte Einblicke in die Konstanzer Stadtgeschichte ermöglichte.

Peter X. Iten, ein gewiefter Toxikologe der Zürcher Rechtsmedizin, erläuterte mir mit einigem Augenzwinkern Methoden zum Nachweis unsichtbarer Blutspuren.

Er war es auch, der mir begeistert von Untersuchungen seiner Abteilung an jahrtausendealten Mumien berichtete und nicht müde wurde, verschiedene Arten der Konservierung zu diskutieren. An dieser Stelle gab es also durchaus Berührungspunkte zwischen Fiktion und Realität. Aber Mauscheleien, wie sie im Buch geschildert werden, haben die Kollegen in Zürich gar nicht nötig – dafür sind sie einfach zu gut (sowohl menschlich als auch fachlich)! In diesem Zusammenhang lege ich großen Wert auf die Feststellung, dass jede Ähnlichkeit mit lebenden oder verstorbenen Personen oder mit realen Ereignissen rein zufällig und nicht beabsichtigt ist.

Die im Buch erwähnte 2000 Jahre alte Mumie aus dem sibirischen Permafrost, habe ich übrigens selbst gesehen und untersucht. Mein später Dank geht deshalb auch an Natascha Potosmak und ihrem Team aus dem Archäologischen Institut in Nowosibirsk, die mir diese einmalige Chance ermöglichten.

Ebenfalls zu danken habe ich meinen unermüdlichen und scharfsinnigen Testleserinnen Andrea, Carmen und Karin, die in entscheidenden Momenten auch nicht mit Kritik sparten.

Meine Lektorin Claudia Senghaas war mir eine umsichtige und vor allem geduldige Sparring-Partnerin, auch hierfür ein herzliches Danke!

Weitere Krimis finden Sie auf den folgenden Seiten und im Internet: www.gmeiner-verlag.de

Ihre Meinung ist gefragt!

Mitmachen und gewinnen

Als der Spezialist für Themen-Krimis mit Lokalkolorit möchten wir Ihnen immer beste Unterhaltung bieten. Sie können uns dabei unterstützen, indem Sie uns Ihre Meinung zu den Gmeiner-Krimis sagen!

....

Senden Sie eine E-Mail an gewinnspiel@gmeiner-verlag.de und teilen Sie uns mit, welchen Krimi Sie gelesen haben und wie er Ihnen gefallen hat. Alle Einsendungen nehmen automatisch am großen Jahresgewinnspiel teil. Es warten ›spannende‹ Buchpreise aus der Gmeiner-Krimi-Bibliothek auf Sie!

Die Gmeiner-Krimi-Bibliothek

KRIMI IM GMEINER-VERLAG

Wir machen's spannend

Alle Gmeiner-Autoren und ihre Krimis auf einen Blick

Anthologien: Mords-Sachsen 2 (2008) • Tod am Bodensee • Bodensee-Blues • Mords-Sachsen • (2007) • Grenzfälle (2005) • Spekulatius (2003) **Artmeier, H.:** Feuerross (2006) • Katzenhöhle (2005) • Schlangentanz • Drachenfrau (2004) **Baecker, H-P.:** Rachegelüste (2005) **Bauer, H.:** Fernwehträume (2008) **Beck, S.:** Totenklang (2008) • Duftspur (2006) • Einzelkämpfer (2005) **Blatter, U.:** Vogelfrau (2008) **Bode-Hoffmann G./Hoffmann M.:** Infantizid (2007) **Bomm, M.:** Notbremse (2008) • Schattennetz • Beweislast (2007) • Schusslinie (2006) • Mordloch • Trugschluss (2005) • Irrflug • Himmelsfelsen (2004) **Bosch van den, J.:** Wassertod • Wintertod (2005) **Buttler, M.:** Dunkelzeit (2006) • Abendfrieden (2005) • Herzraub (2004) **Clausen, A.:** Ostseegrab (2007) **Danz, E.:** Nebelschleier (2008) • Steilufer (2007) • Osterfeuer (2006) **Detering, M.:** Puppenmann • Herzfrauen (2007) **Dünschede, S.:** Solomord (2008) Nordmord (2007) • Deichgrab (2006) **Emme, P.:** Ballsaison (2008) • Tortenkomplott • Killerspiele (2007) • Würstelmassaker • Heurigenpassion (2006) • Schnitzelfarce • Pastetenlust (2005) **Enderle, M.:** Nachtwanderer (2006) **Erfmeyer, K.:** Todeserklärung (2007) • Karrieresprung (2006) **Franzinger, B.:** Jammerhalde (2007) • Bombenstimmung (2006) • Wolfsfalle • Dinotod (2005) • Ohnmacht • Goldrausch (2004) • Pilzsaison (2003) **Gardein, U.:** Die letzte Hexe – Maria Anna Schwegelin (2008) **Gardener, E.:** Lebenshunger (2005) **Gibert, M.:** Nervenflattern (2007) **Graf, E.:** Elefantengold (2006) • Löwenriss • Nashornfieber (2005) **Gude, C.:** Binärcode (2008) • Mosquito (2007) **Haug, G.:** Gössenjagd (2004) • Hüttenzauber (2003) • Tauberschwarz • Riffhaie • Tiefenrausch (2002) • Höllenfahrt (2001) • Sturmwarnung (2000) **Heim, U.-M.:** Das Rattenprinzip (2008) • Totschweigen (2007) • Dreckskind (2006) **Heinzlmeier, A.:** Bankrott (2006) • Todessturz (2005) **Imbsweiler, M.:** Bergfriedhof (2007) **Karnani, F.:** Turnaround (2007) • Takeover (2006) **Keiser, G.:** Apollofalter (2006) **Keiser, G./Polifka, W.:** Puppenjäger (2006) **Klausner, U.:** Die Pforten der Hölle (2007) **Klewe, S.:** Wintermärchen (2007) • Kinderspiel (2005) • Schattenriss (2004) **Klingler, E.:** Königsdrama (2006) **Klugmann, N.:** Die Tochter des Salzhändlers (2007) • Kabinettstück (2006) • Schlüsselgewalt (2004) • Rebenblut (2003) **Kohl, E.:** Willenlos (2008) • Flatline (2007) • Grabtanz • Zugzwang (2006) **Köhler, M.:** Tiefpunkt • Schreckensgletscher (2007) **Koppitz, R. C.:** Machtrausch (2005) **Kramer, V.:** Todesgeheimnis (2006) • Rachesommer (2005) **Kronenberg, S.:** Weinrache (2007) • Kultopfer (2006) • Flammenpferd • Pferdemörder (2005) **Kurella, F.:** Das Pergament des Todes (2007) **Lascaux, P.:** Salztränen (2008) **Lebek, H.:** Schattensieger • Karteileichen (2006) • Todesschläger (2005) **Leix, B.:** Waldstadt (2007) • Hackschnitzel (2006) • Zuckerblut • Bucheckern (2005) **Mainka, M.:** Satanszeichen (2005) **Matt, G./Nimmerrichter, K.:** Schmerzgrenze (2004) • Maiblut (2003) **Misko, M.:** Winzertochter • Kindsblut (2005) **Puhlfürst, C.:** Rachegöttin (2007) • Dunkelhaft (2006) • Eiseskälte • Leichenstarre (2005) **Senf, J.:** Knochenspiel (2008) • Nichtwisser (2007) **Seyerle, G.:** Schweinekrieg (2007) **Schmitz, I.:** Mordsdeal (2007) • Sündenfälle (2006) **Schmöe, F.:** Pfeilgift (2008) • Januskopf • Schockstarre (2007) • Käfersterben • Fratzenmond (2006) • Kirchweihmord • Maskenspiel (2005) **Schröder, A.:** Mordsgier (2006) • Mordswut (2005) • Mordsliebe (2004) **Schuker, K.:** Brudernacht (2007) • Wasserpilz (2006) **Schneider,H.:** Ernteopfer (2008) **Schulze,G.:** Sintflut (2007) **Schwab, E.:** Angstfalle (2006) • Großeinsatz (2005) **Schwarz, M.:** Zwiespalt (2007) • Maienfrost • Dämonenspiel (2005) • Grabeskälte (2004) **Steinhauer, F.:** Menschenfänger (2008) • Narrenspiel (2007) • Seelenqual • Racheakt (2006) **Thömmes, G.:** Der Bierzauberer (2008) **Thadewaldt, A./Bauer, C.:** Blutblume (2007) • Kreuzkönig (2006) **Valdorf, L.:** Großstadtsumpf (2006) **Vertacnik, H.-P.:** Abfangjäger (2007) **Wark, P.:** Epizentrum (2006) • Ballonglühen (2003) • Albtraum (2001) **Wilkenloh, W.:** Feuermal (2006) • Hätschelkind (2005) **Wyss, V.:** Todesformel (2008) **Zander, W.:** Hundeleben (2008)

KRIMI IM GMEINER-VERLAG

Wir machen's spannend